그리고
사랑은

사랑에 관한 짧은 노래

그리고
사랑은

황주리 그림소설

예담

(차례)

- 작가의 말 ...008
- 첫 번째 이야기 사랑에 관한 짧은 노래 ...011
- 두 번째 이야기 키위 새가 난다 ...045
- 세 번째 이야기 짜장면에 관한 명상 ...077
- 네 번째 이야기 빨간 입술 ...127
- 다섯 번째 이야기 그녀의 마지막 남자 ...165
- 여섯 번째 이야기 스틸라이프 ...201
- 일곱 번째 이야기 네 인생의 청문회 ...267
- 여덟 번째 이야기 그대와 함께 춤을 ...273
- 아홉 번째 이야기 나 하나의 사랑 ...279
- 작품명 및 년도 ...284

(작가의 말)

그리고 사랑은 계속된다

나는 화가다.
내가 그린 그림을 바라보며 짧은 낮잠을 즐길 때, 문득 소설이 내게로 왔다.

이 책은 끝나지 않고 계속되는 사랑의 이야기이다.
그리고 결국은 끝나지 않고 계속되는 우리들 삶의 이야기이다. 사랑이라는 인류의 가장 오래된 감정에 관한, 그 얇고 깨지기 쉬운 사랑이라는 프리즘을 통해 본 우리들 삶의 참을 수 없는 가벼움과 무거움에 관한 변증법적 사색이다.

'그리고 사랑은 계속된다'
이 명제는 '그리고 삶은 계속된다.' 라는 명제와도 바꿀 수 있을 것이다. '삶은 겸허한 노동자의 삽질'이라고 말하는 이란의 영화감독 '압

바스 키아로스타미'의 영화 제목 〈그리고 삶은 계속된다 And Life goes on〉가 떠오른다.

　이 책 속의 사랑 이야기들은 내 곁의 누군가, 내가 사랑했던 누군가, 나도 모르는 내 안의 누군가, 전혀 모르는 누군가, 손끝이라도 닿으면 알 수 없는 떨림이 잠자리 날개처럼 전해져 왔던, 하지만 그냥 모르는 남처럼 서로의 곁을 스쳐갔던 누군가, 이 세상에 존재하고도 남을 내 상상 속의 누군가의 이야기, 세상의 모든 사랑 이야기들이다. 동시에 나와도 당신의 이야기와도 닮았을 우리들 상처의 사연들이다

　나는 사랑한다.

　전쟁으로 유년을 잃어버린 보스니아의 사라예보 어린이들을 위로하기 위해 장난감이 가득 들은 선물 십 만개를 공중에다 뿌린 고 마이클 잭슨을. 남들이 죽고 사는 권력을 뒤로하고, 새로운 세상의 가능성에 끝없이 도전하다 길 위에서 죽은 '모터사이클 다이어리'의 주인공 '체 게바라'를.

　나는 또 사랑한다.

　무라카미 하루키의 긴 소설 〈세계의 끝과 하드보일드 원더랜드〉와 가제보의 노래 '아이 라이크 쇼팽'을, 아직 사랑을 시작하기 전의 두 남녀가 자신들도 모르게 자꾸만 거리를 좁히며 걸어가는 여름밤의 조용한 수런거림을. 나는 사랑한다. 텐 모어도 투 모어도 아닌 '밥 딜런'의 노래 '원 모어 컵 오브 커피'를. 사랑을 처음 시작한 사람들이 찻집

에 앉아 할 말은 많은데, 아니 할 말은 하나도 없는데, 아니 아무 말도 필요 없는데, 그냥 "커피 한잔 더 주세요" 하는 그런 그림을.

그건 꼭 사랑의 풍경만은 아니다.
우리들의 순간이면서 영원인 사랑을 넘어, 매순간 끊임없이 변해가는 촉박하고 절실한 시간, 오늘도 누군가는 자살을 기도하고 다른 누군가는 사랑에 빠진다. 사랑과 자살 사이의 거리는 얼마나 가깝고도 먼가? 그 먼먼 나라의 사연들을 껴안고, 나는 지금 이 순간 높은 곳에 올라가 눈 꼭 감고 뛰어내리고 싶은 사람들을 위해 조곤조곤 이야기들을 들려주고 싶다.
그 이야기들이 상처받은 당신에게 '살고 싶다', 그런 생각이 들게 하는 위로의 순간을 선물한다면 얼마나 좋을까?

2012년 초여름
황주리

첫 번째 이야기

사랑에관한짧은노래

자신의 시간과 감성과 사랑과 열정, 그 귀한 것들을 엉뚱한 곳에 아무렇게나 풀어놓는 일은 더 이상 하고 싶지 않았다. 가까이 다가가 아이쿠 이것도 아니군, 이건 정말 복잡하고 불편하군, 이런 식의 부담스런 감정들을 곱씹기 싫었기 때문이다. 사실 그는 고독처럼 숨쉬기 편안하고 아름다운 상태는 없다고 생각하는 지점에 있었다. 바로 그런 타이밍에 그는 그녀를 만났다…

그녀는 우리가 흔히 하는 사랑에 관한 이야기들 속의 주인공과는 너무 거리가 멀었다. 우선 그녀에게는 질투라든지 미련이라든지 애증 같은 끈적끈적한 감성의 유전자가 없었다. 그녀는 일찌감치 어느 책에선가 읽었던 알베르 카뮈의 이런 구절을 삶의 좌우명으로 적어 놓았다.

"우리의 운명이 우리의 본성과 일치할 때, 우리는 우리에게 주어진 것을 사랑할 수 있다."

그녀는 자신에게 끊임없이 일어나는 모든 사랑의 해프닝들을 운명이라고 생각했다. 그녀는 대학교 1학년 때 같은 과 남자 친구와 결혼했다. 어느 추운 겨울 그녀의 결혼식 날, 뱃속에는 이미 석 달 된 아이가 있었다. 그 뒤 그녀는 유학을 떠나 십 년을 같이 살던 남편에게 이혼해 달라고 말한다. 물론 사랑하는 사람이 생겼기 때문이었다.

그녀의 착한 남편은 울면서 순순히 헤어져 주었다. 그즈음 그녀는 회계사 시험에 합격해서 잘나가는 미국회사에서 일하는 커리어 우먼이었다. 십 년을 하루같이 학교만 다니던 무능하기 짝이 없는 첫 번째 남편과 헤어진 뒤, 그녀는 부동산업을 하는 현실적이고 유능한 새 애인과 결혼했다.

그녀의 두 번째 남편은 그녀에게 많은 돈을 벌게 해주었다. 그녀의 두 번째 결혼 생활은 첫 번째 결혼보다 경제적으로 안정되었지만, 그렇게 즐겁거나 행복하지 않았다. 남편의 마음과 머릿속은 언제나 돈과 관련된 수식어들로만 가득해서, 그녀가 정서적으로 쉴 곳이 없었다. 그들 사이에는 서서히 '욕망'이라는 즐겁고도 고통스러운 관계의 끈이 녹슬기 시작했다.

그러던 어느 날 그녀는 사랑니를 빼러 치과에 갔다가 치과 의사와 사랑에 빠졌다. 그녀의 첫 번째, 두 번째 남편이 둘 다 술에 술 탄 듯 물에 물 탄 듯 착하지만 지루한 남자들이었다면, 그녀의 세 번째 남자는 '욕망이란 그저 자연스러운 날씨 같다'는 걸 처음으로 가르쳐 준 사람이었다. 그들은 틈만 나면 한창 사랑에 빠진 다른 연인들처럼 아무 데서나 부둥켜안았다. 그녀는 두 번째 남편과 이혼하고 세 번째 연인과 같이 살기 시작했다.

하지만 같이 살기 시작한 지 얼마 되지 않아 그녀는 그 매력적인 남자와 매일 싸우기 시작했다. 너무 많이 싸워서, 우직하고 지루했던 두 번째 남편과의 평화로움이 그리워질 무렵, 그날도 그녀는 아침을 먹고 난 뒤 연인과 죽일 듯 대들며 싸웠다. 그녀가 출근하러 집에서 떠난 뒤 십 분 후 그는 제 성질에 못 이겨 심장 발작으로 급사했다.

어느 날 그녀는 거울을 보다가 나이보다 일찍 나오기 시작한 흰 머리들을 뽑았다. 그렇게 열심히 살았는데 도대체 뭐가 잘못된 걸까? 그런 자책감에 빠져 있는데, 오래전에 헤어졌던 첫 번째 남편이 자살했다는 소식이 들려왔다. 아마도 그녀의 탓은 아니었을 것이다.

직업을 가져 본 적도 없고 돈을 벌어 본 적도 없는, 게다가 섬약하기 짝이 없는 그는 우울증이 심했다. 첫 번째 남편의 장례식에서 그녀는 오랜만에, 예전에는 꽤 친하게 지내던 남편의 학교 동창인 일본인 펀드 매니저를 만났다. 그들은 그렇게 데이트를 시작했다.

그 역시 착하고 온순하고 조용한 성품을 지닌 사람이었다. 정열적이고 사교적이며 불같은 성격을 지닌 그녀는 늘 자신과 반대되는 성격을 지닌 사람과 인연이 있었다. 그녀와 싸우다가 화가 나서 심장발작을 일으켜 죽어버린 세 번째 연인을 제외하고는 한 번도 큰소리를 낸 적이 없는 사람들이었다. 머지않아 그녀는 첫 남편의 친구인 일본인 펀드매니저와 결혼했다. 평화로운 나날들 사이로 첫 번째 남편이 데리고 있던 딸이 그녀의 삶 속으로 들어왔다. 그녀의 딸은 거침이 없고 직선적이고 생각을 곧 행동으로 옮기는 무모함까지 엄마를 쏙 빼 닮았다. 그들 셋은 아무 문제없는 행복한 가족을 이루었다. 남편은 성실하고 책임감이 강했으며 친구의 딸이자 아내의 딸을 진심으로 친딸처럼 여겼다.

문제가 하나 있다면 돈을 무지하게 잘 버는데 비해 그가 지나치게 절약하는 사람이라는 거였다. 안경다리가 부러지면 고치고 고치다가 실로 매어 다시 썼다. 손님이라도 오면 화장실의 크리넥스 화장지는 치워졌고, 그 자리엔 덩그러니 두루마리 화장지만 매달려 있곤 했다. 하이스쿨에 다니는 딸의 학교에 의무적으로 내게 되어 있는, 얼마 안 되는 자선 기부금을 내는 대신 그는 한 달에 한 번 자진해서 학교 수

위 일을 했다. 그녀 역시 돈을 잘 벌었기 때문에, 그게 그렇게 커다란 문제는 아니라고 그녀는 생각했다. 그들 모녀를 지켜 주고 안락한 가정의 충실한 집사 노릇을 하는 남편에게 그녀는 깊은 신뢰감을 지니고 있었다. 하지만 그들 사이에는 하다못해 영화를 보러 극장에 간다든지, 규칙적인 섹스라든지, 뭔가 같이 공유할 수 있는 취미나 게임이 없었던 것도 사실이었다. 그러던 날들 사이로 그녀는 또 새 애인이 생겼다.

*

그녀의 새 애인은 같은 동네에 새로 이사 온 남자였다. 그들은 쇼핑몰에서, 자동차 기름을 넣는 가스 스테이션에서, 은행에서, 가끔 그녀 혼자 점심을 먹는 샌드위치 집에서 수시로 부딪쳤다. 초록색 구두를 신고 날개를 단 듯 사뿐히 걸어가는 남다른 그의 존재감이 그녀의 눈에 들어왔다. 자주 부딪치는, 그것도 같은 한국 사람이라는 이유를 핑계 삼아 점심을 한자리에 앉아 먹은 이후, 그들은 급속도로 가까워졌다.

그는 그녀가 세상에 태어나 한 번도 만나 본 적 없는 유형의 인간이었고, 동시에 그녀가 세상에 태어나 처음으로 만나 본 예술가였다. 그녀가 아주 오래전에 텔레비전에서 인상 깊게 본 영화, 〈아웃 오브 아프리카〉의 남자 주인공처럼 그는 그녀의 머리를 감겨 주었다. 훗날 그와 헤어진 이후로도 그녀는 그 장면을 가끔 떠올렸다. 그는 수많은 변주로 물결치는 남다른 예술적 감성으로 그녀의 심심한 영혼을 사로잡았다. 사실 그즈음 그는 두 번의 결혼과 두 번의 동거 생활을 끝내고, 어딘가 다른 곳에서 새 삶을 시작하고픈 기분으로 뉴욕에서 캘리포니아로 이사를 온 상태였다.

몸과 마음이 다 많이 지쳐 있었고, 누군가를 또 만나 쉽게 사랑에 빠지고 싶은 생각은 추호도 없었다. 분명 미남은 아니었지만, 어디선가 한 번쯤 본 듯한 낯익은 외모와 어눌하면서도 인상적인 말투와 몸짓은 어딘가 사람의 마음을 끄는 구석이 있었다. 여자들은 만일 그가 돈이 한 푼도 없는 거지만 아니라면, 멋지면 멋진 대로, 추하면 추한 대로 예술가를 좋아한다. 예술가란 그의 감성이 여자의 섬세함을 닮은 종족이기 때문이다.

어쩌면 그는 늘 여자들로부터 도망치며 살아왔다. 그가 여자로부터 도망치고 싶은 항목들 중의 하나는 "당신 나 사랑해?"하고 묻는 장면이었다. 그 '끈끈이주걱'처럼 들러붙는 여자의 촉수로부터 그는 늘 도망치고 싶었다. 정말 그는 누군가를 사랑한 적이 있었을까? 하긴 말로는 수백 번도 더 사랑한다고 말했을 것이었다.

어릴 적 어머니 얼굴도 보지 못한 채 할머니 품 안에서 자란 그는 어릴 적부터 그림을 잘 그렸다. 그림을 그려서 상을 탄 날이면 할머니는 커다란 눈송이 같은 동그란 밀알이 동동 뜨는 팥죽을 끓여 주셨다. 그가 이 세상에서 제일 그리워하는 음식이 바로 그 팥죽이었다. 당연히 할머니는 그에게 '할미를 사랑하느냐'고 단 한 번도 물은 적이 없었다. 무조건의 사랑을 그에게 심어 주고 할머니가 돌아가신 이후 그는 늘 할머니를 닮은 여자를 만나고 싶었다.

얼굴도 모르는 어머니에 관해서 그 아무도 말을 해준 적이 없었지만, 그는 늘 비련의 여주인공을 상상하곤 했다. 어쩌면 어머니는 화류계에 몸담고 있던 직업여성인지도 몰랐다. 어떤 부잣집 도련님에게 실연을 당해서 강물에 뛰어들어 죽어 버렸을까? 우리 아버지는 그 부잣집 도련님일까? 아무리 물어봐도 할머니는 대답하지 않았다. 그냥 네 어미는 아파서 죽은 거라는 똑같은 대답만 되풀이했다. 화가로 크게 성공을 해서 할머니를 호강시켜 주겠다는 오래된 약속을 지키지도 못했는데, 어느 추운 겨울날 할머니는 세상을 떠났다. 그때 이후 그는 자신을 스스로 '거대한 고독'이라고 불렀다. 남들이 무어라든 그는 고독한 베토벤처럼 위대했고, 베토벤처럼 비참했다. 대학에 들어가 그는 화가의 꿈을 접고 조각에 입문했다.

평면이 아닌 조각의 입체감이 그에게는 훨씬 매력이 있었다. 소묘를 가르치며 대학 학비를 벌던 화실에서, 그를 좋다고 매달리던 수많은 소녀들 중의 한 여자와 몇 년 뒤 얼떨결에 결혼을 했다. 아이가 생겨서이기도 했지만, 어느 날 갑자기 사무치는 외로움이 그를 거대한 안개처럼 휘감았기 때문이었다. 결혼 이후 심심하면 "당신은 나를 사랑하지 않아요"라고 말하던 아내의 말투가 그는 견디기 힘들었다. 누가 누구를 꼭 사랑해야만 우리는 같이 살 수 있는 것일까? 그냥 아무라도 더 많이 사랑하면 안 되는 일일까? 첫 번째 아내와 이혼한 뒤 그는 두 딸을 아내에게 맡기고 혼자 미국으로 떠나 왔다. 그때 수중에 지닌 돈은 단돈 1백 불이었다. 미국에 도착하자마자 선배의 작업실에 기거하며, 먹고살기 위해 페인트칠을 하기도 하고 식당 웨이터 일을 하기도 했다. 사실 달마다 생활비를 벌어다 주어야 하는 일도, 그가 여자로부터 도망치고 싶었던 참을 수 없는 존재의 무거움들 중의 하나였다.

웨이터 일을 맡아 하던 한국 식당에서 그는 자신보다 열 살 많은 돈 많은 미국 여자를 만나게 된다. 한국 음식을 좋아하던 그녀는 사업상 한국과 인연이 있었던 남편과 이혼한 뒤 막대한 위자료를 받아 혼자 살고 있었다. 미국에서는 특히 뉴욕에서는 이혼법이 여자에게 많이 유리하게 작용하는 탓에 이혼한 여자는 부자가 되고 두 번쯤 이혼한 남자는 파산 지경에 이르는 게 드문 일이 아니었다.

*

대한민국에서 태어나 평생 예술을 하다가 예술가로 죽을 수 있는 사람이란 얼마나 자기밖에 모르는 이기적인 인간들일까? 그는 그 대목을 스스로 인정하는 사람이었다.

그는 타고난 멋쟁이였다. 돈 한 푼 없던 가난한 미술학도 시절에도 물감이 잔뜩 묻은 누더기를 걸쳐도 폼이 났다. 그의 조각은 유머러스하고 심오했다. 돈 많은 그의 두 번째 아내는 볼수록 웃음이 나면서도 묘한 슬픔이 깃든 그의 조각과 왠지 사람을 끌어당기는 그의 표정에 홀딱 반했다. 그는 나이 많은 두 번째 아내 덕에 예술가로서의 상업적 성공을 거둘 수 있었다. 그는 늘 아내에게 고마운 생각을 지니고 살았다. 문제는 그들이 결혼한 지 몇 년 되지 않아 작품을 하는 것에 관해서도 작품을 파는 것에 관해서도 아내의 간섭이 너무 심해졌다는 것이다. 그는 자신의 작품 공장에서 노예로 일하고 있는 기분이 들었다.

숨 막히는 하루하루를 살면서 가난했던 날들의 자유가 그리워질 무렵, 그는 화가가 되려고 뉴욕에 그림공부를 하러 온 부잣집 딸내미와 사랑에 빠졌다. 그러는 사이 아내에게 들켜서 그는 으리으리한 저택에서 맨몸으로 쫓겨났다. 다시 가난해진 그는 이제야말로 베토벤이 된 기분이었다.

그와 사랑에 빠진 부잣집 딸내미는 그 덕분에 집으로부터의 학비 원조가 끊겼다. 그들은 가난하지만 아름다운 보금자리를 꾸몄다. 그녀는 학교를 그만두고 요리를 배우기 시작했다. 꽤 괜찮은 식당에 부주방장이 될 만큼 그녀의 요리 실력은 하루가 다르게 훌륭해졌다. 그는 자신이 이탈리아 요리를 잘하는 꾸밈없고 순수한 연인을 지닌 세상에서 제일 행복한 사람이라는 생각이 비로소 들었다. 하지만 그 행복은 그리 오래가지 않았다.

스스로 자신을 '거대한 고독'이라고 불러온 조각가 선생은 이탈리아 요리를 잘하는 사랑스러운 연인과 함께 여행을 떠났다. 여행을 무척 좋아하는 그에게는 정말 오랜만의 여행이었다. 좋은 차를 하나 빌려서 그들은 서부를 향해 떠났다. 미국의 서부 중에서도 그가 가장 좋아하는 곳은 애리조나와 뉴멕시코 주였다. 광활한 서부의 땅을 빼곡하게 메우며 서 있는 거대한 선인장들에 반해 그는 숨이 막혔다. 대자연 속에 아무렇게나 놓여 있는 돌과 바위와 식물들은 그 자체로 위대한 조각이었다. 그는 미국 서부를 여행하고 나서 그림 그리기를 그만

두었다는 선배의 말이 이해가 갔다. 그는 예술보다 위대한 자연의 힘을 그곳에서 절감했다. 예술 따위는 하지 않아도 그저 그 풍경의 일부만 되어도 족할 것 같았다.

뉴멕시코 주의 알바쿠키 근교에 있는, 거대한 절벽을 깎아질러 만든 인디언 보호구역 '아코마 빌리지'에 도착한 그들은 달 표면에 착륙한 기분이 들었다. 그곳에서 그들은 영원한 사랑을 약속했다. 영원이란 얼마나 아름다운 말일까? 영원 따위 없어도 아무 상관없었다.

그저 그 순간이 영원이었다. 절벽 꼭대기에 천국처럼 존재하는 하얀 마을, '아코마 빌리지'에는 젊은이들은 다 큰 도시로 떠나고 노인들만 남아 있었다. 그 노인들처럼 늙어 그 평화롭고 적막하고 아름다운 곳에서 그냥 살아도 좋을 것 같았다.

그렇게 그들은 뉴멕시코 전역을 꿈처럼 헤매며 돌아다녔다. 행복한 두 사람은 미국 서부의 위대한 자연을 가슴에 품고 돌아오는 길에 하이웨이에서 다가오는 커다란 트럭과 부딪쳐 대형 사고를 당하게 된다. 그가 병원의 하얀 침대 위에서 눈을 떴을 때, 마침 그를 간호하던 한국계 젊은 간호사가 괜찮으시냐고 물었다. 사랑하는 그의 요리사 연인은 세상을 이미 떠난 뒤였다. 그는 그녀의 부재를 견딜 수 없었다. 도저히 치유될 수 없었던 시간들이 가고, 그 자리에 그를 간호하던 한국계 간호사 아가씨가 하얗게 눈처럼 쌓인 그의 고독을 뚫고 들어왔다. 그가 웬만큼 회복되어 뉴욕으로 돌아온 뒤 그들은 수없는 이메일과 전화를 주고받았다. 간호사 아가씨는 어느 날 커다란 빨간색 트렁크 하나를 들고 영화 〈참을 수 없는 존재의 가벼움〉에 나오는 '줄리엣 비노쉬'처럼 그가 사는 뉴욕 아파트 문 앞에서 외출 중인 그를 기다리며 서 있었다. 그녀는 뉴욕에 일자리를 구한 뒤 그와 함께 살기 시작했다.

*

어쨌든 그는 또다시 혼자가 아니었다. 하지만 그는 틈이 날 때마다 뉴욕 맨해튼에 있는 이탈리아 레스토랑이란 레스토랑은 다 뒤지고 돌아다녔다. 왠지 죽은 그의 요리사 연인이 어딘가에서 음식을 만들고 있을 것 같은 환영에 시달렸기 때문이었다. 헌신적이고 현실적인 간호사 아가씨는 그의 그런 몽유병자 같은 행동을 이해할 수가 없었다. 작품이 가끔 팔리기는 했지만 넉넉한 정도는 아니었기 때문에, 그들의 살림은 전적으로 간호사 아가씨의 수입에 의존해야 했다.

그는 여전히 오래전에 돌아가신 '할머니의 가엾은 손자, 나는 왕이로소이다'와 같은 존재였다. 희극과 비극의 감성을 한 몸에 지닌 천재적 조각가. 하지만 돈 많은 미국인 아내와의 결별 후 현실적으로 어려운 날들을 보내고 있었다. 한국말을 잘하지 못하는 한국계 간호사 아가씨는 틈만 나면 그에게 영어로 "당신은 나를 사랑하지 않아요"라고 말하곤 했다.

그는 그 말을 들으며 헤어진 첫 번째 아내를 떠올렸다. 한국말과 영어의 차이일 뿐이지 그들은 같은 말을 하고 있었다. 내가 아무리 날 때부터 거대한 고독을 이고 지고 산다지만, 왜 나는 사랑하지도 않는 여자와 함께 살고 있을까? 왜 죄 없는 그들에게 자신을 사랑하지 않는

다는 외로운 마음을 심어 주는 걸까? 그는 그렇게 자신을 자책했지만, 그렇다고 더 나아질 것도 없었다. 그러던 어느 날 그들은 누가 먼저랄 것도 없이 헤어졌고, 간호사 아가씨는 짐을 꾸려 가족들이 있는 서부의 집으로 돌아갔다.

여전히 요리사 연인을 잊지 못하는 그는 그 뒤에도 한참 동안 맨해튼의 이탈리아 레스토랑을 뒤지고 다녔다. 덕분에 그는 이탈리아 음식을 질리도록 먹었다. 한참을 헤맨 뒤 아무 데도 없는 그녀를 가슴에 묻은 그는 더 이상 뉴욕에 머무르고 싶지 않았다.

어느 날 그는 뉴욕의 추운 겨울 날씨와 결별하고, 날씨 좋은 캘리포니아로 이사를 하기로 결정했다.

이사 온 지 며칠 되지 않아 점심을 먹으러 샌드위치를 전문으로 파는 작은 식당에 들어갔다가 우리의 주인공인 회계사 '그녀'를 마주치게 된 것이다. 한국 사람이라는 느낌이 들었지만, 그들은 모르는 척 몇 번을 그냥 스쳐 지나갔다. 그 뒤에도 그들은 여기저기에서 우연히 부딪쳤다. 다시 그 샌드위치를 파는 식당에서 우연히 옆자리에 앉은 그녀가 같이 앉아서 점심을 먹자고 먼저 말을 걸어왔던 것이다. 이미 많은 상처를 껴안은 그들의 만남은 그렇게 시작되었다.

그는 그녀의 머리를 감겨 주는 걸 좋아했다. 세상의 모든 형상을 만들어내는 그 섬세한 손길로 그녀의 머리카락 한 올 한 올을 피아노 건반처럼 두드릴 때, 그녀는 행복했다.

게다가 그는 갖가지 종류의 스파게티 요리를 잘했다. 이탈리아 요리를 잘하는, 이제는 세상에 없는 연인을 떠올리며 혼자 스파게티를 많이 만들어 보았기 때문이었다. 하긴 스파게티처럼 쉬운 음식이 또 있을까? 프라이팬에 올리브유를 한 순갈 붓는다. 올리브유를 잠시 달궈 토마토를 잘게 썰어 넣고 잠시 볶은 뒤 새우나 오징어를 넣어서 같이 볶는다. 다음에는 꼬들꼬들하게 설익힌 스파게티 국수를 넣어 잠시 같이 볶는다. 뭐 그런 식으로 하얀 봉골레 스파게티도 오징어 먹물 스파게티도 그는 요리사 수준으로 만들었다. 하긴 이 세상에 하나밖에 없는 조각을 빚는 손으로 무슨 음식인들 못 만들겠는가? 그가 해주는 음식을 먹으며 그녀는 정말 행복했다. 그녀 역시 사랑하는 그를 행복하게 해주고 싶었다.

그를 행복하게 해주는 일은 그녀에게는 굉장히 쉬운 일이었다. 어린아이 같은 심성을 지닌 그는 쇼핑을 좋아했다. 그중에서도 그가 제일 좋아하는 쇼핑은 구두를 사는 일이었다. 그는 이 세상에 하나밖에 없는 구두, 그게 여의치 않다면 이 세상에 몇 켤레 없는 구두를 사는 걸 좋아했다. 그가 가진 구두들 중에서 제일 아끼는 구두는 그녀가 그를 처음 보았을 때 그녀의 눈길을 온통 사로잡았던, 신으면 날개를 달고 날아오를 듯 날렵하게 생긴 초록색 구두였다. 그런 구두는 도대체 누가 만들어 낸 걸까? 그녀는 그의 모든 것이 아름답고 신기해서 어쩔 줄 몰랐다. 그녀는 도통 멋을 낼 줄 몰랐다. 주로 명품을 사 입었지만 아무도 그 옷이 명품이라는 걸 알아보지 못했다. 그에 비해 그는 싸고도 멋진 옷을 고를 줄 알았다. 하지만 구두는 늘 비싼 구두를 신었다.

하긴 구두처럼 고르기 힘든 물건이 또 있을까? 발 앞꿈치가 편하면 뒤꿈치가 불편하고, 모양이 좋으면 걷는 것이 심드렁하고, 편하다 싶으면 본때가 없고……. 그는 구두를 사는 일에 굉장히 까다로운 사람이었다. 마음에 딱 드는 구두가 없을 때는 해진 구두를 자꾸만 굽을 갈아 오래도록 신는 게 더 좋았다. 아무리 구두 쇼핑을 좋아한다지만, 맘에 딱 들지도 않는 구두를 이것저것 사서 신발장 속에 죽 늘어놓는 일은 절대 하지 않았다.

어쩌면 우정도 사랑도 그렇지 않을까? 자신의 시간과 감성과 사랑과 열정, 그 귀한 것들을 엉뚱한 곳에 아무렇게나 풀어놓는 일은 더 이상 하고 싶지 않았다. 구두라면 아무 가게나 들어가서 신어 보고 맘에 딱 들지 않으면 안 사면 그만이지만, 사람이야 어찌 그럴 수 있겠는가? 언제부턴가 그는 그런 사람이 되어 있었다. 간호사 아가씨와의 만남을 마지막으로, 마음에 드는 사람이 있으면 그저 멀리서 바라만 보리라고 생각했다. 가까이 다가가 아이쿠 이것도 아니군, 이건 정말 복잡하고 불편하군, 이런 식의 부담스런 감정들을 곱씹기 싫었기 때문이었다. 사실 그는 고독처럼 숨쉬기 편안하고 아름다운 상태는 없다고 생각하는 지점에 있었다. 아픈 이에 바람이 들듯 그렇게 이물질이 섞여들까 겁이 났다.

바로 그런 타이밍에 그는 그녀를 만났다. 그녀는 그에게 구두를 선물하는 것을 좋아했다. 이 세상에 얼마나 비싸고 멋진 구두들이 많은지 그녀는 처음 알았다. 아마도 그에게 있어 구두는 사치와 소비를 넘어선, 삶을 설명하는 상징적인 물건이었을지 모른다.

이 세상의 모든 땅들을 밟고 걸어가는 발에 대한 예의, 혹은 발에 달린 날개, 하지만 결코 날 수 없는 날개 같은 것이었다고 해두자, 그는 마음에 딱 드는 구두를 신고 저 세상에 있는 할머니를, 이탈리아 요리를 잘하는 연인을 만나러 가고 싶었다. 문득 그는 마음에 드는 구두를 보면 아무리 값이 비싸도 사고 마는 자신의 화려한 습성이 어머니의 화류계 피를 물려받았기 때문이라고 제멋대로 생각해 버리곤 했다. 어릴 적 친척 아주머니 한 분이 놀러 와 부엌에서 수군대는 소리를 들은 어렴풋한 기억 속에 남아 있었다. 아무래도 상관없었다. 그는 화려하게 살다가 고독하게 죽고 싶었다. 도대체 그녀는 몇 켤레의 구두를 그에게 사준 것일까? 그의 집 현관에 있는 구두 진열장에는 갖가지 색깔의 멋진 구두들이 줄을 지어 놓였다. 언젠가 그는 그 구두들을 쌓아 올려 작품을 만들 생각이었다.

그는 구두 선물을 받는 대신 그녀의 얼굴과 손과 발을, 반신상과 나신상을 조각해서 선물로 주었다. 그녀의 집은 얼마 지나지 않아 그의 조각들로 가득 찼다. 그녀는 그의 조각에 스며 있는 그녀에 대한 사랑과 땀과 돈으로 환산될 수 없는 절대적 가치에 대해 전혀 알지 못했다.

*

그녀의 남편은 왜 그렇게 한 사람의 작품을 아내가 계속 사들이는지 속으로 의아했지만, 물어보지는 않았다. 단지 언젠가 큰돈으로 바꿀 수 있을지도 모른다는 생각을 했다.

어느 날 그녀는 눈만 뜨면 부딪치는 조각들에 둘러싸인 자신을 발견했다. 갑자기 '턱' 하고 숨이 막혔다. 그러던 어느 날, 그녀는 그 조각들을 모두 포장해서 다 창고 안에 집어넣어 버렸다. 스무 살도 안 된 딸아이가 임신했다는 걸 알게 된 건 그 무렵이었다. 그 엄마에 그 딸처럼, 딸은 아이 아빠가 누구인지는 하나도 중요하지 않다고 말했다. 그 당당함과 당돌함에 놀라며, 그녀는 자신이 어머니라는 생각을 처음으로 절실하게 떠올렸다. 그녀는 갑자기 자신의 모든 사랑이 참을 수 없는 존재의 가벼움으로 공기 중에 흩어지는 걸 느꼈다.

그녀는 딸의 배가 불러오는 것을 지켜보면서 너무 이른 나이에 자신이 할머니가 되는 것이 두려웠다. 자신이 그 어린 나이에 엄마가 되는 것에 그렇게 용감할 수 있었다는 사실이 믿어지지 않았을 뿐 아니라, 딸아이가 곧 엄마가 될 거라는 사실도 믿어지지 않았다. 그러면서 그녀는 자신의 마음에 커다란 변화가 오는 걸 느꼈다.

우선 그녀는 조각가 선생과의 만남을 뜸하게 가졌다. 그 신기하고 아름답던 그의 열정과 사랑이 부담스럽게 느껴지기 시작했다. 그녀는 생각을 곧 행동으로 옮기는 무모한 용기를 지녔지만, 동시에 굉장히 현실적인 여자였다. 현실과 똑같은 부피로 그녀의 내면에 공존하는 비현실의 영역에도 변화가 오기 시작했다. 어쩌면 그녀는 남편을 포함해서 자신이 한때는 사랑했다고 믿었던 그 어떤 사람과도 공유할 수 없었던 그 무엇을 조각가 선생과는 나눌 수 있었다.

그 무엇이 그녀의 선천성 외로움이었는지, 자신도 모르게 자신 속에 내재해 온 예술적 감성이었는지 잘 알 수 없지만, 어쨌든 그는 그녀가 몇 번을 다시 읽어도 지루하지 않은, 내용과 그 표현 양식이 다양하고 세련된 두꺼운 책과 같은 존재였다. 이제 그녀는 '프루스트'의 《잃어버린 시간을 찾아서》와 같은 그 길고도 방대한 책장의 3분의 1도 다 읽지 않은 채 덮으려 하고 있었다.

그즈음 그녀는 이제나저제나 별 재미는 없지만 늘 한결같은 심성을 지닌 남편을 따라 골프를 치러 다니기 시작했다. 왜 남편과 함께하는 시간은 그렇게 지루하고 고독했는지 자신도 잘 알 수가 없었다. 읽을 내용이 하나도 없는 부피 없는 책이라고 여겨온 남편은 자신과 딸을 변함없이 지켜 준 추운 날의 겨울나무 같은 존재였다.

어쩌면 그가 있었기에 그녀는 내면에 존재하는 비현실의 장소에서 조각가 선생과의 밀회를 즐길 수 있었는지도 모른다. 아주 어린 시절에 부모님을 따라 갔던 교회를 그녀는 철이 들어서는 한 번도 가지 않았다. 그 지루하고 따분한 장소에 자신의 젊음을 잠시 내려놓기도 시간이 아까웠다. 예전과 달리 그들 부부는 주말이면 같이 교회를 가고, 골프를 치러 다니는 편안하고 행복한 모습으로 남들의 눈에 띄었다. 만일 하느님이 존재한다면, 하느님이 가장 머물기 싫어하는 장소가 바로 교회일 거라고 말하던 매력적인 그녀는 어디로 사라진 걸까?

아무것도 모르는 남편은 여전히 그녀의 가장 친한 친구였다. 그렇게 좋은 친구를 갖게 해준 하느님과 그녀는 연애를 시작했다. 이 세상의 모든 식량과 대지와 공기와 산과 들과 바다와 강이 다 주님의 뜻이어서, 따스한 햇볕 아래 기도를 하다 눈을 뜨면 살아 있음에 마음이 충만하여 눈물이 날 것만 같았다.

왜 우리는 한 사람에 관한 책의 내용과 형식에 관해서 시간의 흐름에 따라 다른 느낌을 갖게 되는 걸까? 그녀는 조각가 선생의 초록색 구두를 멀리서 보기만 해도 싫은 생각이 들기 시작했다. 저런 구두를 신고 다니는 사람이 왜 좋았을까? 왜 그는 그렇게 구두에 집착하는 걸까? 사실 구두에 집착하는 것보다 훨씬 강력한 집중력으로 조각가 선생은 그녀에게 집착하고 있었다. 어느 날 그녀는 그들이 처음 만났던 샌드위치를 파는 식당에서 이별을 선언했다. 그 선언은 조각가 선생에게는 청천벽력과도 같았다. 자신을 무조건적 사랑으로 길러 준 할머니와 죽은 요리사 연인 다음으로, 어쩌면 그녀는 자신의 세 번째 진짜 사랑이었다는 생각이 들었다. 그녀가 그를 멀리하자 조각가 선생은 공황상태에 빠졌다. 이제 그는 그녀가 다니는 길목 어디에서나 그녀를 기다리고 서 있기 일쑤였다. 샌드위치 가게에서 주유소에서 심지어는 그녀의 집 앞 건너편에서 그녀를 기다리며 서 있는 조각가 선생의 모습을 보는 일은 드문 일이 아니었다.

남편과 함께 골프를 치는 그녀의 모습을 하루 종일 멀리서 지켜보거나 교회 앞을 서성이는 모습도 종종 눈에 띄었다. 그녀는 참다 참다 경찰에 전화를 걸어 접근 금지 조치를 부탁했다. 그렇게 그녀는 사랑하던 그를 자신의 삶으로부터 떼버렸다.

사람을 사랑하는 일의 끝을 우리는 안다. 텔레비전 정규 방송이 끝난 뒤 빈 화면의 침묵, 그 지지직하는 고요하지만 견딜 수 없는 소음, 산다는 일은 어쩌면 서로에게 흔적을 남기는 일이다. 아주 짧은 순간 마주친 사람들끼리조차 깨알 같은 흔적 하나씩을 남기고 돌아선다. 너무 많이 사랑하고 사랑하다 그 사랑의 끝 무대 뒤까지 가본 사람에게는 그 작은 흔적들이 모여서 커다란 흉터나 상처 같은 것이 되어 버

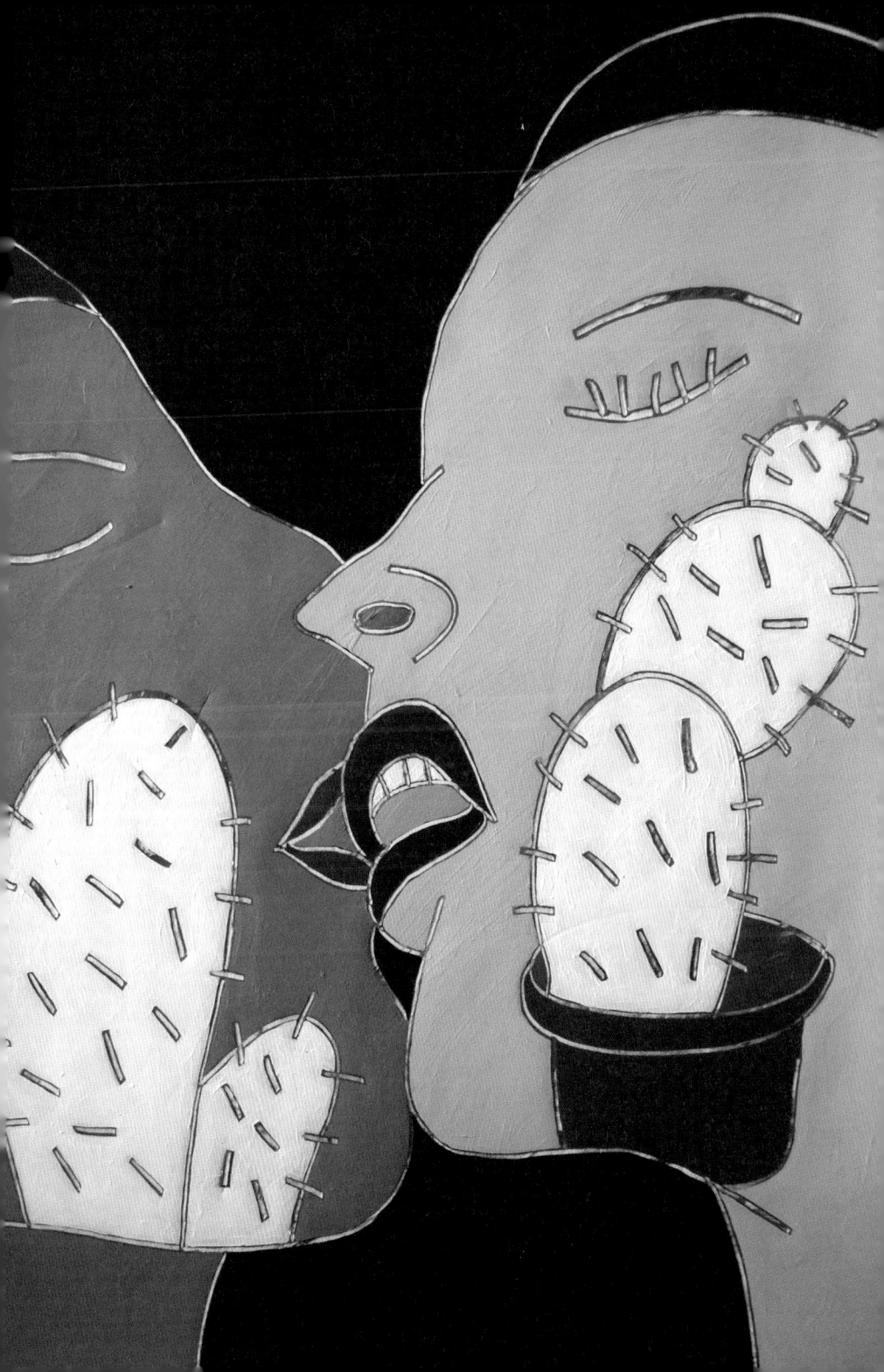

린다. 하지만 성인이 된 이후 우리의 상처는 거의 스스로 만든 것인 경우가 대부분이다. 그저 가장 가까이 곁에 있던 타인이 그 상처를 만드는 일에 잠시 혹은 오랫동안 동참했을 뿐이다.

그는 자신이 아주 깊게 상처받았다고 생각했다. 사랑이란 날카로운 칼을 상대에게 쥐어 주고 자신을 찌르지 않기를 바라는 어리석은 마음이라는 생각이 처음으로 들었다.

그런 시간들 사이, 바로 얼마 전까지 그의 충실하고 열정적인 연인이던 그녀는 할머니가 되었다. 한국 이름이기도 하고 미국 이름이기도 한 이름 '한나', 그녀는 손녀딸 한나와 또다시 사랑에 빠졌다.

어쩌면 그녀가 세상에 태어나 가장 사랑한 존재가 한나였을 것이다. 정작 자신이 딸을 낳았을 때는 너무 어려서 예쁜지도 몰랐다. 눈을 떠서 처음 아기를 보았을 때, 신기함과 더불어 아득한 삶의 무게가 앞섰던 기억이 떠올랐다. 하느님과 바꾸라고 해도, 아니 자신의 목숨과 바꾸라고 해도 하나도 아깝지 않을 존재, 드디어 그런 존재가 그녀 앞에 나타난 것이다.

한나에게 그녀는 열중했다. 모든 것을 다 주고 싶은 사랑하는 대상이 있을 때, 그녀가 얼마나 행복한지에 대해서는 두말할 필요가 없을 것이다. 그녀의 사랑스런 손녀 딸 한나는 보통 아이들보다 석 달 미리 세상에 나왔다. 인큐베이터 속에서 갖은 고생을 다 하고 나온 뒤에도 한나는 자라는 속도가 느렸다. 옹알이를 하는 것도 걸음마를 하는 것도 말을 배우는 것도 다 늦었다. 아이가 세상에 나오기 전에 찍은 초음파 촬영으로는 아무 이상도 없었다. 그녀는 뭔가 잘못된 건 아닐 거라고 혼자 머리를 저어댔다. 그녀는 한나가 자라지 않는 아이가 될까 봐 더럭 겁이 났다. 설마 그런 건 아닐 거라고 그들 부부는 서로를 위로했다.

 딸은 한나를 그들 부부에게 맡겨 놓고 패션 공부를 한답시고 뉴욕으로 떠났다. 한나를 도맡아 기르게 된 그녀는 퇴근하기가 무섭게 손녀딸을 보려고 집으로 돌아왔다. 근무 시간 중에도 한나의 얼굴이 어른거려 일이 손에 잡히지 않았다. 이제껏 경험한 어떤 것보다 더한 중증 사랑 중독이었다. 성장이 더딘 한나는 그래서 더욱 사랑스러웠다. 아이가 또박또박한 발음으로 말을 잘하기 전까지가 가장 예쁜 법이다. 개를 사랑하는 사람들이 아무런 조건 없이 개를 사랑하는 이유는 어쩌면 개의 언어와 사람의 언어가 다르기 때문인지도 모른다.

 한나가 그렇게 오래도록 어린아이로 남아 있어 주면 좋겠다는 자신의 이기적인 생각을 훔쳐보며 그녀는 흠칫 놀랐다. 다행히도 아이는 발육이 늦을 뿐 자라지 않는 아이는 아니었다. 그녀는 언젠가 한나가 에디슨 같은 천재가 될 거라고 스스로를 안심시켰다. 그게 사실이라도 되듯이 어린 한나는 이상하게도 자꾸만 머리가 커졌다. 한나에게 열중하느라 그녀는 정말 오래도록 조각가 선생에 관해서 까마득하게 잊고 있었다. 경찰에 전화해서 접근금지 처분을 선포한 뒤 그녀는 다시는 그를 볼 수 없었다. 다행이라는 생각과 함께 시간이 지날수록 미안함이 서서히 마음의 수면 위로 떠올랐다. 사실 그럴 수는 없는 일이었다. 하지만 그럴 수밖에는 없었던 일이라고 그녀는 애써 미안한 마음을 따돌렸다.

*

    그녀로부터 깊은 상처를 받은 조각가 선생은 이 쓸쓸하기 짝이 없는 삶을 끝내고 싶었다.
    꼭 그녀 때문만은 아니었다. 우리가 자살을 결심할 때, 단 한 가지 이유만이 동기가 되지는 않는 법이다. 그즈음 그는 자신의 작품에도 회의를 느끼고 있었다. 하나도 새로울 것 없는 끝없는 자기복제, 예술가로서 자신이 제일 혐오하는 현상이 자신에게도 일어나고 있었다. 경제적으로도 파산 상태였고, 단 하나의 삶의 즐거움이며 살아갈 목적 자체인 작품에 대한 열정도 사그라져 가고 있었다. 게다가 그는 진짜 사랑이라고 믿어 의심치 않던 그녀를 잃었다. 아무리 그녀가 남편이 있는 사람이라 해도 그런 현실적인 장애는 애초부터 그에게 아무런 의미가 없었다. 어쩌면 그녀의 변심은 자신도 알지 못하는 사이 오래도록 품어 온 죽음에의 유혹에 불을 붙였던 건지도 몰랐다. 일단 결심을 굳히고 나자 그의 마음은 이상하리 만큼 평안해졌다.
    우선 그는 미완성된 것들을 포함해서 자신이 갖고 있는 모든 작품들을 한국에 있는 가장 친한 후배에게 보내기로 결정했다. 소식이 끊긴 지 오랜 첫 번째 아내와 딸들을 찾아 그 작품들을 돌려줄 것이었다. 세상에 태어나 가장 잘못한 게 많은 대상은 바로 생각조차 하지 않고 살았던 두 딸들이었다. 그는 그런저런 여러 가지 현실적인 일들을 정리하고 나서, 홀가분한 마음으로 차를 몰고 애리조나를 향해 달렸다.
    선인장이 빼곡하게 들어선 애리조나의 초원에서 아무도 모르게 '거대한 고독'답게 죽고 싶었다. 오랜 시간을 달려 키 큰 선인장들이 빼곡한 애리조나에 도착한 그는 우선 자신의 신분을 증명할 수 있는 모든 것들을 다 불살랐다. 그의 존재를 증명할 물건은 이제 초록색 구두밖에는 남지 않았다. 그는 주머니에 보드카 한 병과 수면제를 지니고 선인장이 가득한 초원에 드러누웠다. 보드카 한 모금에 수면제 한 알씩을 친친히 삼켰다. 하늘을 향해 똑바로 누운 그의 얼굴 위로 별들이 쏟아졌다.

쏟아지는 별들을 온몸으로 받으며 그는 누군가를 생각했다. 엉뚱하게도 삶의 마지막 순간에 떠오른 얼굴은 "당신은 나를 사랑하지 않아요" 하면서 떠난 간호사 아가씨의 얼굴이었다. 그녀는 헌신적이고 참착한 여자였다는 생각이 그제야 들었다. 그러면서 "사랑이란 무엇일까?" 라는 하찮은 질문이 떠올랐다. 사랑은 하나도 아니고 둘도 아니고, 예전에 유행하던 어느 노랫말처럼 모두가 다 사랑이었다. 살아생전 스쳐갔던 모든 사람도, 시간도, 장소도, 날씨도, 식물도, 동물도, 모두가 다 사랑이었다. 그런 시시한 생각들 사이로 죽음의 두려움보다는 먼저 졸음이 왔다. 애리조나의 밤하늘은 별들로 가득한 바다였다.

하늘에서 낚시를 하다가 그는 죽음으로 가는 깊은 잠에 빠졌다. 죽은 뒤에 그가 맨 처음으로 만난 건 첫 번째 아내와 두 딸들이었다. 첫 번째 아내가 울고 있었다.

"당신 그렇게 맘대로 살아 보니 좋아? 아이들은 다 커서 당신이 누군지 묻는데, 나도 당신이 누군지 몰라."

그는 우는 전처 앞에 앉아 통곡을 하고 있었다. 아 나는 왜 이 많은 사람들을 울리며 살아왔는가? 나는 내가 누군지 알고 있을까? 모른다. 아무것도 모른다.

그는 마지막으로 자신이 누구인지 애써 떠올렸다. 그의 할아버지는 빨치산이었다. 할아버지는 산에서 용감하게 죽었고, 마른 나뭇가지를 씹어 먹을지언정 그 아무것도 훔친 적이 없으며, 모르는 아낙을 희롱한 적도 없었다. 그는 자신이 선인장 가득한 애리조나의 초원을 사랑하는 이유는 할아버지의 빨치산 피를 닮아서라고 생각했다.

산에서 죽은 할아버지 때문에 평생 꼬리표를 달고 살기가 무서워서 할머니는 고향을 떠나 낯선 곳에 정착했다. 낯선 도시의 시장에서 신발 장사를 하며 딸 하나를 키웠다. 넉넉하지 않은 형편이었지만, 그림을 잘 그리던 딸이 미술 대학에 들어가 사귄 남자는 치과 대학에 다니던 부잣집 아들이었다. 하지만 그 남자는 아비도 없는 근본도 모르는 여자를 며느리로 맞을 수 없다고 펄펄 뛰는 부모님 뜻에 따라, 그녀와 헤어지고 소위 집안 좋은 집 딸과 결혼했다. 좋은 집안이란 무엇일까? 삼대만 거슬러 올라가도 사정은 정반대일지도 모르는 게 아닌가? 인간들은 정말 우습지도 않은 저울의 기준에 질질 끌려 다니며 살다가 죽는다. 말하자면 할머니의 딸을 버린 그 치과 대학생이 조각가 선생의 아버지다. 뒤늦게 아이를 가진 걸 알게 된 어머니는 혼자 그를 낳아 기르기로 결심했다. 할머니의 건강이 좋지 않아 형편이 어려워진 젊은 어머니는 친구의 소개로 할머니 몰래 요정에 나가 돈을 벌었다. 어머니는 그 시절 내로라하는 사람들이 다 오는 고급 요정에서 제일 인기 있는 존재였다. 하지만 그녀는 그 시절의 고관대작들이 아무리 살림을 차려 준다고 해도 콧방귀도 뀌지 않았다. 아이가 조금 크면 일을 그만두리라 생각하며 그녀는 남이 무어라든 앞만 보며 정말 열심히 살았다. 그러던 어느 날, 배가 아프다며 집을 나간 그의 어머니는 오후에 병원에 실려가 한 시간도 안 되어 급사했다. 그의 나이 두 살 때였다.

사실 이게 모두 사실인지는 아무도 모른다. 조각가 선생의 상상 속 출생의 기억인지 아닌지. 그리고 그것은 조금도 중요하지 않았다. 그는 다만 생의 마지막 순간에 아무도 모르는 자신의 출생 기억을 잠시 더듬어 보고 싶었던 것뿐이다.

꿈은 끝도 없었다. 두 번째로 만난 건 오래전에 돌아가신 할머니였다. 처녀 적 얼굴을 한 낯선 할머니 앞에서 그는 울먹이며 "나는 왕이로소이다. 할머니의 가엾은 손자 나는 왕이로소이다" 그런 비슷한 시를 읊었다. 처녀 적 고운 얼굴을 한 할머니는 그에게 춤을 추라고 말했다. 할머니인지 어머니인지 구별이 되지 않았다. 할머니이면서 어머니인 그 고운 얼굴을 한 이는 아직도 그가 살아야 할 세상은 크고 넓으니 쉬지 말고 춤을 추라고 말했다.

그러더니 생전에 신발 장사를 하던 할머니는 수많은 신발들을 그에게 꺼내 보여 주었다. 그러나 그의 발에 맞는 신발은 하나도 없었다. 할 수 없이 그는 죽기 전에 신던 초록색 구두를 신고 쉬지 않고 춤을 추었다. 심장의 가장자리부터 조금씩 저려오고 있었다.

그를 기적적으로 피해 내리친 벼락 탓에, 그는 수면제 한 통을 다 먹고 죽음의 문을 노크하는 사이, 아니 죽기도 전에 혼이 나갔다. 다음 날 거짓말처럼 맑은 하늘 아래, 선인장을 연구하는 식물학 교수 하나가 그 근처의 선인장들을 조사하다가 누워 있는 그를 발견해 근처의 병원으로 데려갔다. 그곳에서 그는 수간호사로 일하는 옛날의 그 간호사 아가씨와 극적으로 다시 만났다. 그곳에서 간호사 아가씨를 만나리라고는 상상도 한 적이 없었다. 아니 자신이 아직도 살아 있으리라는 것도 전혀 예상 밖의 일이었다. 그는 살아 있었다.

단지 말이 나오지 않았고, 눈을 뜰 수가 없었다. 아슬아슬하게 그를 피해 내리친 벼락 탓에 혼이 나간 그는 그 아무것도 기억할 수 없었다. 자신이 누구인지 간호사 아가씨가 누구인지 이름도 얼굴도 아무것도 생각나지 않았다. 아무것도 기억하지 못하는, 게다가 신분증도 없는, 아무 곳에도 없는 남자, 낡은 초록색 구두 한 켤레를 달랑 지닌 그를 간호사 아가씨가 알아보았다.

우리가 인연이라 부르는 것들은 때론 이런 식으로 찾아온다. 사람의 힘으로 어찌할 수 없는 어떤 힘이 자석의 양극을 이곳저곳에서 떼어와 서로 붙여 놓는다. 그들을 붙여 놓은 특별한 이유는 아무것도 없다. 아니 어쩌면 이유가 있을 테지만, 우리가 그것을 모를 뿐인지도 모른다. 간호사 아가씨는 조각가 선생을 다시 만난 게 꿈 같았다. 언제나 그를 잊지 않고 있던 그녀는 언젠가 이런 날이 올 줄 알고 있었던 것 같은 생각이 들었다. 게다가 그는 그녀를 사랑하지 않는다고 생각했던 예전의 그가 아니었다. 자신을 놔두고, 죽은 요리사 연인을 잊지 못해 세상의 이탈리안 레스토랑을 죄다 뒤지고 다니던 미친 남자도 아

니었다. 그는 그녀가 사랑했던 섬세하고 따뜻한 감성을 지닌, 게다가 그녀가 처음으로 새로 쓸 수 있는 자신만의 블랭크 노트, 하얀 새 공책이었다. 몇 달이 지나도 그의 기억은 돌아오지 않았다. 병원에서 몇 달을 간호한 뒤 그녀는 그를 데리고 자신의 집으로 갔다.

그렇게 그들은 또다시 같이 살게 되었다. 날씨 좋은 어느 날 단둘이 조촐한 결혼식을 올린 그들은 생애 어느 때보다도 행복했다.
간호사 아가씨는 병원을 그만두고, 사는 집을 개조해서 남편과 함께 예쁜 펜션을 열었다. 당신은 내가 누군지 아느냐고 그가 물으면 그녀는 언제나 세상에서 가장 위대한 예술가라고 답해 주었다. 그는 아무것도 기억이 나지 않았지만, 손의 기억은 마치 당신이 누군지 알고 있다는 듯 서서히 되살아났다. 그는 나무를 잘라 집 안을 장식하는 소도구들을 만들었다. 그게 얼마나 훌륭했던지 여행을 온 손님들은 사 가기도 하고 주문을 하기도 했다. 사람도 만들고, 개도 닭도 호랑이도 만들었다. 하지만 자신이 예술가라는 생각은 감히 들지 않았다. 게다가 그는 구두를 만들어 신었다. 갖가지 구두를 만드는 일이 그는 너무 행복했다. 그는 아내가 된 간호사 아가씨에게 수많은 멋진 구두를 만들어 주었다. 그녀는 남편이 언젠가 핸드메이드 수제 구두점을 하나 차리면 좋겠다는 생각을 했다. 하지만 그녀가 내다 버린, 그가 신고 있던 낡은 초록색 구두에 관해서는 아무 말도 하지 않았다.

*

　물론 회계사 그녀는 조각가 선생의 이런 상황을 알 리가 없었다. 그녀의 머릿속에서 그는 한동안 잊혀졌다. 그녀의 사랑하는 손녀 딸 한나는 수리 학습 능력은 뛰어났지만, 언어 학습 능력은 많이 뒤떨어졌다. 말을 더듬는데다가 다른 아이들보다 머리가 유난히 커서 놀림을 받기 일쑤인 한나는 학교에 가기 싫어했다. 아이의 머리가 커지는 걸 보며 에디슨처럼 천재가 될 거라고 믿고 싶었던 그녀의 희망은 어느 날 오후 산산이 부서졌다.

　갑자기 구토를 하며 머리가 아프다고 호소를 하는 한나를 데리고 병원에 간 그녀는 손녀딸이 희귀한 선천성 뇌종양을 앓고 있음을 알게 되었다. 당장 죽지는 않는다 해도 완치될 가능성은 희박했고, 머리는 거짓말처럼 조금씩 커지고 있었다. 그녀는 모든 게 다 자신의 잘못 때문이라고 생각했다. 인생을 가볍게 살아온 죄, 그 죄를 용서받기 위해 그녀는 하느님에게 매달렸다. 기도를 열심히 하면서 천국으로 들어가는 표를 얻어 보려고 줄을 서는 사람들, 그녀도 그 영원히 끝나지 않을 줄의 맨 마지막에 서 있다는 절망적인 생각이 들었다.

　수술비도 만만치 않았다. 수술을 한다고 해도 평생 돈이 무한정 드는 특수 치료를 받아야 할지도 모른다고 의사는 말했다. 설상가상으로 경기 악화의 영향으로 펀드매니저인 남편의 일이 곤두박질치기 시작했다. 무리를 해서 사 모은 주식도 폭락해서 그들 부부는 최악의 경제적 위기에 놓이게 되었다. 부동산중개소에 집을 내놓고 짐 정리를 하다가, 그녀는 까맣게 잊고 있었던, 창고에 아무렇게나 가득 쌓여 있는 조각가 선생의 조각들을 발견했다. 어느 햇살 좋은 오후, 그녀는 자신만 알아볼 수 있는 익살맞은 형상의 그녀의 얼굴과 반신상과 나신을, 그리고 사람의 모습을 변형해 갖가지 상징적 형태로 만들어 낸 조각들을 아주 오랜만에 더듬어 보았다. 하지만 그에 관한 추억을 오래도록 풀어놓을 마음의 여유가 없었다. 마침 그녀의 고객 중의 하나가 미술품 경매에 관련된 일을 하고 있다는 생각이 스쳐 갔다. 그렇게 조각가 선생의 작품들은 크리스티 경매에 붙여졌다. 정말 뜻밖에도 그 조각들은 만만치 않은 거액에 팔려나갔다. 그 작품을 사들인 게 누군지 물론 그녀는 알 수 없었다. 뉴욕에 큰 화랑을 오픈한 조각가 선생의 미국인 전처가 그 조각들을 사들인 거였다. 그 전처로부터 그의 소식을 묻는 이메일이 날아왔다. 메일에는 그를 찾고 싶다. 연락처를 알 수 있는 방법이 없겠는가 하는 내용이 적혀 있었다. 물론 그의 행방에 관해서 아는 사람은 아무도 없었다. 물론 아무 것도 기억하지 못하는 조각가 선생 자신도 알지 못했다.

뉴욕에 사는 딸의 뜻에 따라, 뉴욕의 대학 병원에서 수술을 받은 뒤 한나의 건강은 눈에 띄게 좋아졌다. 앞으로도 끊임없이 많은 치료비가 들지도 모를 일이지만, 일단은 모든 게 만사형통이었다. 그녀는 조각가 선생에게 진심으로 감사했다. 고맙다는 말 한마디 전할 수 없음이 못내 안타까웠다. 그녀는 모처럼 홀가분한 마음으로 맨해튼 시내를 걸어 다니다가, 첼시 근처의 은행에 들렀다 오는 길에 정말 오랜만에 갤러리들을 돌아보았다.

예전에 조각가 선생과 함께 갤러리를 돌아다니던 일들이 몇 백 년 전의 일인 듯 아득하게 느껴졌다. 갑자기 그녀는 하루아침에 늙어버린 기분이 들었다.

울적해진 기분으로 긴긴 첼시 거리를 걷다가 그녀는 어느 갤러리에 낯익은 이름이 붙어 있는 것을 보았다. 정말 우연히도 조각가 선생의 전시가 열리는 중이었다. 울컥 그리운 마음이 치솟았다. 문을 열고 들어서니 조각가 선생이 자신에게 선물했던 조각들이 고스란히 그곳에 있었다. 그 가치를 몰라보고 홀대해서 창고에 처박아 두었던 작품들이 그녀가 상상할 수 없는 아름다운 간격으로 전시되어 빛을 발하고 있었다. 그 작품들을 팔아서 이렇게 절실하게 쓰게 될 줄은 정말 상상도 못한 일이었다. 그녀는 그에게 고마운 마음과 함께 한없이 미안한 마음을 느꼈다. 그러면서 묻어두었던 그에 관한 기억들이 좁은 골목길이 열려 거리로 넓어지듯 하나씩 확대되었다.

그가 피아노 건반처럼 두피를 두드리며 머리를 감겨 주던 일, 그가 만들어 주었던 스파게티의 맛, 멀리서 그를 처음 보았을 때 그녀의 눈에 들어온 한 번도 본 적이 없는 그만의 초록색 구두, 말을 해줄 듯 말 듯 하다가 조금씩 두서없이 조각조각 흘린 소설 같은 그의 출생에 관한 고독과 슬픔의 이야기. 그리고 그녀가 마지막 본 그녀를 향한 절망적인 눈빛을 떠올렸다. 갤러리 입구에 놓여 있는 신문 리뷰에는 '어느 날 갑자기 지구를 떠난 신비로운 작가'라는 타이틀이 씌어 있었다. 그는 자신이 평소에 사랑하는 미국 서부의 깊은 곳에 꼭꼭 숨어 있거나, 이름 모를 낯선 별로 여행을 떠났을 거라고도 씌어 있었다. 그가 남긴

이 작품들 하나하나가 그가 창조한 은하계의 하나밖에 없는 빛나는 별들이라고도 덧붙였다. 그녀는 문득 그를 찾아 떠나고 싶었다. 그곳이 어디든 상관없었다.

다시 만나 어떻게 하려는 생각도 없었다. 그저 잃어버린 형제자매나 이산가족을 찾는 절실한 기분이 되었다. 만일 하느님이 그녀 편이라면 그를 찾을 수 있게 도와줄 거라는 막연한 생각이 들었다. 그녀는 남편이 기다리는 캘리포니아 집으로 돌아가는 일정을 연기하고, 조각가 선생이 늘 말하던 신비로운 선인장들로 가득한 애리조나와 뉴멕시코 지역을 샅샅이 찾아보리라고 생각했다. 그를 찾아나서는 여행이야말로 자신에게 남은 가장 중요한 숙제 중의 하나라는 생각이 들었다.

갑자기 그녀의 마음속에 밝은 전구를 매단 듯 온 마음에 환하게 불이 켜졌다. (*)

두 번째 이야기

키위새가 난다

유능하고 책임감 강하지만 차갑기 짝이 없는 지금의 아내와 다음 생에서는 그저 스쳐 지나갔으면 싶었다. 꾸밈없고 마음 여린 그의 첫사랑 그녀와 다음 생에서는 다시는 헤어지고 싶지 않았다.

"여기는 뉴질랜드 남섬 '크라이스트처치'의 '헤글리' 공원입니다."

잠결에 한국인 가이드의 목소리가 자장가처럼 들렸다. 그렇게 졸다가도 버스에서 내려 심호흡 한 번 하고 나니 시내 중심을 흐르는 에이번 강의 물결이 목마른 그의 마음을 축여 주는 듯했다. 사람 키의 몇십 배는 될 듯한 공원의 나무들이 바람에 흔들리는 소리도 들렸다. 한 발자국 뗄 때마다 이승에서는 볼 수 없을 듯한 나무들이 울창한 가지와 잎새들을 거느리며 아무런 부족함도 거리낌도 없이 기지개를 켜고 있었다. 나뭇잎들의 미세한 떨림이 카메라 렌즈에 잡혔다. 문득 그는 손의 떨림과 나뭇잎새의 떨림이 마주 보고 있는 것을 느꼈다. 마치 수술을 할 때의 그 자신의 긴장과 환자의 세포의 떨림이 마주하고 있는 기분이라고나 할까. 이름 모를 꽃들이 만발한 공원에 수국들이 탐스럽게 피어 있었다. 수국의 천국이라 이름 붙여 마땅한, 이 세상에 그렇게 많은 수국을 본 건 처음이었다.

그의 눈에 꽃 속의 뼈들과 가는 신경들이 바람에 흔들리는 게 보였다. 뼈 없는 꽃들 속에조차 뼈와 신경이 있는 것이다. 수국들 속의 뼈가 거대한 이름 모를 천상의 나무들의 뼈와 신경을, 지금은 사라지고 없는 공룡들의 뼈와 신경을 생각나게 했다. CT촬영으로 투시된 사람의 안을 들여다보듯 그는 꽃들의 안을 들여다보았다.

그 많은 수국들 중의 하나가 눈에 들어왔다. 볕이 잘 안 드는 한 귀퉁이에서 혼자 꽃을 피우다가, 이내 고개를 숙이고 초라한 모습으로 시들어가는 날긋날긋하게 빛바랜 푸른색 수국이었다. 카메라 렌즈를 가까이 들이대며 그는 문득 그녀를 생각했다.

한때는 참 예뻤던 수국 한 송이를 떠올렸다. 봄바람에 조용히 휘날리던 땡땡이 무늬가 있는 그녀의 분홍색 원피스 자락이 그의 눈앞에서 흔들리는 듯했다. 그녀를 떠올린 건 굉장히 오랜만이었다. 그리고 그녀가 뉴질랜드로 이민을 와서 살고 있다는 사실이 퍼뜩 떠올랐다. 왜 이제야 그런 생각이 난 건지 자신의 무심함이 스스로 납득이 되질 않았다. 그리고는 조용히 자신을 향해 혼잣말을 했다. "나쁜 놈."

의사인 그가 스무 살 무렵 가장 하고 싶었던 일은 그림을 그리는 일이었다. 실제로 그는 손재주가 뛰어났다. 의과 대학을 다니던 시절, 선배들로부터 작금의 세상은 골치 아픈 외과의사가 한물가고 성형외과나 안과 의사가 각광받는 시대라는 소리를 귀에 딱지가 앉도록 들었다. 그럼에도 불구하고 그가 외과를 선택한 건 돌아가신 아버지의 영향이 컸다.

의사 중에서 꽃 중의 꽃은 수술을 하는 외과 의사라고 아버지는 늘 말씀하셨다. 아들이 훌륭한 외과 의사가 되는 게 꿈이었던 아버지는 원양 어선을 타는 선장이었다. 하지만 요즘 의사인 그가 가끔 꾸는 꿈은 배를 타고 바다에 나가 먼 나라들을 한없이 헤매는 꿈이었다.

그는 1년 내내 아름다운 꽃들이 피어나는 뉴질랜드의 거대한 식물원을 거닐며 왜 이렇게 옛날 생각이 나는 건지 알 수 없었다. 떨리는 마음으로 그는 부지런히 셔터를 눌러댔다. 스무 살 무렵 그림 그리는 일을 좋아하던 그가, 몇 년 전부터 갖게 된 취미는 사진을 찍는 일이었다. 학회를 갈 때마다 혹을 일부러라도 틈을 내서 세상 이곳저곳의 풍경들을 찍어 지인들만 초대해서 두 번의 조촐한 전시회를 열기도 했다.

그가 의사라는 직업을 선택한 이후 얼마 동안, 진실로 행복했던 순간들은 수술을 성공적으로 끝내고 수술실 밖을 나오자마자 환자 가족들이 고맙다고 온몸을 기울여 하는 진심어린 인사를 받을 때였다. 혹은 온몸이 마비되어 걷지도 못하던 환자가 수술 후 조금씩 몸을 꼼지락거리며 드디어는 걸어서 병원을 나가면서 진심이 담긴 고마움의 인사를 할 때였다. 그럴 때마다 그는 자신이 외과의사가 된 건 정말 잘한 일이라고 생각하곤 했다.

하지만 오랜 세월 수술하는 일이 일상이 되고 보니 그런 감흥들이 없어지고 무뎌졌다. 그래도 적어도 그 일이 터지기 전까지는 그는 외과 의사가 된 걸 한 번도 후회하지 않았다. 몇 년 전 어릴 적에 다리에 심하지 않은 마비를 앓고 난 뒤 어른이 된 뒤에도 보통 사람들처럼 정상적인 보행을 하지 못하는 환자를 수술한 적이 있었다. 수술한 당시는 별문제가 없었다. 재활의학과에서 한동안 치료를 받으면 정상인처럼은 아니더라도 평소보다 훨씬 수월한 보행이 가능할 거라고 큰소리

를 쳤다.

문제는 절뚝거리면서라도 걸어서 제 발로 들어왔던 환자가 영원히 휠체어 신세를 지게 되었다는 데 있었다. 몇 년이 지나도 차도가 없자 환자는 그와 병원을 상대로 의료 사고 소송을 냈다. 병원 측이 그의 커다란 방패막이가 되어 주어 소송 결과는 이기는 걸로 끝이 났다. 하지만 그의 마음은 조금도 가볍지 않았다. 아무리 최선을 다해도 재수가 없으면 안 되는 일이 있다는 걸, 그가 수술 전 환자 가족들에게 늘 말하듯 확률이란 아무리 희박해도 당하는 사람에겐 1백 퍼센트일 뿐 아무 의미도 없다는 걸, 그는 말이 아닌 사실로 체험했다.

사람의 영역이 아닌 하느님의 영역을 인정하지 않을 수 없는 대목이었다. 그는 유능한 신경외과 의사로 이미 정평이 나 있었고, 그 일로 인해 별문제가 생기지는 않았다. 하지만 전신에 마비가 온 그 환자는 지금 이 순간에도 인터넷에 갖은 악플을 다 올리고 있었다. '히포크라테스 정신에 위배되는 악덕의사를 고발한다.' 그렇게 시작되는 인터넷 댓글을 그는 보지 않으려고 노력했다. 여전히 그의 수술을 기다리는 환자들은 줄을 섰고, 눈코 뜰 새 없이 바빴다. 하지만 그는 예전과 달라졌다.

그즈음 그는 아버지처럼 배를 타고 나가 먼 나라들을 헤매고 싶은 꿈에 시달렸다. 그때부터 그는 사진을 찍기 시작했다. 그리고 싶은 그림은 아니더라도 사라져가는 순간을 곤충 채집하듯 박제시키는 사진 찍는 일이 그는 좋았다.

생각해 보니 스무 살 이후 그가 처음 찍은 사진은 그림을 그려 보려고 찍은 그녀의 얼굴 사진이었다. 스무 살 그녀는 참 아름다운 여자였다. 대학교 1학년 첫 미팅을 나갔을 때 그는 그녀에게 홀딱 반했다. 다시는 돌아오지 않을 행복한 시간들이었다.

*

수국을 바라보다가 그녀를 떠올린 찰나, 가이드의 목소리가 그를 현실로 돌아오게 했다.

"이제 19세기 중반 황금기를 누린 아름다운 퀸즈 타운으로 이동합니다."

학회를 핑계 삼아 뉴질랜드로 날아온 지 며칠이나 되었을까? 그는 휴직계를 내고 당분간 돌아가지 않을 작정이었다. 마침 동행한 다른 한국인 의사들과 짬을 내서 관광하는 중이었다. 버스를 타고 가는 길은 천국처럼 아름다웠다. 대평원을 가로질러 꼬물대는 양들을 세며 그는 잠을 청했다. 그의 평온한 잠 사이로 가이드의 목소리가 섞여들었다.

"양은 눈이 나쁩니다. 먼 곳을 보지 못하지요. 그래서 한 줄로 죽 서서 바로 앞에 있는 양의 엉덩이만 쳐다보며 걷습니다."

잠이 살포시 들다가 그는 갑자기 웃음이 터지는 걸 억지로 참았다. 관광을 나온 의사들 일행이 앞 사람 엉덩이만 바라보며 쫓아가는 양떼들처럼 느껴졌기 때문이었다. 하긴 누군들 양떼들 중의 양 한 마리가 아니랴?

뉴질랜드는 양으로 돈을 버는 나라였다. 양은 버릴 게 하나도 없는 동물이다. 고기는 음식을 해 먹고, 털과 가죽으로는 스웨터와 양탄자와 이불을 만들고, 창자로는 테니스 라켓의 줄을 만들 뿐 아니라, 수술용 봉합사를 만든다. 환자의 환부를 꿰매는 실이 양의 창자에서 얻어진다는 엉뚱한 사실을 실감하며, 그는 버스 속에서 스쳐 지나가는 양들의 풍경을 하염없이 바라보았다. 그는 양들이 꼬물대는 풍경을 바라보는 걸 좋아했다. 몇 년 전 아일랜드로 학회를 갔을 때도, 그는 파란 하늘 아래 꼬물대는 수백 마리의 양 떼들을 바라보며 행복했다. 그는 창문을 사이에 두고 부지런히 양 떼를 향해 셔터를 눌러댔다. 한 마리도 찍고 두 마리도 찍고 수백 마리도 찍었다. 가이드의 말에 의하면 평지에서 사는 양보다 열악한 산꼭대기 절벽에 사는 산양의 양분이 더 좋아 솜털의 길이가 일곱 배나 길다고 했다.

　마치 어릴 적 아무 걱정 없이 부유하게 자란 사람보다 가난을 경험하고 자란 사람이 험한 세상에서 혼자 삶을 영위해 가는 저항력이 훨씬 높다는 사실을 입증이라도 하는 듯했다. 어디선가 들리는 일행의 가는 코 고는 소리에도 불구하고 가이드의 목소리가 계속 들려왔다. "뉴질랜드의 야생 새들에게는 먹이를 주는 일은 법으로 금지되어 있습니다. 새들에게 먹이를 주면 먹이를 구하는 방법을 잊어버리기 때문입니다."

　그렇다. 그녀도 그랬다. 부잣집 딸내미였던 그녀도 혼자 살아내기엔 그 새들처럼 자신을 보호할 아무런 힘도 없었다.

　그림 같은 호수로 둘러싸인 퀸즈 타운의 호텔에 짐을 풀고 그는 맥주 두어 병을 사 들고 호숫가에 앉아서 생각에 잠겼다. 해질 무렵의 호숫가는 정말 아름다웠다. 언젠가 그녀와 함께 앉았던 청평 호숫가가 떠올랐다. 그때 그녀가 물었다. "나 사랑해?"

그는 사랑보다 더 풍요로운 단어가 떠오르지 않아 마음이 답답했다. 그의 마음속을 꽉 채우고도 남는 그녀를 향한 사랑을 그는 어디에 저장할지 알 수 없었다.

그런데 왜 그 사랑이 변했을까?

다음 날 새벽 일행은 1만 2천 년 전 빙하에 의해 형성되어 태곳적 웅장한 원시림을 간직한 '밀포드 사운드'를 향해 떠났다. 유람선에 탑승해서 기암괴석들에 둘러싸인 아름다운 호수와 낙하하는 폭포수와 피오르드 해안의 비경을 두루 감상하며 그는 많은 사진을 찍었다. 하지만 그의 눈에 비친 그 아름다운 풍경들을 제치고 자꾸만 떠오르는 건 오랫동안 잊고 있던 그녀의 얼굴이었다. '그녀가 여기 뉴질랜드에 있다.' 그런 생각에 이르면 그는 갑자기 온몸에 기운이 빠졌다. 그것이 그리움인지 죄의식인지조차 알 수 없었다.

퀸즈 타운으로 돌아와 일행은 저녁을 먹으러 한국 음식점으로 들어섰다. 7,80년대의 노래들이 낡은 실내 장식들과 어우러져 조용히 흘러나오고 있었다.

"나 어떡해, 너 갑자기 떠나가면……."

"화… 안 된다. 떠나지 마."

언젠가 분명히 실재했던, 지금은 없는 그 정지된 시간이 한순간 그를 덮쳤다. 낯선 외국 어느 나라에나 거의 다 있는 한국 음식점들의 느낌은 비슷했다.

텔레비전의 7080 프로그램에서나 들을 수 있는 옛날 노래들이 흘러나오고, 약간 어두운 실내에 빛과 공기가 고여 그대로 정지한 듯했다. 옛날 옛적 그 시간대에 그대로 머물러 있는 시간 속에 다시 둘러싸인 기분은 묘하고 외로웠다. 외국에 있는 한국 음식점들에서는 유독 5060도 아니고 7080 노래들이 흘러나왔다. 아마 음식점을 경영하는 세대의 나이들이 그만그만한 건지도 모른다. 그는 뉴질랜드 퀸즈 타운의 한국 음식점에서 흘러나오는 그 오래된 노래들을 들으며 갑자기 뒤통수를 한 대 세게 얻어맞듯, 또 한 번 그 초라하게 늙어가는 빛바랜 수국을 닮은 그녀의 얼굴을 떠올렸다. 그녀와 가까웠던 대학 동창들 사이에 떠도는 풍문으로는, 그녀가 한국음식점을 경영하는 오빠를 따라 여기 뉴질랜드로 와서 음식점 뒤뜰에서 매일 수백 개의 양파를 까고 있다는 설과 장애인들의 천국인 뉴질랜드의 좋은 시설에서 잘 지내고 있다는 두 가지 설이 있었다. 그는 화장실을 다녀오다 음식점 주방 쪽을 기웃거려 보았다.

여기서 그녀와 부딪친다면… 소문처럼 양파를 까고 있는 여든의 할머니처럼 늙어버린 그녀와 마주친다면… 그의 온몸에 한기가 들었다. 다시 한 번 그는 자신을 향해 중얼거렸다. "나쁜 놈."

음식점의 컴컴한 실내에서는 같은 노래가 자꾸만 반복되어 흘러나왔다.

"나 어떡해- 너 갑자기 떠나가면- 그건 안 돼- 정말 안 돼- 가지 마라- 다정했던 네가 상냥했던 네가 그럴 수 있나……."

*

　이대 정문 앞에서 신촌 로터리로 가는 길목, 작은 3층짜리 건물 2층에 그녀의 화실이 있었다. 어쩌면 그녀와 함께 그 화실에 숨어 있던 시간들이 그의 생애 가장 행복한 순간들이었을지도 모른다.
　그는 하루가, 꽉 찬 학교 수업과 대학입시 수험생을 가르치는 아르바이트 일로 눈코 뜰 새 없이 바빴지만, 주말에는 항상 그녀가 있는 화실로 달려갔다. 그는 사랑하는 그녀와 함께 그곳에서 그림을 그리는 일이 너무 행복했다. 사과와 배와 화병에 가득 꽂혀 있는 꽃들과 그녀의 얼굴과, 그리고 그녀의 나신裸身도 그렸다.
　화실 밖 거리에서는 쩍하면 데모를 하는 학생들의 무리가 이리저리 뛰어가는 소리가 들렸다. 메케한 최루탄 냄새가 온 거리를 가득 메우고도 모자라 그들만의 밀실이던 화실의 닫힌 창문 사이로 구공탄 연기처럼 조용히 스머들던 날들에도, 두 사람은 세상 돌아가는 것과는 아무 관계없이 지구상에서 가장 행복한 한 쌍의 바퀴벌레들이었다. 창밖에서 무슨 일이 벌어지든 그들은 그림을 그리고, 라면을 끓여 먹고, 소주를 마시고, 격렬한 몸짓으로 서로를 껴안았다. 가끔 그녀의 친구들이 몰려와 화실 문을 두드릴 때면 그들은 죽은 듯이 납작하게 드러누워 아무도 없는 척했다. 그러면 그들은 한참 문을 두드리다가 포기하고 돌아가기 일쑤였다. 쥐 죽은 듯 고요하게 납작 엎드려 있던 짧은 침묵의 시간이 지나가면 그들은 무쇠처럼 뜨겁게 달아올랐다.

의과 대학생들은 직접 데모에 참여하지는 않았지만, 몇몇 학생들은 응급차에 구급약을 싣고 데모하다 다친 학생들 곁으로 달려가기도 했다. 아버지가 탄 원양 어선이 낯선 바다 한 가운데에서 암초에 부딪혀 침몰해 돌아가신 뒤로, 가난한 집안의 너무 잘난 장남이었던 그는 데모 같은 건 그 마지막 줄에도 서지 않았다. 그는 시간이 멈춘 듯한 뉴질랜드의 그 한국 음식점에 앉아 오래된 노래들을 듣다가, 요즘 부쩍 자주 꾸는 꿈이 떠올랐다.

그 꿈은 나이 들어가는 그녀의 얼굴에 휠체어를 탄 하반신이 마비된 여자의 몸이 합쳐진 합성 사진의 이미지였다. 둘이면서 하나인 그녀가 원망스러운 눈빛으로 그를 바라보았다. 자신을 깊이 증오하는 존재가 이 지구상에 살고 있다는 사실을 생각해 본 적이 있는가?

웬만큼 선이 굵은 사람이 아니라면 그런 사실은 굉장히 불편한 진실이다. 하지만 그녀는 그와 헤어진 이후로도 오래도록 그를 잊지 못하긴 했지만, 그를 단 한순간도 증오한 적은 없었다. 그가 그 사실을 모르고 있을 뿐이었다. 사실 그가 외과를 택한 건 아버지의 간절한 소망 외에도 걷지 못하는 사람을 걷게 하고 움직이지 못하는 사람을 움직이게 하는 외과 수술의 가시적인 힘에 매력을 느꼈기 때문이기도 했다. 물론 생각처럼 수술이 잘 되지 않은 경우도 종종 있었고, 기껏 잘했다고 생각한 수술이었는데 엉뚱한 합병증으로 인해 환자가 죽음에 이르게 된 경우도 있었다. 그중에서 그의 기억 속에 가장 잊히지 않는 건, 몇 년 전 일흔 살 된 노인의 가벼운 뇌졸중 치료를 위한 감압술

의 경우였다. 그 노인은 수술 후 후유증으로 출혈로 인해 혈전이 뇌를 막아 사망했다. 나이보다 훨씬 정정했던 노인의 죽음은 그 후 오래도록 그의 뇌리를 떠나지 않았다. 그리고 몇 년 뒤 그 일이 있었다. 그것이 자신의 실수였든, 어쩔 수 없는 합병증의 후유증이었든, 의사인 자신의 나쁜 일진과 환자의 나쁜 일진이 공교롭게 겹친 재수 없는 그날의 운세 때문이었든 간에 돌이킬 수 없는 일이었고, 소송에 이겼든 졌든 그는 이미 무언가 절대적인 것에 의해 거대한 망치로 흠씬 두드려 맞은 기분이었다. 무언가 그 안에서 죽고 또 다른 무언가가 그 안에서 되살아나고 있었다.

하반신이 마비된 중년의 여 환자는 그와 비슷한 또래였다. 몸을 못 쓰게 된 환자와 평생 마음에 병이 든 그의 하나뿐인 첫사랑 그녀, 그 둘 다 엄격히 말하면 모두 그의 탓이라면 다 그의 탓일지도 몰랐다.

정신없이 바쁘게 산 세월 동안에도 그녀를 아주 잊어버린 건 아니었다. 그녀와 4년 열애 끝에 같은 과 후배였던 지금의 아내와 돌연 결혼하는 바람에 마음을 다친 그녀는 공황상태에 빠졌다. 이후로 어쩌면 지금까지 그녀의 마음에는 캄캄한 커튼이 쳐졌고, 호기심 많은 몇몇의 남자들이 그 커튼을 들추고 기웃거렸지만, 아무도 그녀의 마음의 병을 고쳐 줄 수 없었다. 어쩌면 그게 다 그의 책임은 아닐 것이다. 실연을 했다고 평생에 가까운 시간 동안 마음의 병이 낫지 않는다면, 이 지구상에 제정신으로 살아갈 사람은 한 명도 없을 것이다. 이후로도 술이 적당히 들어가거나 비나 눈이 많이 오는 날, 아주 가끔 그는 그녀를 떠올렸다. 마음이 슬쩍 불편해지려고 할 때마다 그는 그녀의 마음의 질병 유전자에 문제가 있을 거라는 결론으로 생각을 끝내곤 했다. 하지만 그는 자신이 그녀를 떠나는 이유를 자세히 설명조차 해주지 않았는지도 모른다. 굳이 말하자면 그냥 갑자기 그녀가 싫어졌다. 아니, 그보다도 같은 의사인 지금의 아내가 삶의 동반자로서 훨씬 현실감 있게 다가왔다.

부잣집 딸내미로 안 그래도 비현실적이고 지나치게 감상적이었던 그녀는, 아버지 사업이 부도가 난 후 감정의 기복이 더 심해졌다. 그는 점점 그런 그녀의 변화무쌍한 감정이 부담스럽게 느껴지기 시작했다. 비가 오면 강이 내려다보이는 커다란 창이 있는 근사한 찻집에서 커피를 마시며 하염없이 앉아 있는 그녀와, 공주 같은 옷과 불편한 하이힐을 신고 공주 같은 걸음걸이로 걸어가는 그녀와, 조금만 심한 말을 해도 깨질 것처럼 상처받는 여린 심성의 그녀와 도저히 같이 살아낼 자신이 없어졌다. 처음에는 무조건 좋아 보였던 그녀의 모든 것이, 이미 이 세상에서 사라지고 없는 나라의 아무짝에도 쓸모없는 초라한 공주처럼, 그의 마음 안에서 소리 없이 지워지고 있었다. 그녀로부터 수없이 많은 편지가 왔지만 답장하지 않았고, 전화도 받지 않았다. 그 뒤 그녀가 어떻게 되었는지 조금이나마 알게 된 건, 수년 후 길에서 우연히 만난 그녀의 가까운 대학동창을 통해서였다. 대학 시절 가깝게 지냈던 터라 반가운 마음이 앞섰고, 그 동창과 함께 카페에 들어가 두서없이 그녀의 안부를 물었던 것이다.

사실 같은 의사인 아내 덕에 집에다 생활비를 보태고도 안정된 생활을 누리게 될 무렵, 그 무렵부터 그의 마음 깊이 묻혀 있던 그녀가 마음의 수면 위로 떠오르기 시작했다. 궁금하던 차에 그녀의 친구를 우연히 만난 건 어쩌면 필연일지도 몰랐다.

그와 헤어진 몇 년 뒤, 그녀는 파리로 유학을 갔다. 그게 비극의 시작이었다. 파리로 간 그녀는, 그녀를 쫓아다니던 미술 학교 유학생과 동거를 했다. 하지만 그 옛날 그가 그려 준 그녀의 초상화를 품에 안고 하도 우는 바람에, 그녀와 같이 살던 그 유학생은 한밤중에 도망을 갔다. 그렇게 슬픈 사연을 듣고도 그가 기껏 한 짓은 그녀의 소식을 전해 준 그녀의 친구와 잠시 짧은 사랑에 빠진 거였다. 생각할수록 어처구니없는 일이었다. 그녀의 친구와 첫 정사를 치르며 그는 다시 한 번 자신을 향해 되까렸다. "나쁜 놈……."

*

그녀의 친구와 석 달간의 짧은 사랑에 빠졌던 그 생각만 하면 그는 지금도 얼굴이 화끈거렸다. 정말 그럴 생각은 아니었다. '그녀'라는 공통분모가 그들 사이를 가깝게 했고, 어쩌면 그는 그녀를 찾는다는 명분으로 잃어버린 그 옛날의 자기 자신을 찾고 있었던 건지도 몰랐다.

바로 적절한 순간에 그녀의 친구가 나타나, 어쩌면 그녀가 먼저 그에게 서로의 외로움을 나누자는 신호를 보냈던 건지도 몰랐다. 애초에 그녀를 경제적으로 혹은 어떤 식으로든 돕고 싶다는 그의 메시지는 그녀 친구를 통해 그녀의 어머니에게 전달되었지만 거절당했다.

그의 탓이 아니니 잊어 달라는 그녀 어머니의 단호한 대답만 돌아왔을 뿐, 언제부턴가 그녀의 얼굴을 보았다는 친구들은 한 사람도 없었다. 그녀에 대한 이야기는 실체는 없고 그림자만 있는 소문들뿐이었다. 아주 오래전 마지막으로 그녀를 보았다는 그녀 친구의 기억은 그의 상상력을 열 배로 증폭시켰다. 중학교 미술교사인 그녀 친구의 화실로 찾아와 그녀는 이렇게 말했다고 했다.

"너 조총련이 밀어 준다며? 조심해."

아마 그가 찾고 싶었던 건 그녀도 아니고, 시시한 연애 감정도 아닌, 그저 바깥세상과 격리되어 영원히 시간이 정지한 듯한 화실의 분위기였던 건지도 몰랐다. 오래전에 이혼하고 화실과 학교 사이를 다람쥐 쳇바퀴 돌 듯 살아가는 그녀 친구의 화실에서 그는 오랜만에 행복을 느꼈다. 하지만 그 행복은 오래가지 않았다. 죄의식 때문이었을까?

그녀라는 공통분모가 점점 흐릿해지면서 그들이 나누었던 외로움은 애초보다 두 배 세 배 열 배로 증폭되었다. 결국 누가 먼저랄 것도 없이 소식이 뜸해졌고, 그들은 만난 적조차 있었나 싶게 모르는 사람이 되어갔다. 그리고 여전히 그의 마음속에는 그녀가 남았다.

그림같이 아름다운 퀸즈 타운에서 하룻밤을 지낸 뒤 일행은 비행기를 타고 뉴질랜드 북섬을 향해 떠났다. 뉴질랜드 북섬은 남섬보다 거창하게 아름다운 볼거리는 적었지만, 찾아 주는 눈길을 기다리는 소소한 아름다움들이 여기저기 숨어 있었다. 그중에서도 그의 영혼을 사로잡은 건 자연이 만들어 놓은 걸작이라고 불리는 와이토모 동굴 안에서 보트를 타고 깊숙이 들어가서 본, 동굴 천정에 다닥다닥 붙어 있는 반딧불들이었다. 반딧불들이 놀랠까봐 사진도 찍을 수 없었고, 아주 작은 소리조차 내면 안 되었다. 그런 완전한 침묵이 그를 사로잡았다. 살아 있는 반딧불들은 중세 유럽의 성당 천정벽화에 장식된 스테인드글라스의 아름다움처럼 말로 표현할 수 없는 환상적인 아름다움을 자아내고 있었다. 그는 마음의 카메라로 조용히 셔터를 눌렀다.

'놀래지 마. 나는 너에게 아무런 해도 끼치지 않을 거야.'

그가 보낸 메시지가 반딧불들에게 도착했을까? 그 옛날 처녀인 그녀의 몸속으로 들어가며 그녀에게도 마음속으로 그렇게 말했을까? 그랬을 것이다. 몇 번이고 그렇게 자신에게 다짐했을 것이다. 아이를 가져 중절 수술을 한 그녀의 창백한 얼굴을 바라보며 분식집에 앉아 다짐했을 것이다. 나는 너를 영원히 사랑하겠노라고. 하지만 모든 일이 다 부질없는 일이었다. 자신도 모르게 마음이 변해, 어느 날 그는 지금의 아내를 향해 사랑을 고백하는 편지를 쓰고 있는 자신을 발견했다.

아내는 씩씩하고 현명하고 단호한 여자였다. 잔소리 같은 건 할 줄도 몰랐고, 시집에 다달이 적지 않은 돈을 보내는 일에 대해서도 아무런 불만도 표시하지 않았다. 그 대신 아내는 가끔 얼음처럼 차가웠다. 자신이 바쁘다 싶으면 아예 그를 상대조차 해주지 않았다. 딸을 하나 낳고 나서는 상의도 하지 않고 혼자 병원에 가서 불임수술을 해버렸다. 그는 아내의 그런 모습이 낯설었다. 그리고 가끔은 자신이 그녀를 버린 벌을 받는 거라고 생각했다. 반딧불들을 바라보며 그의 생각은 끝도 없이 과거를 향해 날아갔다. 아쉬운 마음으로 동굴을 나와 일행은 폴리네시안 노천 유황 온천으로 유명한 '로토루아'를 향해 떠났다. 하지만 어떤 피부병도 다 낫는다는 영험한 유황 온천보다 그의 뇌리 속에 남은 건 뉴질랜드의 원주민인 마오리 족의 민속 마을 키위 관리 센터에서 처음 본 키위 새의 모습이었다. 그 어두컴컴한 실내로 들어가기 전에 가이드는 뉴질랜드의 상징인 키위 새에 관해 자세하게 설명을 해주었다.

"날지 못하는 키위 새는 날개의 흔적이 깃털 안에 숨어 있습니다. 앞을 잘 못 보는 키위 새는 밝은 낮에는 캄캄한 굴속이나 삼림에서 서식하고, 밤에는 지렁이나 곤충들, 유충들 등 먹을 것을 찾으러 다닙니다. 시각이 퇴화하면서 후각이 발달되어 먹이를 코로 찾습니다. 뉴질랜드에서만 서식하는 키위 새는 다른 조류의 체온이 39도에서 42도 사이인데 비해 인간과 똑같이 37도에서 38도의 체온을 유지합니다. 수명은 30년에서 60년 정도이고, 뉴질랜드의 국가보호조류로 구분되나 현재는 국제보호조류에 속합니다. 3천 만 년 전에 뉴질랜드에 들어와 빙하기를 거치고 여러 지각변동을 견디며 현재의 키위로 거듭났습니다. 필요하면 빨리 달릴 수도 있고 포획되었을 때는 발톱을 방어 수단으로 사용하기도 합니다. 암컷은 자기 몸의 3분의 1이나 되는 450그램의 큰 알을 굴속에 낳고 수컷이 약 80일간 알을 지킵니다. 새끼는 깃털이 나고 눈을 뜬 상태로 부화하며, 일주일간 아무것도 먹지 않습니다."

일행은 공원 안쪽에 컴컴하게 만들어 놓은 인공 정원으로 걸어 들어갔다. 어둠 속에서 크지도 작지도 않은 새 한 마리가 웅크리고 앉아 있었다. 날지 못하는, 날개가 퇴화된 키위 새는 뉴질랜드 정부의 철저한 보호 관리 아래 멸종 위기를 벗어나 이 땅에 살아남은 새였다. 그는 그녀도 키위 새처럼, 이 땅에서 안전하게 보호되고 있기를 마음속 깊이 바랐다.

*

버스를 타고 뉴질랜드의 푸른 초원을 바라보며 요트의 도시 오클랜드로 이동하는 시간, 버스 속에서 가이드는 쉬지 않고 말을 했다. 이민 온 지 7년이 되었다는 그는 할 말이 많은 것 같았다.

"친한 분들 중에 이민 가려는 분들 있으면 말리세요. 아내는 바람나고 아이들은 엉망이 되고 남편은 무력한 키위 새 남편이 되는 경우가 허다합니다."

그렇게 말하는 그의 얼굴에는 그럼에도 불구하고 이만큼 잘 살아냈다는 자신감이 엿보였다.

가이드는 계속 말을 이었다.

"뉴질랜드에서 가장 존경받는 직업은 목수입니다. 한국의 유명한 목수, 조 목수를 아십니까?"

가이드가 말하는 조 목수는 그 유명한 '마가렛 조'의 아버지였다. 그는 언젠가 신문에서 읽은 조 목수 사건을 떠올렸다. 자세히 알지는 못해도 조 목수의 일가족 살해 사건은 당대에 회자되는 떠들썩한 사건이었다.

조 목수는 손재주를 타고난 사람이었다. 월남전에 참전하여 그곳의 여인과 사랑에 빠져 딸을 하나 낳았다. 그녀가 바로 '마가렛 조'다. 딸을 하나 낳고 세상을 떠난 베트남 여인을 잊지 못한 조 목수는 베트남 전쟁이 베트콩의 승리로 끝나자 한국으로 돌아가려 했지만, 딸을 데리고 한국으로 돌아갈 수 없다는 걸 알고 호주 난민이 되어 호주로 떠난다. 호주에 도착한 조 목수 부녀는 한국인 이민자들의 수군대는 소리들을 이겨내지 못하고 뉴질랜드로 떠나 그곳에 정착한다. 워낙 손재주가 뛰어난 조 목수는 뉴질랜드 오클랜드의 한 건설회사 사장에게 인정을 받아 그곳의 책임자로 일하게 되고 살 만한 부를 누리게 된다. 그러자 조 목수는 한국에 두고 온 아내와 딸 생각이 간절해져서 그들의 소식을 수소문한 끝에 자신의 아내가 보험 일을 하면서 재혼도 안 하고 딸자식 하나를 키우며 늙어가고 있다는 사실을 알게 된다. 한없이 미안한 마음으로 아내와 딸을 뉴질랜드로 데려온 조 목수는 어느 날 아내가 의붓딸인 마가렛 조를 엄청나게 구박하고 있다는 사실을 알게 된다. 사격연습과 술로 그 복잡한 심경을 달래던 조 목수는 어느 날 갑자기 집에 돌아와 아내가 마가렛 조를 구박하는 장면을 목격하고 지니고 있던 총을 술김에 휘두르다 아내와 딸을 살해하고 자신의 머리에 총을 겨누고 자살하고 만다. 아버지의 폭발하는 분노를 말리던 마가렛 조 역시 척추에 총을 맞아 영원히 휠체어를 타는 장애인이 된다.

거기까지는 그도 다 알고 있는 사실이었다. 가이드 말에 의하면 베트남 여인과 한국인 조 목수 사이에 태어난 마가렛 조는 척추에 아버지의 총을 맞고 다시는 일어날 수 없는 장애인이 되었음에도 불구하고 뉴질랜드 매스컴의 급작스런 인터뷰에 이렇게 답했다고 한다.

"나는 한국인입니다. 한국인인 나의 아버지는 보잘것없는 베트남 난민인 나를 살리기 위해 이 낯선 나라 뉴질랜드로 오셨습니다. 아버지가 저지른 모든 일은 저를 위해 생긴 일입니다. 이 모자란 저를 거두어 주신 아버지와 뉴질랜드 정부에게 감사합니다."

그 인터뷰를 본 모든 뉴질랜드 사람들은 다 눈시울을 적셨다고 한다. 의사가 되어 세상의 아픈 사람들을 구원하고 싶다는 마가렛 조의 꿈은 장애인이 되는 바람에 무산되었지만, 그녀는 훗날 뛰어난 컴퓨터 프로그래머가 되어, 뉴질랜드에서 열 손가락 안에 드는 큰 재산가가 되었다. 지금도 그녀는 꾸준히 한국인 사회를 위해 수없이 좋은 일을 많이 하고 있다고 했다.

'그런 일을 겪고도 그렇게 훌륭히 살아남는데, 너는 왜 그래?'

그는 실연으로 인해 마음의 병이 들어 온 생을 허비해 버린 자신의 첫사랑을 나무라는 기분이 들었다. 하지만 곧이어 말도 안 되는 자신의 뻔뻔함을 나무라며 혼잣말을 했다. "나쁜 놈."

마가렛 조의 사연을 들으며 그는 무척 오랜만에 아버지가 보고 싶었다. 그가 고등학교 2학년 되던 해 아버지가 타고 나간 원양어선이 암초에 부딪혀 돌아가신 뒤, 시신이 빨리 돌아오지 않아 열하루 장을 치렀다. 아버지가 집을 떠날 때부터 찜찜하게 보낸 터라 그의 식구들은 슬픔보다 더 큰 감정의 물결에 휩싸였다. 거대한 죄책감이라고나 할까?

그의 아버지가 아버지처럼 따르던 큰아버지는 6·25 전쟁 때 인민군에게 끌려 북으로 넘어갔다. 외과 의사였던 큰아버지를 아버지는 평생 잊지 못했다. 원양어선을 타고 온 세상을 돌아다닌 이유도 어쩌면 큰아버지를 다시 볼 수 있지 않을까 하는 희망에서였을지 모른다. 큰아버지가 김일성대학병원의 외과 과장으로 재직 중이라는 소문이 바람에 실려 오기도 했지만 실제로는 아무런 연락도 없었다. 큰아버지의 생일인 8월이 오면, 아버지가 배를 타고 먼먼 바다로 나간 시간에도 그들 가족은 큰아버지의 생일상을 차렸다. 큰아버지를 가슴에 품은 아버지는 늘 그에게 외과 의사의 꿈을 심어 주었다. 하지만 아버지는 세상의 새로운 기류를 모르는 채 돌아가셨다. 그는 절대로 자신의 아이들을 의사로 만들지 않겠다는 생각을 하곤 했다. 일도 많고 힘들고 책임질 일이 많고 골치 아픈 일은 아무도 하지 않으려는 이 세상에서 의사가 되려는 꿈은 얼마나 부질없는 꿈일까? 그는 그런 생각을 한 지 오래되었다.

큰아버지로부터 연락이 온 건 아버지가 배를 타고 떠나 세상을 등진 얼마 전의 일이었다. 소위 남파 간첩을 통해 큰아버지의 연락을 받은 할아버지는 한밤중에 찾아온 손님에게 지금부터 한 시간 내에 내 집을 떠나지 않으면 경찰에 연락하겠다고 엄포를 놓았다. 한밤중에 할아버지를 찾아온 남파 간첩은 큰아버지는 풍문대로 김일성대학병원의 외과 과장으로 잘 지내고 계시다는 안부와 함께 만날 수 있는 길이 있지 않겠냐는 방법론을 모색하자는 안건을 일단 건의한 모양이었다. 한밤중에 찾아온 낯선 손님은 몇 년 전 죽을 목숨을 큰아버지가 구해 주었다는 고마운 인사도 함께 전했다. 이후로 소식은 또다시 끊겼고 아버지는 큰아버지를 잘 아는 손님을 그렇게 무정하게 돌려보냈다는 원망 비슷한 푸념을 하며 또 배를 타고 먼 바다로 나갔다. 그로부터 한 달 뒤 배가 침몰해서 다시는 돌아오지 않았다. 아버지의 죽음과 큰아버지의 소식은 사실상 아무런 관련도 없었다. 그런데도 할아버지는 아버지의 죽음이 그 낯선 손님의 출현 때문이라는 망상에 시달리기 시작했다. 그렇게 시름시름 앓다가 할아버지는 무척 더웠던 다음 해 8월에 세상을 떠나셨다.

할아버지가 그렇게 돌아가신 뒤, 큰아버지의 소식은 영영 들을 수 없었다.

그는 집안의 두 어른의 갑작스러운 죽음과 함께 갑자기 어른이 되었다. 한순간에 먹고사는 일이 막막해졌다. 식구들의 머리를 늘 손수 잘라 주던 솜씨로 어머니는 동네에 작은 미장원을 차렸다. 규모가 큰 브랜드 헤어 살롱들의 출현으로 어머니의 벌이는 신통치 않았지만, 그런대로 네 식구의 생계는 이어갈 만했다. 그림을 잘 그리던 그는 화가의 꿈을 접고, 아버지의 평소 꿈대로 의대에 입학했다. 가장이 된 그는 대학에 들어가서도 늘 마음의 여유가 없었다. 그의 여유 없는 마음과 정신을 늘 따뜻하게 보듬어 준 건 바로 그녀였다. 그녀는 머리끝부터 발끝까지, 마음속 깊은 곳까지 다 예뻤다. 대학 축제 때 분홍색 땡땡이 무늬 원피스를 입은 그녀의 여린 어깨를 감싸 안고 캠퍼스 안으로 들어서면, 모든 시선이 한꺼번에 그들에게 멈추는 것 같았다. 늘 장학금을 받았지만, 아르바이트를 해서 집에 생활비를 보태야 했던 그는 월급날 하루를 빼고는 언제나 돈이 없었다. 가난한 그에게 맛있는 걸 사주고 영화를 보여 주고 캔버스와 붓과 물감을 사준 것도 그녀였다. 푸른 바다 위에 떠가는 수많은 요트들의 하얀 돛과 푸른 하늘과 흰 구름이 어우러진 그림 같은 오클랜드 시내 풍경을 바라보며 그는 갑자기 그 시절의 그녀가 사무치게 보고 싶었다. 그는 자신이 모르는 사이 지나간 그녀의 세월이 안타까웠다. 동시에 그녀 모르게 사라진 자신의 세월도 한스러웠다. 그 가난하고 여유 없던 젊은 시절에 비하면 지금의 그는 너무도 풍족하고 행복해야 마땅했다.

그런데도 어딘가 뻥 뚫린 마음의 구멍 사이로 찬바람이 들이닥쳤다. 문득 어두운 곳에서 슬쩍 본 키위 새의 영상이 그녀와 겹쳐졌다. 날지 못하는 새, 그녀가 어떻게 이곳까지 날아왔단 말인가? 캄캄한 곳에서 먹이를 잡으려고 꿈틀거리는 키위 새의 모습이 그의 머릿속을 맴돌았다. 원래 조금밖에 먹지 않던 그녀가 낯선 이곳에서 무엇을 먹고 사는지 걱정이 되기도 했다. 참 때늦은 걱정이었다.

그가 잠시 짧은 사랑에 빠졌던 그녀의 친구 말에 의하면, 가족들이 파리에 가서 아픈 그녀를 데리고 온 뒤 그녀는 한동안 서울에서 어머니와 함께 살았다. 그러던 어느 날 말없이 집을 나가 강변에 하염없이 앉아 있는 그녀를 어느 낯선 남자가 발견해서는 자기 집으로 데려갔다. 누구냐고 물어도 대답도 하지 않고 집이 어디냐고 물어도 고개만 설레설레 흔드는 그녀가 일주일 동안 먹은 건 일곱 그릇의 짬뽕이었다. 뭘 먹겠냐고 물으면 그저 짬뽕이라고 했다. 짬뽕 일곱 그릇을 사준 그 남자를 데리고 그녀는 어머니의 집으로 돌아갔다. 그 인연으로 그들은 결혼을 약속하고 1년을 같이 살았다. 하지만 머지않아 제정신도 아닌 여자와 같이 사는 게 어디 쉬우냐고 행패를 부리며 돈을 요구하는 그 남자를 피해, 큰 오빠가 이민을 간 뉴질랜드로 떠났다는 전설 같은 이야기를 들은 것도 너무 오래전 일이었다.

그는 바다에 수없이 떠 있는 요트들의 하얀 돛을 바라보며 문득 아버지를 떠올렸다. 그 옛날 아버지는 아마 이곳에도 닻을 내렸을 것이다. 어릴 적부터 상징적 부재로 그의 마음속에 살아 있던 외과의사인 큰아버지가 살고 계시던 가장 가까우면서도 가장 먼 나라, 북한의 항구들만 제외하고는 이 세상 어느 항구에도 닻을 내렸을 것이다.

그는 혼자 중얼거렸다. 아버지도 돌아가셨다. 할아버지도 돌아가셨다. 아마 큰아버지도 돌아가셨을 것이다. 텔레비전에서 남북한의 가족들이 서로 만나 얼싸안고 울고 있는 장면을 볼 때마다 그는 마음이 아팠다. 아버지도 할아버지도 찾지 않는 걸 보면 틀림없이 큰아버지도 돌아가셨을 것이다. 그의 마음속에 오래도록 집을 짓고 살았던 큰아버지의 상징적 부재는 언제부턴가 자신도 모르게 잊혀졌다. 큰아버지 탓에 자신이 운명적으로 외과의사가 되었다는 회한도 함께였다. 그는 의사 가운을 벗어버리고 자유인이 되고 싶었다.

그림이나 사진이 아니라면 아버지처럼 원양 어선의 선장이 되어 먼 나라들을 떠도는 것도 좋을 것이다. 아니 요리사가 되는 것도 좋을 것 같았다. 그녀를 위해 맛있는 짬뽕을 만들어 보리라. 이렇게 나는 여기에 살아 있다. 그녀도 죽은 듯이 살아 있다. 또 한 사람, 그를 원망하며 휠체어에 앉아 남은 삶을 살아가야 하는 그 여환자도 살아 있다. 그는 갑자기 높은 곳에 올라가 자신의 몸을 날려 버리고 싶은 충동에 사로잡혔다.

마치 그의 마음속을 읽기라도 하듯 관광버스는 번지 점프로 유명한 오클랜드의 하버브리지로 향했다. 엘리베이터를 타고 꼭대기에 올라 아래를 내려다보니 푸른 강물이 넘실대고 있었다. 뉴질랜드는 번지점프의 본고장이었다. 그는 몇 해 전 어느 영화에서 번지점프를 하는 모습을 보았던 기억을 떠올렸다. 몇 십 미터 높은 곳에서 허공을 향해 온몸을 묶고 뛰어내리는 엽기적인 스포츠라는 기본적인 상식 외에 그가 번지점프에 관해 아는 것은 아무것도 없었다. 그때만 해도 그가 번지점프 같은 걸 하리라고는 생각도 못해 본 일이었다.

높은 곳에서 눈 딱 감고 뛰어내리고 싶은 충동에 사로잡혀 있는 지금, 눈앞에 번지점프대가 있다는 사실이 마술처럼 느껴졌다. 그는 번지점프라는 스포츠를 발명한 '번지'라는 사람이 순간 존경스러웠다. 높은 곳에서 몸을 날려 버리고 싶은 사람은 우선 번지점프를 해보는 게 어떨까? 하지만 죽음이 연습이 되는 걸까? 그렇게 죽음 직전까지 가보고 난 뒤 갑자기 살고 싶은 생각이 물밀듯 밀려온다면 얼마나 좋을까? 아니 번지점프에 재미를 붙여서 심심하면 뛰어내리는 거다. 죽고 싶을 때마다 그렇게 뛰어내리는 거다. 그는 자꾸만 혼잣말을 했다.

우리는 모두 혼자 뛰어내려야만 한다. 어느 누구도 도와 줄 수 없는 번지점프의 외로움이 삶을, 죽음을 닮았다. 절벽에서 푸른 강물을 향해 뛰어내린 뒤 공중에서 몇 번씩 공중곡예를 하며 온몸을 거꾸로 휘돌리며 그 푸른 강물에 빠지기 직전까지 거꾸로 매달리는 스포츠, 번

지 점프는 시작이 어렵지 일단 발만 앞으로 내디디면 발이 먼저 부드럽게 땅에 닿게 된다. 첫발을 내디딜 때는 아찔하지만 몸을 날리는 순간 쾌감과 스릴을 만끽하게 된다는 번지점프, 순간 그는 갑자기 미치도록 뛰어내리고 싶었다. 순식간에 일어나는 추락- 죽는 것도 아닌 죽음 직전까지 가보는 그런 순간- 그는 문득 번지점프를 하다가 죽어도 좋을 것 같았다. 아니 번지점프를 하다가 죽고 싶었다. 할아버지와 큰아버지와 아버지와 그들을 닮은 이 땅의 모든 사람들의 한恨을 자신의 업으로 끝내고 싶었다. 그 잘난 의사 가운을 영원히 벗고 다음 생에는 다른 사람으로 태어나고 싶었다.

다른 사람으로 태어나 현생의 죄업을 다시는 짓고 싶지 않았다. 다음 생에도 의사가 되어야 한다면 엉뚱하게도 그는 수의사가 되고 싶었다. 모든 개들은 죽으면 천국으로 간다는 말을 들은 기억이 났다. 아무런 죄도 짓지 않고 생을 마감하는 개와 소와 닭과 말, 이 세상의 모든 동물들은 죽으면 분명 천국으로 갈 것이다. 하긴 그는 죽어서 천국에 가고 싶지도 않았다. 그 옛날 그녀의 화실이 있던 그 시간과 공간, 그곳이 지옥이라도 그곳에 가고 싶었다.

스리랑카에 가서 집 없는 거리의 아픈 개들을 치료하고 예방 주사를 놓아 주며 배고픈 개들에게 먹이를 주면서 살아가는 한국인 수의사 이야기를 들은 적이 있었다. 그 이야기를 들을 때만 해도 참 실없는 사람이라고 비웃었다. 그런데 그는 지금 난생처음으로 그의 삶이 부러웠다. 그는 짧은 끈에 묶여 옴짝달싹 못하는 불쌍한 한국의 토종 잡견들을 돌보며 사는 것도 괜찮을 거라고 생각했다. 그녀와 함께 불쌍한 백구들과 황구들을 돌보며, 틈이 나면 그림을 그리고 사진을 찍으면서 살고 싶었다.

유능하고 책임감 강하지만 차갑기 짝이 없는 지금의 아내와 다음 생에서는 그저 스쳐 지나갔으면 싶었다. 꾸밈없고 마음 여린 그의 첫사랑 그녀와 다음 생에서는 다시는 헤어지고 싶지 않았다. 번지점프대 앞에서 갑자기 밀어닥친, 한 번도 해본 적 없는 그의 터무니없는 감상적인 생각들이 그로 하여금 번지점프를 하라고 유혹했다. 저 푸른 물을 향해 뛰어들라고, 무서울 게 무어냐고. 그는 심장에 문제가 없다는 사인을 한 뒤 번호표를 받았다. 일곱 번째였다.

럭키 세븐, 평생 처음 해보는 번지점프의 순서를 기다리며 그는 처음 수술을 할 때처럼 온 신경이 곤두섰다. 차례를 기다리며 조마조마한 기분으로 서 있는데, 낯익은 여자의 실루엣이 눈에 들어왔다. 그는 잠시 자신의 눈을 의심했다.

온몸을 묶고 하늘을 향해 거꾸로 투신하는 여자는 휠체어를 타고 있었다. 그녀는 거짓말처럼 휠체어에서 벌떡 일어나 절벽을 향해 뛰어내렸다. 사람들의 박수소리가 터져 나왔다.

그의 눈에 비친 번지점프를 하는 여자의 풍경은 그의 슬픈 첫사랑 그녀의 상반신과 그의 수술을 받은 뒤 영원히 휠체어 신세를 지게 된 여환자의 하반신을 합성한, 그가 가끔 꿈속에 보는 사진을 현실에 옮겨 놓은 풍경이었다.

갑자기 웅성거리는 소리가 들렸다. 영어로인지 한국말로인지 분간이 가지는 않았지만 "마가렛 조다" 그렇게 웅성거리는 사람들의 목소리가 들렸다.

  하지만 그의 눈에 비친 건 날 수 없다는 키위 새 한 마리가 절벽에서 뛰어내려 푸른 강물을 향해 훨훨 날고 있는 믿을 수 없는 풍경이었다. 그는 혼자 속으로 중얼거렸다.

  "날아라. 날아. 그래 날자꾸나." (*)

세 번째 이야기

짜장면에관한명상

그해 크리스마스 이브, 박제가 된 천재와 거지 왕자와 나, 우리 세 사람의 공통점은 사랑하는 사람과 교감하는 방법을 모르는 사랑 불능증 환자였다는 점이었을지도 모른다.

창밖에는 사각사각 눈이 내리고 있었다. 1990년 겨울, 크리스마스이브였다.

어색한 침묵을 뚫고 K가 말문을 열었다.

"콜걸이랑 자본 적이 여러 번 있습니다. 그녀들은 딱 돈 준 만큼 하죠. 더도 덜도 없어요. 많이 주면 다 할 수 있지만 적게 주면… 후후……."

그는 조금 망설이는 듯한 표정으로 말을 이었다.

"돈을 주고 여자를 사는 게 얼마나 외로운 일인지 아십니까? 특히 백인 여자는 나 같은 남자를 더 외롭게 합니다. 그런데 외로울 때마다 그 일을 되풀이하는 겁니다."

나는 풍만한 백인 여자와 그가 엉켜 있는 그림이 언뜻 떠올랐다.

그날 밤, 우리 셋은 어릴 적 텔레비전에서 본 일본 만화 영화의 주인공들 같았다. 사람이 되고 싶지만 될 수 없는 요괴인간들이었거나, 성별의 구분이 더 이상 중요하지 않은 세 개의 섬이었다. 1990년 뉴욕의 겨울은 유난히 추웠다. 그날 밤 가족도 애인도 없는 그 두 남자와 나는 더 이상 좁혀질 가능성이 1퍼센트도 없는 완벽한 섬이었다. 이 섬에서 저 섬으로 타고 갈 배 한 척도 없었다. 그저 따로따로의 거리를 지니고 앉아 외롭게 짜장면을 먹었다.

우리 중 나이가 제일 많은 H가 말을 이었다.

"뉴욕에서 짜장면을 먹게 된 건 그리 오래된 일이 아니지요."

그가 중학교 2학년 때 유학을 왔을 땐 한국 음식점은 한 개도 없었다. 미국의 짜장면이란 화교들이 한국에 정착한 뒤, 그들이 또다시 미국으로 이민을 와 만든 독특한 음식이었다. 같은 이름의 중국 음식이 있다고 해도 그 맛은 무척 달랐다.

'짜장면을 좋아하지 않았던 대한민국 어린이들은 손들어라.'

나는 속으로 혼잣말을 했다. 당신이 일흔 살이든 예순 살이든 마흔 살이든 열 살이든, 모든 세대를 가로질러 우리를 한 지점에 모이게 하는 것은 우리 모두가 짜장면을 좋아하는 어린 시절을 통과해 왔다는 거다. 지금은 비록 건강상 좋지 않다는 이유로 먹지 않는다 해도 짜장면은 우리의 추운 영혼을 어루만져 주던 고마운 음식이었다. 장갑보다 철모보다 휴전선보다, 비무장지대를 건너 들려오는 불쌍한 어린 적군의 대남방송, "모두가 행복한 조국 북조선 인민민주주의공화국의 품 안에서 행복하십시오"보다 더 다정한 맛의 기억 짜장면…….

하지만 1990년 크리스마스 저녁, 뉴욕의 한인 타운에서 짜장면을 먹고 있었던 두 남자는 대한민국의 성장통과의례인 입시지옥을 통과하지도 않았고, 군대 시절을 보내지도 않았다는 공통점을 지니고 있었다. 그들은 중학교 때 유학을 온 그 당시만 해도 부잣집 도련님들이었다. 대한민국 조기유학 1세대라고 해야 하나? 그리고 그중에 말없이 끼어 있는 나도 중학교 때 부모님을 따라 이민을 왔다. 언어란 습득 능력도, 잊어버리는 정도나 속도도 사람마다 많이 다르다. 내 경우는 떠나왔던 그 지점의 한국말을 하나도 잊어버리지 않았다. 어쩌면 그날 밤 함께했던 두 남자도 나와 같았는지 모른다. 나이 차이가 꽤 있었던 우리 세 사람은 각자가 떠나왔던 바로 그 시대의 한국말을 하고 있었다. 그래서 우리의 말은 서로에게 가끔씩 이해되지 않았다. 우리 셋은 심리치료 클리닉에서 처음 만났다. 우리 세 사람은 그곳에 온 유일한 한국 사람이었고, 그 중에 내가 제일 어렸다.

그리 살갑게 친하지도 않은데, 그렇다고 모르는 사람이라고 하기엔 친분이 있는 우리 셋은 90년대의 크리스마스 이브를 그렇게 별 볼일 없이 한 세 번쯤 같이 지냈다. 의미 있게 느껴지던 시간만 기억 속에 남는 것은 아니다. 2000년대에도 나는 그들과 함께 보낸 1990년대의 크리스마스 이브가 가끔 생각이 났다.

아무도 묻지 않는데, 마치 심리 치료를 하는 중인 듯 두 남자는 슬슬 자신의 과거에 대한 이야기들을 털어놓았다. 아마도 눈 때문이었거나 우리 사이에 흐르는 어색한 침묵 때문이었거나 아니면 너무들 외로웠기 때문이었을 거다. 아이들은 친구를 사귀는 가장 좋은 방법을 알고 있다. 그건 말할 것도 없이 먼저 비밀을 털어놓거나 먼저 선물을 주는 방법이다. 그렇게 아이 같은 마음으로 그날 밤 그들은 자신이 살아온 삶에 관해 고백했다. 비겁하게도 나는 아무 말도 하지 않고 두 남자의 말을 듣기만 했다. 물론 돈을 주고 남자를 사 본 적은 없었다.

난 아버지는 아르헨티나 사람이고 어머니는 아일랜드 사람인 남자와 3년 동안 사귀었다. 너무 어린 나이이기도 했지만, 남자랑 자는 일이 너무 무서워서 인터코스는 하지 않고 패팅만 했다. 어느 날 지치고 지친 남자는 너같이 이기적인 여자를 더 이상 사랑할 수 없다고 말하며 내 곁을 떠났다. 나는 이해를 할 수가 없었다.

여자들은 언제 어디서 어떻게 처녀를 버리는가? 하지만 처녀성은 버려지는 게 아니다. 불 속의 쇠처럼 단련될 뿐이다. "이런 얘기 재미없으시죠?" 나는 입 밖으로 꺼내지도 않은 이야기를 마치 해 버린 듯 두 사람의 표정을 살펴보았다. 딱 보기에도 두 사람은 특징이 두드러진 얼굴을 갖고 있다. 그중 K는 아주 비싼 외국종 강아지의 표정을 지니고 있다.

미간이 좁고 수염을 기른 그의 얼굴 아랫부분에 자리 잡은 입의 크기는 너무 작았다. 그래서 그가 수염을 기르는 건지도 몰랐다. 그의 수염은 마치 공작부인의 모자에 달린 깃털처럼 아주 작은 온풍기 바람에도 흔들렸다. 삶이란 깃털처럼 가볍고 동시에 콘크리트 벽처럼 무겁다. 깃털과 콘크리트 벽 중에 너는 어떤 것을 갖겠는가 물으면 나는 물론 깃털을 선택할 것이었다. 깃털이 되어 한없이 날아가 2백 년 전쯤의 하와이 마우이 섬에 떨어져 그곳의 원주민 추장의 부인이 되어도 좋았다. 그곳에서도 나는 인터코스를 거부하여 쫓겨났을까? 하지만 H라면 콘크리트 벽이 되어 수없는 힘센 주먹들을 박살내고 싶었을 거였다. 벽에 부딪쳐 깨지지 않는 생명이 어디 있으랴? 마치 나의 혼자 생각을 듣기라도 하듯 H가 말했다.

"나는 깃털을 달고도 날지 못하는 콘크리트 벽이요."

아니 정말 그가 그런 말을 했을까? 나는 잠시 내 귀를 의심했다.

그는 중학교 1학년 때 이미 시집을 출간한 적이 있는 소년 시인이었다. "박제가 된 천재를 아십니까?" 문득 나는 그런 구절이 떠올랐다. 그 구절을 이 상황에서 번역하자면 "조기 유학을 떠나 온 고학력 루저들의 슬픔을 아십니까?" 정도가 될 것 같았다. 오래전에 죽은 시인 이상李箱이 창밖에서 윙크를 하며 속삭였다. "니코틴이 내 횟배 앓는 뱃속으로 스미면…" 하지만 우리 중 아무도 담배를 피우지 않았다.

"히틀러가 금연 운동의 창시자였다는 걸 아세요?" H가 말했다.

"정말 앞선 인간이었지요. 그가 미술학교에 합격만 했다면 역사는 달라졌을 겁니다."

아무렴 그렇고 말고. 우리 모두 그 말에 공감했다.

"나는 중학교 때 히틀러의 《나의 투쟁》을 읽었습니다. 미친 건 틀림없었지만 그는 멋졌어요. 그 멋진 미친놈은 그림을 그려야 했습니다. 이 세상을 캔버스 삼아 맘대로 붓질을 해댔으니 세상이 엉망이 될 수밖에 없었지요. 그래서 히틀러는 용서받을 수 없는 죄인이 되었다 이겁니다."

나는 잠시 다른 생각을 하며 먹고 남긴 불어터진 짜장면을 나무젓가락으로 휘저었다. 짜장면 같은 사랑, 짜장면 같은 죽음, 적당히 비벼놓으면 입에 착착 달라붙는 그런 맛, 어쩌면 그 외로운 크리스마스 저녁에 K와 H, 그 두 사람 다 나를 사랑했을지도 모른다.

그런 생각이 든 건 그로부터 15년쯤 흐른 뒤였다.

*

우리는 다음 해 크리스마스 이브를 또 같이 지냈다. 1년이란 세월이 흘렀어도 우리는 1센티미터도 더 가까워지지 않았다. 단지 한국말로 외로움을 나눌 친구가 없었을 뿐이었다.

우리는 한인 타운에 있는 예의 그 중국음식점에서 어둑할 무렵에 만났다. 그해는 눈이 내리지 않았다. 우리는 탕수육과 짜장면과 고량주 한 병을 시켰다. 사실 그 당시만 해도 우리 셋 중 아무도 술을 마시지 못했다. 우리는 그 독한 고량주를 조그만 잔으로 한두 잔씩을 마셨다. 심장이 타들어가는 것 같았다. 얼굴이 불그레해진 K가 불쑥 말을 꺼냈다.

"중학교 1학년 때 유학을 떠나온 지 2년 만에 아버지가 교통사고로 세상을 떠났습니다. 그때부터 저는 거지왕자가 되었던 거죠. 그때 이미 예순이 넘으셨던 아버지는 아들을 얻으려고 젊은 어머니를 집에 들여 저를 낳았습니다. 집안에 발언권 하나 없는 가엾은 존재였죠. 아버지가 돌아가시자 달마다 부쳐오던 돈도 끊기고 장학금을 받아 학교에 다녀야 했습니다."

고생이라고는 조금도 해보지 않은 듯 거지왕자의 인생 항로는 그의 얼굴에 나타나지 않았다. 수염을 기른 그의 얼굴은 한국사람 같지 않았다. 그는 한국인이라는 말을 아무에게도 하지 않으며 청년 시절을 보냈다. 한국말을 주고받을 친구는 단 한 사람도 없었다. 어쩌면 나와 H가 그의 유일한 한국인 친구였을 것이다. 그는 대학을 다니면서 계속 유대인 행세를 했다. 수염을 기른 그의 얼굴은 정말 유대인처럼 보였다. 나이 서른이 훨씬 넘어서도 한국 여자랑 자본 적은 단 한 번도 없었다. 한국인의 정체성에 괴로워했던 거지왕자 K는 늘 귀족 취향을 버리지 않고 있었다. 돈이 아무리 없어도 좋은 음식을 먹고 좋은 옷을 걸치고 좋은 구두를 신어야 했다. 돈이 없으면 남에게 꾸어서라도 그렇게 했다.

1991년 크리스마스 이브, 박제가 된 천재와 거지왕자 나, 우리 세 사람의 공통점은 사랑하는 사람과 교감하는 방법을 모르는 사랑 불능증 환자였다는 점이었을지도 모른다.

나는 어릴 적부터 구멍을 뚫는 일에 공포를 느꼈다. 구공탄에 뚫려 있는 아홉 개의 구멍은 내게 공포를 느끼게 했다. 그 구멍 사이로 흘러나오는 가스 냄새를 맡고 사람들이 죽어가는 것은 아닐까? 남들 다 뚫는 귀를 못 뚫어 귀걸이도 할 수 없었다. 그러니까 내가 남자와의 인터코스를 두려워하는 건 당연한 일인지도 몰랐다.

듣기만 하고 있던 H가 말을 이었다.

"내 애인은 바에서 노래를 부르는 흑인과 백인 혼혈의 재즈싱어였어요. 그녀가 노래를 부를 때마다 나는 늘 발기했어요. 그래야 노래를 부를 수 있다면서 그녀는 코카인을 복용하곤 했어요. 마약을 끊게 하려고 나는 무진 애를 썼지요. 하지만 그녀는 내가 한국에 대학교수 자리를 알아보러 갔던 며칠 사이 코카인 과다 복용으로 세상을 떠났습니다. 많이 울었어요. 하지만 모든 울음은 사실은 자기 설움에 우는 거지요."

H의 안경 안쪽에 김이 서렸다. 그는 울고 있는 것일까?

그 시절 생각보다 그는 그렇게 늙지 않았다. 나는 그날 밤 갑자기 그가 마치 삼촌처럼 친숙하게 느껴졌다. 아마 솔직한 그의 고백을 들었기 때문이었을지도 모른다.

문득 나는 삼촌이 떠올랐다. 아버지의 동생이었던 삼촌은 정말 착한 사람이었다. 어릴 적, 해마다 크리스마스 저녁에 선물꾸러미를 들고 찾아왔던 삼촌은 육군 사관학교에 다니고 있었다. 나는 이 세상에서 삼촌이 제일 좋았다. 삼촌이 들고 온 커다란 버선 속에는 별의별 선물이 가득 들어 있었다. 곰 인형과 소꿉놀이 세트와 초콜릿 등등… 이 세상에서 내가 제일 사랑한 사람이 그 삼촌이었다. 우리 가족이 아버지의 사업 실패로 도망치듯 미국으로 떠난 바로 1년 뒤, 삼촌은 박정희 대통령 암살 사건에 연루되어 당시 김재규 중앙정보부장의 충실한 부하로 젊디젊은 삶을 마감했다.

삼촌의 사형집행 전 아버지는 한국에 나가려고 했지만, 어머니가 발목을 붙들고 울어대는 바람에 가지 못했다. 그때만 해도 우리 가족은 영주권도 시민권도 없었다. 어쩌면 아버지가 한국에 들어가면 미국에 다시 들어올 수 없을지도 몰랐다. 친구가 경영하는 뉴욕 퀸즈의 한인 타운 세탁소에서 뼈가 빠지게 일만 하던 아버지와 어머니와 나, 우리 세 식구는 삼촌의 사형집행 전날 밤을 뜬눈으로 새웠다. 아버지는 동생의 마지막 얼굴을 보지 못해 괴로워했고, 어머니는 남편을 말린 죄책감에 괴로워했고, 나는 삼촌이 그리워서 밤새도록 울었다. 〈이제는 말할 수 있다〉라는 한국 텔레비전 프로그램에 나옴 직한 내 사랑하는 삼촌의 억울한 죽음이 그날 밤 문득 내 맘에 사무쳤다.

거지왕자와, 박제가 된 천재와, 구멍 뚫는 일을 무서워하는 나, 우리 세 사람은 불어터진 짜장면의 마지막 한 가락까지 다 먹고, 고량주 몇 잔에 취해 음식점을 나와 한인 타운의 어둑한 골목에 오래도록 서 있었다. 마르스 블랙도 아이보리 블랙도 아닌 짜장면에 비벼진 중국 된장의 검은 색깔은 신비로웠다. 마치 별 하나 없는 뉴욕 한인 타운의 밤하늘처럼. 둘 중 아무도 취기를 핑계로 내게 치근대는 사람은 없었다. 사실 그날 밤 나는 그 둘 중 아무와라도 함께 어디론가 가고 싶었다. 천국보다 낯선 곳으로, 삼촌이 죽어간 사형집행장으로, 지금 이곳이 아닌 어느 곳이라도 좋았다.

눈은 내리지 않았고, 각자 따로따로 자신의 썰렁한 아파트로 돌아가는 우리 셋은 그날 밤도 역시 가까워지고 싶지만 한 치도 더 가까워질 수 없었던, 만화 영화 〈요괴인간〉 속의 고독한 주인공 '벰 베라 베로'였다.

*

우리는 다음 해 크리스마스에도, 또 그 다음 해 크리스마스에도 만나지 못했다. H는 대학 전임 교수 자리를 찾아 서울로 떠났고, K는 일자리를 얻어 샌프란시스코로 떠났다. 나는 퀸즈에 있는 부모님과 함께 1992년 크리스마스를 보냈다. 우울한 크리스마스였다.

아버지는 남은 우리 가족 세 사람이 모이면 언제나 삼촌 이야기로 밤을 새웠다.

"그놈이 살아 있었으면 우리는 벌써 한국으로 돌아갔을 거야. 별 서너 개 정도는 단 장군이 되었을 텐데. 으리으리한 집에서 형님을 모실 거라고 늘 그랬었거든."

술이 한 잔 두 잔 들어갈수록 아버지의 삼촌에 관한 추억은 한두 방울의 눈물로 변해 급기야는 통곡으로 변했다. 아버지의 삶을 지탱해 온 아무도 발조차 담글 수 없는 슬픔의 강을 곁에서 지켜보는 일은 가혹했다. 아버지가 돈을 벌어 자신의 세탁소를 경영하면서부터 우리 집 형편은 먹고살 만해졌다. 그래도 아버지의 슬픔은 늘 그때 그 언저리에 머물러 있었다.

"그때 알았더라면 그놈을 데리고 오는 건데. 그 불쌍한 놈이 얼마나 무서웠을까?"

우리 가족이 미국으로 떠나오기 일주일 전 크리스마스 이브에, 삼촌은 선물꾸러미를 들고 우리 집에 왔다. 나의 삼촌에 관한 기억은 바로 그날에 머물러 있다. 삼촌은 내게 파커 만년필과 빨간 지갑을 선물로 주었다. 나는 삼촌이 준 만년필을 오래도록 간직했다.

미국에 와서 학교에 입학하자마자 나는 그 만년필로 삼촌에게 편지를 썼다. 컴퓨터 자판기로 모든 글씨를 쓰게 되었을 때도, 나는 그 만년필로 세상에 없는 삼촌에게 편지를 썼다.

"보고 싶은 삼촌, 나는 매일 낯선 도시에서 헤매는 꿈을 꿔. 시험을 보았는데 아는 문제가 하나도 없어서 하얀 백지로 답안지를 내는 그런 꿈. 꿈에서 깨면 식은땀이 흘러. 눈이 오는데 구멍마다 발이 푹푹

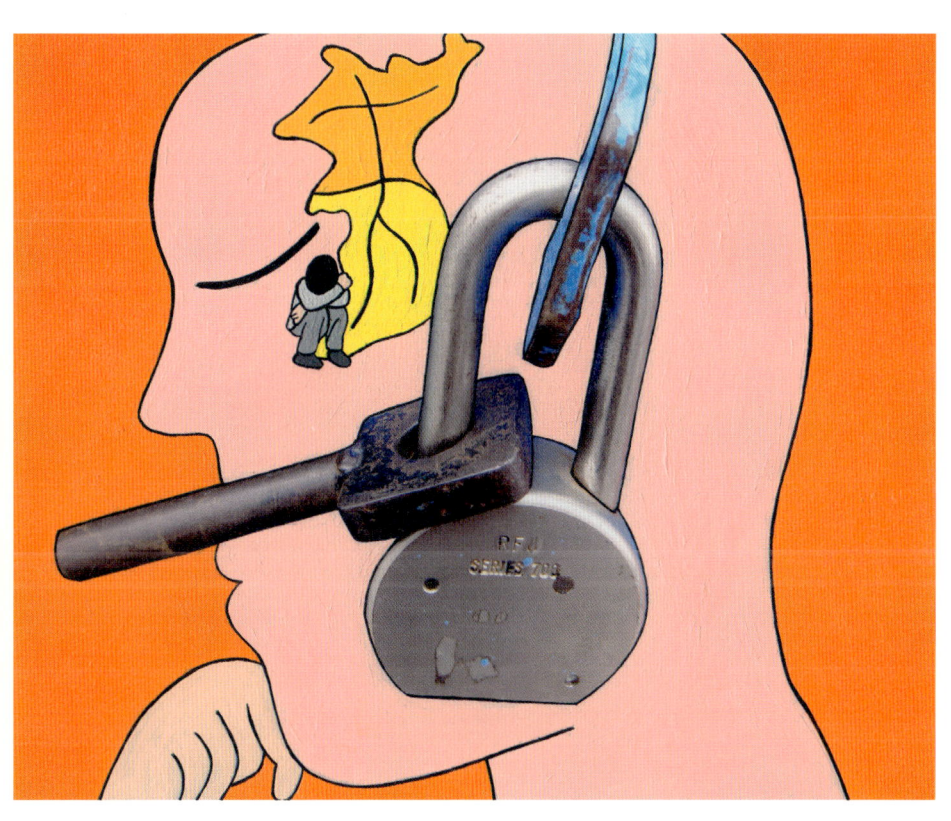

빠지는 꿈. 근데 그 구멍마다 전갈이 살고 있는 거야. 나는 전갈에 물리지 않으려고 눈 속에 발이 푹푹 빠지며 도망을 쳐. 그때 근사한 군복을 입고 어깨에 별을 단 삼촌이 나타나 나를 구해 주는 거야. 삼촌 보고 싶어."

그런 식의 편지였다. 그때의 어린 나는 매일매일 살아내는 일이 암담했다. 영어를 못해서이기도 했지만 너무 내성적인 탓에 친구도 한 명 없었다. 삼촌은 김재규 중앙정보부장의 충실한 부하로 그의 작전 명령을 아무런 회의 없이 따르기로 하기 전까지 내게 늘 답장을 보냈다.

"구멍에 발이 빠지는 걸 무서워하지 마. 네 발이 빠지는 그 구멍 속에 삼촌이 버선을 넣어 두었어. 그 속에는 별 사탕이랑 인형이랑 네가 좋아하는 물건들이 가득 들었어. 그러니까 구멍에 빠지는 걸 무서워하지 마."

하지만 삼촌은 그 오도 가도 할 수 없는 구멍에 빠져 허우적거리지도 못하고 죽었다. 인생에 있어 줄을 잘 서는 일은 얼마나 중요한 일인가? 미국에 와서 배운 게 있다면 바로 그 줄 서기였다. 편지 한 장을 부치러, 햄버거 한 개를 사러, 커피 한 잔을 사러 사람들은 매 순간 긴 줄을 서 있었다. 그 아무도 아무런 불평 없이 긴 줄을 서 있는 게 나는 너무 신기했다. 아무리 서 있어도 줄이 줄어들지 않자 나는 인내심의 한계를 느끼고 그냥 줄에서 탈퇴하고 만다. 줄 서 있던 사람들이 나를 보고 웃는 게 보였다. 그들은 우리보다 줄을 잘 선다. 하지만 그건 편지를 부치거나 팝콘이나 아이스크림을 사려고 시시한 줄을 설 때의 이야기다. 우리의 삶과 죽음을 결정하는 중요한 줄을 서는 건 또 다른 이야기다. 날 때부터 우리는 가늘디가는 줄 하나를 붙들고 태어난다.

이른바 탯줄이다. 부모로부터 태어나는 순간부터 우리는 줄서기를 시작한다. 돈 많은 부모로부터 태어나는 게 아무래도 유리하겠지만, 길게 보면 꼭 그런 것도 아니다. 자신이 선택한 그 어떤 줄서기도 결국은 그렇게 될 수밖에는 없었던 각자의 운명인지 모른다.

줄서기는 말하자면 복불복이다. 수송초등학교에 다닐 무렵, 삼촌은 가끔 방과 후 학교 앞으로 찾아와 내게 짜장면을 사주었다. 화교가 운영하던 적선동의 그 중국 음식점은 물만두와 짜장면이 전문이었다. 나는 그때 먹어 본 짜장면의 맛을 오래도록 잊지 못했다.

아버지는 삼촌의 사형집행 후 늘 악몽에 시달리곤 했다. 식은땀을 흘리며 잠에서 깨어나서는 삼촌이 아버지를 부른다고 했다.

"꿈속에 면회를 갔는데 뭐가 먹고 싶으냐고 물으니 짜장면이 먹고 싶다는 거야. 그래서 부랴부랴 짜장면을 사 들고 갔는데 이미 사형집행이 끝났다는 거야. 죽은 시신이라도 보여 달라고 애걸해서 그놈을 보았는데, 글쎄 죽은 그놈 목구멍에서 짜장면 국숫발이 계속 뽑아져 나오는 거야. 짜장면이 식도 안으로 넘겨지지 않고 목구멍 가득히 막혀 있더라고. 한없이 국숫발이 뽑아져 나오는데……."

아버지는 그런 식의 악몽에 수십 년을 시달렸다. 나는 아버지가 그런 악몽에 시달릴 때마다 '사형수의 마지막 메뉴'라는 다큐멘터리 필름이 떠올랐다. 미국의 감옥에서는 사형집행 전 사형수에게 먹고 싶은 게 무언지 물어서 좋아하는 음식을 마지막으로 준다. 사형수의 마지막 음식을 요리하는 요리사의 고백으로 이루어진 그 필름은 나의 뇌리 속에서 오래도록 잊히지 않았다.

감자튀김과 스테이크는 미국인 사형수들이 제일 선호하는 마지막 음식이었다. 감자튀김을 먹고 사형집행장의 이슬로 사라진 사람의 목구멍 속에는 삼키지 못한 음식들이 그대로 들어 있었다.

그 필름을 보면서 나는 아버지의 악몽이 되살아났다. 문민정부가 들어서자 우리 가족은 삼촌의 무덤을 만들어 주고자 한국에 갔다. 하지만 삼촌의 재가 뿌려진 북한강가에서 한없이 울다가 그냥 왔다. 이제는 먹고살 만해진 아버지의 뿌리 깊은 슬픔은 죽을 때까지 조금도 줄어들 것 같지 않았다. 왜 삼촌은 아버지의 꿈속에 나타나 늘 짜장면을 먹고 싶다고 하는 것일까?

하지만 내 꿈속에 나타난 삼촌은 마술을 하고 있는 것처럼 보였다. 삼촌은 목구멍 속에서 끊임없이 짜장면 국숫발을 뽑아내는 마술을 하고 있었다. 얼마나 쉬워 보이는지 나는 두 손이 으스러져라 박수를 쳤다. 꿈에서 깼을 때는 너무나 슬퍼서 눈물이 났다.

정말 오랜만에 H의 전화를 받은 건 삼촌 꿈을 꾸고 울면서 깨어났던 어느 이른 아침이었다. 그는 약간 상기된 억양으로 서울에 있는 대학에 자리를 잡았고, 게다가 곧 결혼을 할 예정이라고 말했다. 상대는 자신보다 훨씬 젊은 발레리나라고 했다. 내가 결혼식에 참석하지 못해서 섭섭하다고도 했다. 문득 내 머릿속에서 꿈속에서 마술을 하던 삼촌과 H의 모습이 오버랩 되었다.

H가 상자 속에 발레리나를 가두고 칼로 베는 장면이 떠올랐다. 상자 속의 발레리나가 아무 탈 없이 무사한 걸 보여 주면서 마술은 끝이

난다. 나는 멀리서나마 그가 진심으로 행복하기를 빌었다.

*

 몇 년 후, 1990년대 중반 어느 해 크리스마스 저녁에 우리 세 사람은 뉴욕 맨해튼의 한인 타운에 있는 그 중국 음식점에서 다시 만났다. 그간 만나지는 못했지만 우리는 종종 소식을 주고받았다. 샌프란시스코에 정착한 거지왕자 K는 여전히 근사한 모자를 쓰고 근사한 명품 옷을 걸친 귀족의 모습을 하고 나타났다. 사실 그는 뉴욕에 부동산을 좀 갖고 있던 H에게 적지 않은 빚을 지고 있었다. 꽤 많은 돈을 K에게 빌려 주었다지만 H는 단 한 번도 돈을 돌려 달라는 말을 하지 않았다. 뉴욕에 살던 시절 H는 언제나 우리에게 밥을 사주고 영화와 연극을 보여 주고 그 비싼 뮤지컬도 보여 주고 택시비도 쥐어 주곤 했다. 나는 그를 볼 때마다 죽은 삼촌이 떠오르곤 했다. 아무에게서나 쉽게 돈을 빌리는 K는 "돈을 갚지 못하고 죽으면 저승에 가서 갚으면 되지 뭐" 늘 그런 식의 표정을 짓고 있었다.
 K가 엉뚱한 서두를 꺼냈다.
 "발레리나랑 결혼하셨다니 축하드립니다. 저는 개인적으로 첼로를 켜는 여자를 좋아하지만 말입니다."
 딱히 무슨 정해진 일을 하는 사람을 좋아해 본 적이 있을까? 가운을 입은 의사라든지, 그림을 그리는 화가라든지. 어릴 적에 본 삼촌이 입고 있던 군복이 멋있다는 생각을 해본 적은 있었다. 어릴 적에 미국으로 건너온 터라 군복은 그저 모든 것이 절제되고, 동시에 모든 것이 가능할 것 같은 외향적인 멋스러움으로 남아 있었다. 우리 가족이 미국으로 건너온 다음 해 1979년 10월 26일 박정희 대통령이 암살되었다. 믿을 수 없었지만 그 사건에 내 사랑하는 삼촌이 연루되어 있었다. 어릴 적 내가 기억하는 박정희 대통령은 누가 뭐래도 우리 삼촌이 이 세상에서 가장 존경하는 인물이었다. 아직 어렸던 내가 이런 정황을 이해하기는 어려웠다. 아버지는 미국에서 김재규 구명운동이 벌어지고 있으니 삼촌이 살 수 있을 거라고 하셨다. 실낱같은 희미한 희망을 붙잡고 우리 가족은 그해 겨울을 났다. 미국이 약속을 지키지 않았으니 몹쓸 놈들은 미국이라고 아버지는 피를 토하듯 말씀하셨다.

그러던 이듬해 5월 18일 광주 항쟁이 발발했고, 엿새 뒤 1980년 5월 24일에 삼촌은 상관이던 김재규 중앙정보부장과 함께 처형되었다. 정말 슬픈 개죽음이었다.

훗날 나는 인터넷을 통해 김재규 중앙정보부장의 유언을 발견했다. '지금 나는 내란죄로 죽으니 예비역 중장도 아니고 장관도 아니지만 복권復權이 되면 살아날 수 있으니 우선은 나무로 묘비를 세우되 '장군'이라는 호칭을 붙여 달라. 나는 사후에도 '재규 장군'이라고 불리고 싶다. 만약 내가 복권이 되어 '의사'니 '수호신'이니 하는 말이 붙게 되면 이름 앞에 붙여 '의사 김재규 장군 지묘'라고 하면 된다. 내 사후에 존칭을 붙이려는 사람이 있거든 '김재규 장군'이라고만 하라고 하고 존칭이 싫거든 아예 '김재규'라고만 하라고 하라.'

그렇다면 억울하게 죽은 우리 삼촌은 뭐라고 부르면 좋을까? 광주 항쟁이 발발한 뒤 텔레비전 방송을 통해 본 한국 군복의 이미지는 공포 그 자체였다. 1980년 5월 미국의 텔레비전 방송 뉴스는 연일 그 현장을 보도했다. 그중에 삼촌이 없는 게 나는 너무 다행스러웠다. 아니 사실은 삼촌의 처형 소식을 들은 날부터 우리 가족은 아무 생각도 할 수 없었다. 아버지는 텔레비전을 켜지도 못하게 했다. 하지만 나중에 생각하니 상부의 명령을 받고 이를 수행하지 않는 군인은 군인이 아닐 터였다. 삼촌 역시 명령을 수행하다 죽었다.

나의 끊임없는 생각을 깨고 H가 말을 꺼냈다.

"결혼은 사랑의 무덤이 아니라 그냥 무덤 그 자체입니다. 결혼하지 않은 사람의 자유가 얼마나 소중한 것인지 당신들은 몰라요."

H는 마흔이 넘어서 처음 한 결혼, 그 결혼이라는 줄을 잘못 섰다. 길에서 부딪치는 아무하고나 했어도 그보다는 나았을 것이다. H의 젊은 발레리나 아내는 굉장히 사치스런 소비형의 여자였다. 한 달에 명품 백 서너 개를 사고 나면 H의 월급은 바닥이 나곤 했다. 일단 그는 발레리나의 신용카드를 압수했다. 명품 백을 살 수 없게 된 발레리나는 날개를 잃은 천사처럼 밥을 먹지 않기 시작했다. 하루 종일 굶다가 밤이 되면 초콜릿이나 케이크 한 상자를 다 먹어치웠다. 게다가 낮에는 자고 밤에는 뜬눈으로 지새우기 일쑤였다. 그녀는 하얀 발레복을 입고 발레 슈즈를 신고 나가 거리를 서성이곤 했다. 어쩌면 그녀는 발레리나가 아니라 발레리나가 되고 싶었던, 발레복을 가끔 입어 보는 그런 여자였을지 모른다. 발레리나가 되고 싶지 않았던 여자가 어디 있으랴? 발뒤꿈치를 들고 새처럼 걸어가는 여자, 백조의 호수의 주인

공이 되고 싶지 않았던 소녀가 어디 있으랴?

　H는 이혼을 생각 중이라고 말했다. 내 머릿속으로 또다시 H가 마술을 하는 장면이 잠시 스쳐 지나갔다. 무대 위의 H는 발레리나를 상자에 넣고 예리한 칼로 상자를 두 토막 낸다. 그런 다음 H가 상자 속을 열면 거짓말처럼 발레리나가 새처럼 날아오르는 것이다.

　우리가 맨해튼의 그 중국 음식점에서 탕수육과 짜장면을 먹고 늘 그렇듯이 열 시도 채 되지 않아 헤어진 그 다음 날 나는 H의 전화를 받았다. H의 젊은 발레리나 아내는 전화로 남편의 이혼 선언을 들은 날 밤, 그 가늘디가는 목을 매달아 자살했다.

　나는 그때 그 시각, 영어로 번역된 '볼프강 보르헤르트'의 책을 읽고 있었다. 스무 살에 러시아 전선에 배속되어 스물여섯 젊은 나이로 죽어 간 그의 글에 나는 깊이 빠져 있었다. 나는 삼촌을 떠올리는 그 어떤 이미지 하나도 놓치지 않았다. 〈민들레꽃〉이라는 제목을 단 보르헤르트의 글은 이렇게 시작되었다.

　"문은 내 뒤에서 닫혔다. 사람 뒤에서 문이 닫히는 것은 자주 있는 일이다. 그리하여 아주 잠기는 일도 또한 상상될 수 있는 일이다."

　H의 뒤에서 문이 닫혔다. 그 아무도 그 문을 열어 줄 수 없었다.

*

　그로부터 오래도록 H로부터 소식이 없었다. 왜 한 번쯤 연락을 해볼 생각을 하지 않았는지 모를 일이다. 뉴욕 주립 대학에서 영문학을

전공한 나는 아주 오래전 H의 강의를 들은 적이 있었다. 물론 그를 개인적으로 만나기 훨씬 전의 일이다. 유학을 온 초등학교 동창을 만나러 가는 길에 나는 아주 우연히 그녀가 다니고 있던 스태튼 아일랜드의 작은 대학에서 H의 '니체 이후 20세기 철학' 강의를 들었다. 두 학기를 끝으로 그는 미국에서의 처음이자 마지막 강의를 끝냈다. 수강하는 학생이 너무 없었기 때문이었다. 그의 영어는 유창했으나 그 내용은 알아듣기 난해했다. 그날 그의 강의를 들은 사람은 나와 내 초등학교 동창생 그녀와 아무 생각 없어 보이는 백인 남자 학생들 다섯 명쯤, 도합 열 명이 되지 않았다. 그 강의의 내용은 생각이 나지 않는다. 수업을 들으며 나는 죽은 삼촌의 목소리와 너무나 닮은 H의 목소리에 놀랐다. 마치 삼촌이 살아 돌아온 것 같은 착각에 빠져 나는 그가 강의하는 내내 그 내용은 하나도 듣지 못했다. 부드럽지만 절도 있는 목소리, 아무렇게나 흐트러지지 않을, 하지만 꽉 막히지 않은 열린 목소리, 내가 그의 목소리를 꿈꾸는 듯 듣는 동안 그는 한국의 시인 '이상'의 시를 영어로 소개하고 있었다.

"13인의아해가도로로질주하오.(길은 막다른 골목이 적당하오.) 제1의 아해가 무섭다고 그리오. - 그중에 1인의 아해가 무서운 아해라도 좋소. - (길은 뚫린 골목이라도 적당하오.) 13인의아해가도로로질주하지아니하여도좋소."

내가 미국에 오기 전 노트에 빽빽하게 적어 놓았던 이상의 시를 영어로 소개하는 그의 강의는 정말 난해했다. 강의 도중 백인 남학생들이 수군거리며 킬킬대는 소리가 들렸다. 그들이 수군대는 영어를 번역하면 대충 이런 말이었다.

"열세 명의 아이들이 뭐 길에서 뒈졌다고? 13이라는 숫자가 재수 없는 숫자니까 그렇지."

나는 이후로도 그의 강의를 들은 적이 있다는 말은 단 한 번도 하지 않았다.

스태튼 아일랜드에서 페리를 타고 집으로 돌아오는 길은, 한 30분 '자유의 여신상'을 바라보며 바다를 건너야 했다. 배를 타는 내내 자유의 여신상은 점점 가까워졌다가 다시 점점 멀어지곤 했다. 이후로도 나는 마음이 답답할 때마다 혼자 아무 목적도 없이 스태튼 아일랜드로 가는 페리를 타고 갔다 내리지도 않고 그냥 돌아오곤 했다. 그럴 때마다 나는 H의 강의를 떠올렸다. '길은 막다른 골목이 적당하오.' 그 구절은 그 시절의 나에게 조금쯤 위로가 되었다. 나 자신이 '막다른 골목' 그 자체였다. 인디언의 이름들을 들어 본 적이 있는가? 마치 인디언 이름, '구르는 천둥'이나 '어디로 갈지 몰라'처럼 그 시절 나는 나의 이름을 '막다른 골목'이라 명명해 마땅했다. 적어도 문학을 전공한 인간이라면, 아니 청소년 시절 책 냄새를 좀 맡아 본 사람이라면 공자 왈 맹자 왈 하는 톨스토이보다는 삶의 어두운 그림자를 그대로 그려내는 도스토예프스키 쪽을 좋아해야 마땅한 일이 아닐까?

하지만 나는 지금도 위악보다는 위선이 낫다고 생각한다. 왜냐하면 위선은 위악보다 생산적이기 때문이다. 위선의 이름으로 수재 의연금도 불우이웃돕기도 그 많은 고아들의 해외입양도 이루어지는 것일 테니까 말이다. 위선이 선善과 착각될 정도로 '짝퉁'일 때 나는 그 위선마저 선이라고 부르고 싶다. 아니 위선은 인간의 영역이고 위악은 신의 영역이다. 인간에게 깨달음을 주기 위해 자연재해의 끔찍한 맛을 보게 해주는 신이야말로 위악적인 존재일 터였다. '박제가 된 천재와 거지왕자와 성냥팔이 소녀' 그렇게 마지막으로 우리 셋이 만났던 그해 겨울 이후, 거지왕자 K는 어떤 일인지 샌프란시스코에서 가끔 나를 만나러 뉴욕으로 날아왔다. 눈부신 봄날이었다. 그 누구라도 상관없이 그저 모르는 남자가 아름다운 날들이었다. 그 봄날 오후 얼떨결에 K와 나는 영화를 같이 보러 갔다.

그 영화는 '테네시 윌리엄스'의 희곡 〈유리 동물원〉을 현대적으로 재해석한 내용을 줄거리로 한 영화였다. 영화 속에서 외로운 두 남녀는 저녁을 같이 먹고 포도주 한잔을 기울이다가 결국은 같이 자게 되는 스토리였다. 그 다음 날 아침 그들은 날이 밝은 훤한 세상 아래서 전날 밤의 일이 그저 아무 일도 아니었다는 듯이 각자의 길로 헤어져 간다는 내용을 담은 쓸쓸한 영화였다.

남자와 여자가 같이 자는 게 대수라면 이 세상에 안 되는 일이 없을 것이다. 그들이 같이 자는 일은 사실 그리 간단하지 않다. 타고난 감성과 취미와 성장과정의 차이와 인간의 격과 체온의 온도 차이와 그렇게 많은 인자들이 얽히고설켜 그들은 소위 사랑을 나눈다. 하지만 사실 이런 것들은 두 남녀가 사랑을 나누는 데 있어 하나도 중요하지 않은 것들이다.

K와 나의 그날 밤의 행보는 그 영화의 내용과 비슷하게 진전되었다. 영화를 보고 나와 우리는 소호의 불란서 식당에서 와인 한잔을 곁

들여 송아지 요리를 먹었다. 우리가 그날 먹은 송아지를 멀리서라도 직접 보았다면 절대 먹지 못했을, 아니 남이 먹는 것도 구경조차 못했을, 여리고 부드럽고 순하고 연한 슬픈 송아지 고기의 맛이었다. 식당을 나오면서 우리는 어디선가 불어오는 봄바람에 취해 어느 쪽이 먼저라고 할 것도 없이 팔짱을 끼었다. 그와 내가 단둘이 만난 것은 그때가 처음이었다. 우리 사이에 늘 끼어 있던 H의 부재가 축복인지 저주인지 나는 알 수가 없었다. 부드러운 봄바람 결을 타고 K의 목소리가 들렸다.

"우리 실험 한 번 해봅시다."

내가 '무슨?'하고 말문을 열기도 전에, 그는 다짜고짜 맨해튼 소호의 훤한 가로등 불빛 아래서 놀래서 벌어진 내 입술을 자신의 입술로 틀어막았다. 그때 그 순간 나는 K의 혀가 내 혀에 닿는 감촉을 느끼면서 문득 그 혀의 주인이 K가 아니라 H였으면 했다. 그런 생각이 든 것도 그때 그 순간이 처음이었다. '인간은 생각하는 존재다.' '인간은 소비하는 존재다.' 수많은 사람들이 인간의 정의를 다 다르게 내렸지만, 그날 밤 내게 인간은 '후회하는 존재'였다.

"나는 후회한다. 고로 존재한다."

그렇게 희미한 의식 한 가운데서 그날 밤 나는 K와 일을 치렀다. 나는 그 일이 유난히 힘들었다. 과연 꼭 그래야만 하는지도 알 수 없었다. 꼭 귀에 구멍을 뚫고 귀걸이를 해야만 하는 것일까? 아니다. 아이를 낳기 위해서 여자들은 구멍을 뚫어야 하는 것이다. 어린 소가 자신도 모르는 사이 뜨거운 쇠꼬챙이로 코를 꿰이는 것과도 비슷한 경험,

그게 여자들의 첫 경험이다. 꼭 사랑하는 사람과 그 고통스런 통과의 레를 거쳐야 한다는 선입견은 내게는 애시당초 없었다. 그러므로 내게 '첫 경험. 첫 남자'의 기억은 세상에 태어나 처음 먹어 본 짜장면의 맛의 기억보다도 중요하지 않았다.

  나의 경우 구멍을 뚫는 일에 일체의 낭만적인 감정은 스며들 틈이 없었다. 구멍을 뚫어 보지 않은 남자들은 모른다. 한 달에 한 번 피를 흘려 보지 않은 남자들은 모른다. 어느 날 갑자기 영원히 그 피가 멈춰버리는 폐경을 경험할 수 없는 남자들은 모른다. 아이를 낳아 보지 않은 남자들은 모른다. 그와 마찬가지로 아무 때나 아무 여자 앞에서나 발기해 본 적 없는 여자들은 모른다. 어느 어두운 갈대 수풀 속에서 지나가는 바람에 강간의 유혹을 느껴 보지 않은 여자들은 모른다. 아무 여자 앞에서나 발기하면서, 꼭 필요한 곳에서 발기하지 않는 경험을 해보지 않은 여자들은 모른다. 그리하여 그 아무도 내가 아닌 타인의 고통을 이해할 수 없는 것이다. 그럼에도 불구하고 타인의 고통을 이해하는 척하는 행위가 '위선'이라면, 자신이 타인의 고통을 이해한다고 착각하는 상태가 바로 '선'인 것이다. 마치 치과에서 의자에 앉아 이빨을 뽑는 순간처럼 이렇게 쓸데없는 생각들이 내 고통의 사이사이로 지나갔고, 구멍을 뚫는 행위야말로 유물론적인 행위라는 생각이 나의 뇌리를 스쳐 지나갔다.

  치과의 의자에 앉아 처음 이빨을 뽑듯이 나의 처녀는 그렇게 버려졌고 그렇게 새 이빨로 다시 살아났다. 그 순간 나는 또 엉뚱하게도 초등학교 2학년 때의 기억이 되살아났다. 그 무렵 구정 때인가 우리 가족은 친척 집에 세배를 가는 길에 버스를 탔다. 휴가를 나온 한 무리의 군인들이 우리가 탄 버스에 올라탔다. 그중 한 명이 다른 한 명에게 묻는 소리가 들렸다. "우리 어데 갈낀데?" 다른 한 명이 답했다. "응, 구멍 파러 가." 또렷한 서울 말씨인 "구멍 파러 가." 그 말이 내 머릿속에서 붕붕 울렸다. 이후로도 시험 시간에 아무런 답이 떠오르지 않을 때에도 나는 그 말이 떠올랐다. "구멍 파러 가." 그 말이 무슨 뜻인지 묻자 어머니는 난감한 표정으로 이렇게 답했다. "어디 개가 죽어서 묻어 주려고 구멍을 파나 보지." 그 군인 아저씨들은 정말로 개를 묻으려고 구멍을 파러 갔을까? 아니면 사람을 묻으러? 아니 모르는 여자의 몸속으로 들어가기 위해서? 아니 죽은 우리 삼촌을 묻어 주기 위해서?

나는 무덤 하나 없는 삼촌의 죽음으로 귀결되는 내 모든 생각들을 컴퓨터 모니터를 끄듯 종료하고 싶었다. 그럼에도 불구하고 고독보다는 고통이 아름다운, 창밖에 모르는 벚꽃 잎이 아프게 떨어지는 눈부신 봄밤이었다.

*

그렇게 K는 샌프란시스코로 돌아갔고, 2주일 후에 다시 뉴욕에 왔다.

2주 후에도 여전히 눈부신 봄날이었다. 하지만 아무도 넘볼 수 없는 쌀쌀맞은 노처녀를 닮은 맨해튼의 봄날은 가끔은 여전히 쌩쌩 찬바람이 불었다. 유난히 썰렁한 봄날 저녁에 책방 카페에서 만난 K와 나는 마치 처음 본 사람들처럼 서먹서먹해 하며 사람들이 지나다니는 애꿎은 창밖 풍경만 내려다보고 있었다.

창밖 거리 모퉁이에 개를 데리고 앉아 있는 남자의 모습이 눈에 들어왔다. 거지의 행색이 역력했지만 멀리서 느껴지는 그의 분위기는 떳떳하고 여유가 있었다. 바쁜 걸음으로 자기 앞을 지나가는 사람들을 향해 "뭐가 그렇게 바빠? 인생 별거 아니야" 그렇게 중얼거리는 것 같았다. 사람들은 남자에게 눈길 한번 주지 않았지만, 그 곁에 사람 같은 표정을 하고 앉아 있는 커다란 개를 동정 어린 눈길로 바라보며 동전 한 닢이라도 주고 갔다.

K와 나는 모퉁이에 앉아 있는 개와 남자를 바라보다가 누가 먼저랄 것도 없이 동시에 시선을 돌렸다. 무슨 말인가를 하려고 K는 안경을 치켜들며 헛기침을 했다. 순간 그가 하고 싶은 말은 말로 하지 않아도 충분히 내게 전달이 되었다. 그는 실험이 계속되기를 원했고, 나는 다시는 그와의 실험을 되풀이하지 않기로 결정했다. 그 순간 나는 잠시 K와의 앞날을 상상해 보았다. 우리는 근사한 차를 빌려 미국 전역을 쏘다닐 것이다. 그러고 나면 돈이 한 푼도 남지 않을 것이고, 나는 돈을 벌기 위해 내게는 별 의미도 없는 일을 뼈 빠지게 해야 할 것이다. 그리고 K는 늘 그렇듯 빈둥거리며 돈을 꾸러 다닐 것이다.

그는 한 직장에 오래 있지 못했다. 길어야 1년이나 6개월, 하루 만에 그만두는 일도 허다했다. 하지만 내 거절의 이유가 꼭 그것만은 아니었다. 나 자신 그때는 분명히 알고 있었고, 그 뒤에도 더 확실히 안

다고 생각했다. 그 단 한 번의 실험을 그는 기억하고 있을까?

하지만 K는 언제나 멋졌다. 돈을 꿀 때도 언제나 당당했고, 실험을 거절당했을 때도 '노 프라블럼' 하면 끝이었다.

"그럼 우리 짜장면이나 먹으러 갑시다."

K는 아무 일도 없었다는 듯 말했다. 그 순간 우리는 짜장면이나 먹으러 가는 친구 사이가 되었다. 그날따라 짜장면은 많이 불어 나왔다. 입 안에서 모래알처럼 씹히다가 뱃속에서 한없는 부피로 퍼져갈 것만 같았다. K의 삶의 무게가 짜장면에 얹혀 내 뱃속으로 들어오는 기분이었다. 우리들의 삶의 무게가 엇비슷한 것이어서 그 어느 쪽도 다른 쪽의 짐을 덜어줄 수 없는 처지였다. 백지장도 맞들면 낫다지만 꼭 그런 것만도 아니다. 맞들어서 두 배로 무거워지는 물건도 너무 많은 것이다. 사람들은 모른다. 옛날 옛적에 자신이 태어난 땅을 떠나 먼 나라 낯선 곳에서 둥지를 튼 사람들은 어느 시점에서 시간이 정지한다는 사실을. 남들이 다 잊고 사는 아픔도 그들은 절대 잊을 수 없을지도 모른다는 사실을. 어느 특정한 시점에서 머물러 버린 시간, 더 이상 자라지도 늙지도 않는 시간, 누군들 그렇지 않겠냐마는 마음은 그대로인데 몸만 팍삭 늙어 버리는 그 두 배의 슬픔을 사람들은 모른다. 열두세 살 나이에 한국을 떠나온 내게 가장 생각나는 맛있는 음식이 겨우 짜장면이었다는 사실을.

한국에 살던 어릴 적에도 나는 원래 젓가락질을 잘 못했다. 아이보리블랙도 마르스블랙도 아닌 적당히 검은 색깔의 짜장면 소스 속으로 나무젓가락을 넣어 휘저으며 짜장면을 비비는 일은 뭔가 대단한 일을 하는 것처럼 느껴졌다. 젓가락을 휘저으면서 국수 속으로 난 수없는 구멍 사이로 수없는 길이 뚫려 있었다.
 '이 길로 가면 살고, 저 길로 가면 죽고.'
 짜장면을 비비면서 나는 문득 아주 어릴 적에 본 유명한 어느 영화 속에선가 관자놀이에 권총을 대고 쏘는 룰렛 게임이 생각났다.
 베트남 전쟁을 주제로 한 그 영화 속에서 전쟁의 공포에 사로잡혀 아주 넋이 나간 미군이 몰두했던 그 게임은 총알이 들었으면 죽고 안 들었으면 사는 위험한 게임이었다. '죽거나 또 죽거나' 그 게임의 이름을 지으라면 그렇게 짓고도 남을 일이었다. 내 사랑하는 삼촌이 목숨을 걸고 한 내기가 바로 그 게임이었을지도 모른다.
 대학을 졸업하고도 나는 별 신통한 직업을 찾지 못하고 빌빌거리다가 어느 유대인 변호사 사무실에 취직했다. 문학에 뜻을 둔 내가 그 당시 쓰던 글은 고작 억울한 사람들이 맘대로 써온 글들을 법 조항에 맞춰 다시 쓰는 거였다.
 그렇게 재미없는 나날들 사이로 어느 날 아침 K는 들뜬 목소리로 내게 전화를 했다. 돌아가신 K의 아버지가 그의 이름 앞으로 남겨 준 시골 땅이 꽤 된다는 사실을 뒤늦게 알게 된 거였다. 이번에 한국에 나가면 혹시 땅 부자가 될지도 모른다고 덧붙였다. 정말 잘된 일이었다. 그는 그렇게 거지왕자가 아니라 진짜 왕자로 돌아갈지도 모를 일이다. 무조건 남이 잘되는 건 좋은 일이다. 사촌이 땅을 사면 배가 아프다는 건 아주 어리석은 자의 말이다. 남이 잘되어야 나한테도 떡고물이 떨어진다는 걸 우리는 오래전부터 알고 있었다. 그래도 그냥 남이 잘되는 건 싫은 거다. 앞으로의 시대는 '타산적 이타주의'가 지배할 거라는 텔레비전 속 석학들의 말을 흘려들으며 나는 인간의 진화가 마음의 차원에서도 이루어진다는 걸 처음 알았다. 남이 잘되어야 돈도 꾸러 오지 않고, 내게 돈도 빌려줄 수 있는 것이다. 그렇게 K는 한국으로 돌아갔고. 우리들의 불우했던 20세기가 아무 생각 없는 바람처럼 지나가고 있었다.

*

21세기가 도래했어도 나의 일상은 하나도 변하지 않았다. 서른이 넘도록 남들 다 하는 결혼은 여전히 남의 일이었고, 억울한 사람들의 사연을 간단한 영어로 써 내리는 일은 이력이 나서 눈을 감고도 할 수 있는 지경이 되었다. 그렇게 억울한 내 청춘이 흘러가고 있었다. 주말에는 영화를 세 개씩 보거나 부모님을 뵈러 갔다. 아버지는 뉴욕의 퀸즈 플러싱의 한인 타운에서 20여 년 동안 작은 세탁소를 경영해서 번 돈으로 뉴저지에 커다란 저택을 샀다. 수영장이 딸린 집은 거대하고 훌륭했지만 식구가 없는 탓에 너무 고적했다. 큰 집을 샀다지만 꼬깃꼬깃한 잔돈 푼달러들을 벌어들이는 일은 개미의 행적과도 비슷했다. 몇 년 만에 몇 배로 올라버린 한국의 아파트 투기에 비하면 너무 허무한 일이었다. 미국에 와서 뼈 빠지게 일해서 번 돈은 어쩌면 한국을 떠나기 전 살았던 집 한 채 걸머쥐고 있는 것보다도 남지 않는 장사였을지 모른다. 아버지는 술만 드시면 또 한탄이 끝이 없었다.

"돈을 벌면 또 뭐하나. 내세울 명분도 없는데."

아버지 역시 대부분의 한국 남자들처럼 작은 행복을 누리는 일에 굉장히 무능했다. 명분이 중요한 한국 남자의 특성을 조금도 버릴 수 없었던 아버지는 일요일도 없이 돈을 벌었지만, 돈을 벌어봤자 늘 불행했다. 아버지는 하나밖에 없는 딸자식이 남 보기에 그럴듯한 결혼도 하지 못하고 시시한 일에나 매달려 있는 게 늘 못마땅했다. 차라리 뉴저지에 있는 새 저택에 들어와 아무 일도 하지 말고 너 좋아하는 글이나 쓰라고 하셨다. 하지만 나는 그 큰 저택에 드리운 아버지의 어둠과 동거할 자신이 없었다. 그냥 맨해튼 미드 타운의 작은 스튜디오에서 혼자 사는 일에 익숙했다. 사실 나는 억울하게 사라져가는 시간의 틈새로 틈틈이 한국어로 소설 비슷한 걸 썼다. 어릴 적 한국에서 자랐던 기억들과 아직도 아버지의 꿈에 나타나 짜장면을 먹고 싶다고 말하는 삼촌의 이야기는 그 자체만으로도 두꺼운 부피의 소설이 되고도 남았다. 그 누구의 삶인들 소설이 되지 않으랴?

어릴 적에 살던 오래된 일본식 가옥과, 아버지의 사업이 부도가 난 뒤 소파니 책장이니 벽에 붙은 그림마저 빨간 딱지가 다닥다닥 붙었던 그 겨울의 풍경도… 내게는 그 모두가 소설의 재료들이었다. 나는 한국을 떠나오기 전까지 내 마음과 몸과 머릿속에 자리 잡은 그리운 한국어로 소설 비슷한 걸 쓰는 일이 행복했다. 남이 알아주지 않아도 아무 상관없었다.

글쓰기에 여념이 없던 어느 날 오후, K로부터 이메일이 날아왔다.

"오랜만에 메일 씁니다. 생각보다 아버지가 내게 물려준 땅은 많았습니다. 돈은 안 되지만 시골에 십만 평이 넘는 산이 두 개나 되고, 서울 외곽에 4층짜리 허름한 건물도 하나 있더라고요. 거기서 나오는 세를 받아 먹고사는 일은 그럭저럭 괜찮습니다. 시골 산은 별 쓸모가 없어서 그냥 집 없는 사람들이 들어와 길을 내고 살든 말든 내버려 두고 있는 상태고요. 그런데 나랑 어머니는 다르지만 부자한테 시집 간 누나 한 분이 학교를 하나 만들었어요. 영어를 잘하는 선생님을 찾길래 당신을 추천했어요. 올 수 있으면 냉큼 와요. 추신, 소식이 끊긴 H선생을 찾으러 갖은 애를 다 쓴 끝에 겨우 찾았습니다. 꾼 돈 다 갚았어요, 후후. 그런데 그 분 몸이 많이 안 좋아요. 당신을 많이 보고 싶어해요."

문득 우리 '요괴인간' 세 사람 중 둘은 서울로 떠나고 나만 남았다는 사실이 그제야 실감이 났다. 그들을 만난 지 참 오래 되었지만, 그 그림자들은 마치 내 자신의 모습처럼 내 속 어딘가에 꼭꼭 숨어 있다가 기억 속의 여기저기 아무 데서나 툭툭 튀어나오곤 했다. 다음 날 아침 나는 서둘러 서울행 비행기 표를 예약했다.

*

정말 오랜만에 비행기를 타고 도착한 한국은 너무 많이 변해서 입이 딱 벌어졌다.

넓고 깨끗한 인천 공항에서 나는 마치 발레슈즈를 신은 것처럼 미끄러지며 발뒤꿈치를 들고 걸었다. 가진 게 아무것도 없는 사람의 가벼운 호주머니와 무겁고 추운 마음으로 우리 가족이 떠났던 그 눈물의 김포공항은 이제 내 기억 속에서만 있었다.

마중을 나온 삼촌이 슬픈 얼굴로 뒤돌아서지 못하고 오래도록 서 있던 기억이 가물거렸다. 12시간 비행기를 타고 내린 뒤, 짐이 한참 만에 나와서 찾는 데 시간이 걸렸지만 나는 하나도 피곤하지도 지루하지도 않았다. 뱅뱅 도는 짐 가방들을 바라보며 미국에 처음 도착했던 날 나오지 않는 이민가방을 찾느라 발을 동동 굴렸던 그 옛날의 기억이 떠올랐다.

마치 그때처럼 내 가방은 나오지 않았고, 이미 나온 가방들이 돌고 또 돌아 모두 낯익은 누군가의 가방처럼 느껴질 때 즈음, 크지도 작지도 않은 중간 크기의 내 가방이 나오는 게 보였다. 가방들은 신기하게도 주인들을 닮아 있다. 욕심이 많은 사람의 가방과 욕심이 없는 사람의 가방, 마음이 평화로운 사람과 불안한 사람의 가방, 인색한 사람과 검소한 사람과 사치스런 사람의 가방, 살겠다는 주인의 의지가 가득 들어가 있는 가방과 어디 높은 곳에서 눈 질끈 감고 떨어져 죽고 싶은 사람의 가방, 결국은 모두 다 남의 것 같지 않은 뱅뱅 도는 가방들을 뒤로하고 달랑 내 가방 하나를 끌고 공항 출입구를 빠져나오자마자 내 눈앞에 마중을 나온 K의 모습이 보였다. 헐렁한 분홍색 티셔츠를 입은 그는 멀리서도 눈에 띄었다.

나는 잠시 그와 내가 연인이었을지도 모른다는 착각에 사로잡혔다. 그는 주머니 사정으로나 몸과 마음의 건강 상태로나 예전보다 훨씬 나아 보였다. "나는 후회한다. 고로 존재한다." 그런 마음으로 돌아섰던 그 봄날들이 갑자기 내 맘에 아련했다. 시간이 지날수록 더 못해지는 사람들이 거의 대부분이지만, 이 세상에는 나아지는 사람도 드물게 있는 법이다.

거지왕자 K는 거지였을 때도 언제나 당당했고, 부자가 되었을 때도 온몸의 표정에 자연스러운 겸손이 묻어났다. 이 사람이 이렇게 괜찮은 사람이었나? 나는 혼자 속으로 중얼거렸다. 우리는 잘 안다고 생각하는 사람의 전부를 알 수는 없는 법이다. 자기 자신에 대해서조차 우리는 얼마나 알고 있을까? 반가우면서도 서먹서먹한 표정으로 뭐가 제일 먹고 싶으냐고 묻는 그의 질문에 나는 기껏 짜장면이 제일 먹고 싶다고 말했다. K는 웃으면서 짜장면은 나중에 먹고 더 맛있는 걸 먹으러 가자고 했다. 짜장면 다음으로 떠오른 건 어릴 적 먹었던 냉면이었다. 우리는 한일관에 가서 갈비와 냉면을 먹었다. 입맛이 달라진 건지 옛날 맛 그대로는 아니었다. 믿을 수 없는 숫자 2000년대, 미국에 있는 한국 음식점들은 한국보다 더 훌륭하면 훌륭했지 못하지 않은 게 사실이었다. 설렁탕도 냉면도 짜장면도 그럴 것이었다. 한국의 곳곳에 '옛날 짜장면'이라고 씌어 있는 음식점 간판들을 볼 때마다 나는 옛날 생각이 났다. 그 중에서도 삼촌과 같이 먹던 짜장면의 기억이 오래된 흑백영화의 장면처럼 스쳐 지나갔다. 옛날 짜장면은 정말 옛날 맛일까? 그 이름은 마치 나를 위해 특별 주문한 짜장면처럼 느껴졌다.

K가 나를 위해 얻어 놓은 아파트에 짐을 풀고, 서울에 도착한 다음날 맨 처음으로 한 일은 K의 누나 부부가 설립한 전문대학에 가서 면

접을 보는 일이었다. 일단 나는 그 학교에 취직이 되었다. 두 번째로 한 일은 H를 만나러 가는 일이었다. K와 함께 가자고 했더니 그는 혼자 가서 만나라고 했다. 실로 오랜만에 호텔 중식당에 앉아 있는 H의 모습을 보자마자 나는 왜 K가 혼자 만나라고 했는지를 알 것 같았다. 아주 오래전에 박제가 된 천재가 힘없는 노인의 모습으로 내 눈 앞에 앉아 있었다.

보이는 것이 다는 아니라고 믿는 쪽이지만, 그래도 믿을 수 없을 정도로 늙어버린 그의 병색 짙은 모습은 내게 충격이었다. 표정을 추스르며 나는 그를 위로할 말을 찾으려고 애썼지만 찾지 못했다. 젊은 발레리나 아내가 그렇게 세상을 떠난 뒤 얼마 되지 않아 그에게 파킨슨씨 병이 엄습했다. 몸이 말을 듣지 않기 시작했고 거들어 줄 사람이 아무도 없는 혈혈단신이었다. 그는 일그러진 입술을 씰룩이며 그 외로운 날들 동안 K와 나, 우리들이 많이 생각났다고 말했다. 사람이 되고 싶지도 않았던, 요괴인간 세 사람이 만나 짜장면을 먹었던 90년대 초 뉴욕에서의 크리스마스 이브를 떠올리며 그때가 참 좋은 시절이었다고 했다. 그때처럼 짜장면이라도 같이 먹고 싶어 중식당에서 만나자고 했다는 그는 내가 짜장면을 먹는 모습을 보고 싶어 했을지도 모른다. 아무리 세월의 필름을 뒤로 돌려도 그때 그 시간으로 돌아갈 수는 없는 법이다. 그때 만일 K가 아니라 H가 나에게 실험을 하자고 했다면 우리들의 삶은 많이 달라졌을까?

어쩌면 우리는 굳이 구멍을 뚫지 않아도 부드럽게 물처럼 흘렀을 것이다. 구멍을 뚫기 싫은 사람은 뚫지 않아도 될 것이다. 길은 뚫린 골목이 적당하다 해도 막다른 골목이라도 적당할 것이다. 예방주사를 맞기 싫은 사람은 맞지 않아도 될 것이다. 비를 맞기 싫은 사람은 우산 속으로 숨어도 좋을 것이다. 그중 한 우산이 무서워하는 우산이라도 좋을 것이다. 밑도 끝도 없는 내 생각을 깨고 H가 말했다.

"그까짓 게 뭐라고 명품 가방 5백 개는 못 사줄까. 그 어린 아이 같은 여자를 목매달게 하다니. 자책감에 사로잡혀 잠을 잘 수가 없었어요. 그 잠 안 오는 밤들에, 술을 먹고 잠들어 선잠을 자다가 깬 외로운 새벽에 문득 당신들이 떠올랐어요."

그가 말한 '당신들'의 지칭은 '당신'이라고 번역해도 무방했다.

정작 짜장면은 그에게 금지된 음식이었다. 언제 죽을지도 모르는데 짜장면 한 그릇 같이 먹고 싶었다고 H는 말했다. 하지만 젓가락질을 하기 힘든 그는 누룽지탕과 딤섬 한 접시와 나를 위해 짜장면 한 그릇을 주문했다. 맛있는 게 아무것도 없다며 힘들게 숟가락을 입으로 가져가는 그의 모습을 바라보며 안쓰러운 마음을 들키지 않으려고 나는 일부러 호들갑을 떨었다. 손이 떨려 숟가락을 제대로 입 안으로 가져갈 수 없어 그는 계속 음식을 흘렸다.

나는 일부러 안 보는 척하느라 짜장면을 비비는 데 열중했고, H는 계속 만두 속을 흘리며 딤섬을 먹고 있었다. 죽기 전에 나를 한번 보고 싶었다고 한 그의 말은 인사가 아닌 진심으로 들렸다. 가장 쉽게 죽는 방법이 무엇인지에 대해 그날 오후 우리가 나눈 대화는 남이 듣기에 농담처럼 들렸을 것이다. 창문 밖으로 애꿎은 가을비가 추적추적 내리고 있었다.

*

 사람에 따라서는 무기수가 되는 것보다 사형수가 되는 걸 선택하는 사람도 있는 법이다. 그렇게 하루하루 녹아내리는 눈사람처럼 다가올 끝장을 기다리며 사느니, 스스로 끝장을 내버리길 원하는 사람을 위로하는 일은 불가능하다. 추적추적 늦가을비가 내리는 오후, H를 향해 내가 위로랍시고 웃으면서 던진 말은 기껏 이런 정도였다.
 "에이, 정말 죽을 사람은 어떻게 죽는 방법이 제일 쉬운지 그런 말 하지 않아요. 그냥 아무 말 없이 콱 떨어져 죽든지, 목을 매달든지, 독약을 삼키든지, 욕조에 들어가 정맥을 칼로 긋든지."
 그렇게 타인의 죽음에 관한 여유 있는 농담을 던질 수 있는 건 H를 괴롭히는 '파킨슨씨 병'이라는 게 금세 죽는 악성 종양 같은 것이 아니었기 때문이었다. H는 남의 이야기하듯, 괴롭긴 하지만 한방에 끝내는 가장 확실한 방법은 나무의 해충들을 죽이는 데 뿌리는 제초제를 마시는 거라고 덧붙였다. 누구에게나 죽음은 가장 심각한 일생일대의 커다란 사건이지만, 한 발자국만 뒤로 물러나 바라보아도 그렇게 심각하지도 않고 슬퍼할 것도 없는, 심지어는 웃기기까지 하는 사건이다. 우리 모두의 유보된 죽음은 타인의 죽음보다 빠르거나 늦어질 뿐, 그 아무도 죽음을 피해 뒷골목으로 도망을 가서 영원히 죽지 않는 나라의 비행기 티켓을 살 수는 없는 일이다. 결국 죽음을 눈앞에 둔 사람에게 건네는 위로의 말은 당신이 조금 먼저 가는 것뿐이라는 둥, 나도 언젠가 당신과 똑같은 상황에 놓여 지금의 당신의 심정을 떠올릴 날이 올거라는 둥, 그렇게 지당하면서도 쓸데없는 말들밖에는 없을 것이다. 가을비인지 겨울비인지는 계속 내렸고, 세상의 자동차 바퀴들에게 무참하게 밟히며 질기게 삶의 끝자락에 매달려 있는 길가의 은행잎들이 비에 젖는 소리가 들렸다.

오랜 점심을 먹고 나서 그는 힘겹게 자리에서 일어나 떨리는 손으로 밥값을 치렀다. 내 생애 단 한번만이라도 나는 그에게 밥을 사주고 싶었다. 하지만 그런 일은 일어나지 않았다.

그에게 밥은 이미 밥이 아니었으며, 짜장면은 짜장면이 아니었다. 밥도 짜장면도 그저 다시는 돌아올 수 없는 추억의 한 조각이었을 뿐이다. 못내 떨어지지 않는 발걸음으로 H는 아주 더디게 호텔 입구에 선 택시에 올라탔다. 차 창문을 통해 나를 바라보는 그의 눈빛은 마치 "너도 같이 가자" 그러는 것 같았다. 그는 나와 함께 어디로 가고 싶었을까?

가까운 서해 바다나 먼 남해 바다나 아니면 이승과 저승 사이에서 더 이상은 따라갈 수 없는 비무장지대의 끝자락까지만이라도, 혼자 가기 싫은 사람의 절절한 외로움이 그가 탄 자동차의 뒷모습까지 노랗게 물들였다.

*

12월이 시작되고 있었다. 이제는 나 자신을 만날 차례였다. 새 학기는 새해 봄에나 시작될 것이다. 내게는 무한한 시간이 널려 있는 듯 포근함과 불안감이 교차했다.

서른이 넘도록 반복해서 꿈에 나타나던 풍경이 있었다. 꿀 때마다 약간의 변주를 가미한 어수선한 꿈을 나는 수없이 반복해서 꾸었다. 나는 전날 밤에도 그 비슷한 꿈을 꾸었다.

꿈속에서 나는 학교에 가는 중이다. 학교에 가려면 넓은 길을 한참 걷다가 갑자기 아주 좁은 골목길이 나타난다. 그 좁은 골목길 안쪽에 군고구마를 파는 할머니 한 분이 앉아 계셨다. 학교 가는 길은 꼭 그 골목을 지나가야 했고, 할머니의 군고구마를 사지 않으면 골목길을 그냥 지나칠 수 없었다. 누군가 지키고 서서 억지로 군고구마를 사라고 하는 것도 아닌데. 군고구마를 사지 않으면 그 골목을 지나칠 수 없는 꿈속의 규칙 같은 게 있었다. 꿈속에서 좁디좁은 골목을 빠져나와 한참을 걸으면 학교 정문이 보였다. 그런데 어떤 날은 그 좁은 골목길을 걷다 보면 길이 사라지고 막다른 골목이 나왔다. 그 막다른 골목길 끝에 집이 한 채 있었고, 그곳은 짜장면을 파는 조그만 중국 음식점이었다. 하는 수 없이 음식점으로 들어가면 뚱뚱한 주방장 아저씨가 "군고구마 하나 주면 짜장면 한 그릇 주지~" 하는 것이다. 군고구마로 짜장면을 바꾸어 먹으면 나는 학교에 갈 수가 없었다. 눈을 질끈 감고 짜장면의 유혹을 물리치면 그 자리에 있던 짜장면 집은 없어지고 길이 뚫리면서 학교 정문으로 향하는 반듯한 길이 이어졌다. 나는 짜장면을 군고구마와 바꿔 먹고 학교에 가고 싶지 않은 건지, 그 뚱뚱한 주방장 아저씨의 유혹을 물리치고 학교에 가고 싶은 건지 알 수가 없었다.

나는 꿈속에서 할머니에게서 산 군고구마를 담임 선생님께 전해 주

는 역할을 맡고 있었다.

　전날 밤 꿈속에서도 나는 군고구마를 한 봉지 사서 좁은 골목길을 걸었고, 걷다 보니 어느새 길은 사라지고 막다른 골목 끝자락에 예의 중국 음식점이 나타났다. 뚱뚱한 주방장 아저씨의 유혹도 물리치고 군고구마 봉지를 가슴에 품고 학교를 향해 걸어가는데, 이상하게 그날따라 학교가 사라지고 없었다. 따뜻한 군고구마는 온기를 잃어가고 나는 사라진 학교를 찾아 안갯속을 헤매는 것이다. 내가 군고구마를 사오기를 기다리는 선생님은 어디에 계신 걸까? 오던 길로 다시 돌아오는데 막다른 골목이 열리고 또다시 예의 그 중국 음식점이 눈앞에 나타났다. 그곳에서 선생님이 짜장면을 드시고 계셨다. 그런데 얼굴을 자세히 들여다보니 선생님의 얼굴은 삼촌의 얼굴이었다. 아니 H의 얼굴인 것 같기도 했다.

　나는 낯선 서울의 길목들을 서성이며 이 꿈이 내게 말해 주는 것이 무엇인지 생각해 보았다. 겨울이 시작되고 있었고, 시원 쌉쌀한 바람결에 길에서 파는 군고구마 냄새가 꿈이 아닌 현실로 다가왔다. 미국의 거리에서 볼 수 없었던 군고구마를 파는 겨울 풍경 속에서, 나는 정말 군고구마 한 봉지를 사들고 학교 가는 길이 어딘지 몰라 헤매는 어린 아이처럼 낯선 길 위에 서 있었다. 길 위에서 나는 수없이 길을 잃었다. 한국인지 미국인지, 강남인지 강북인지, 옛날인지 지금인지, 그렇게 길을 잃어버리며 온 거리를 헤매는 일이 나는 많이 행복했다. 그렇게 길을 헤매고 다니다가 지하철을 타고 홍대 입구 역에서 내려 계단을 걸어 올라가는데 주머니 속의 핸드폰이 목메는 소리로 울어댔다.

K였다. H의 사망 소식을 알리는 K의 목소리에는 올 것이 왔다는 걸 알리는 사람의 차분함이 깔려 있었다. 소주 한 병에다 수면제 한 통을 다 먹고 H는 겨울바다로 걸어 들어갔다. 내가 마지막으로 그의 얼굴을 본 지 일주일 만이었다. 벗어 놓고 들어간 옷 호주머니 속에 수첩이 들어 있었고, 우연히도 제일 첫 번째로 K의 전화번호가 적혀 있었던 모양이었다. 파도에 떠밀려온 그의 시신을 K가 급하게 달려가 수습하는 중이었다.

내게 H의 마지막 기억은 또다시 짜장면 한 그릇의 기억으로 남았다.

K와 나는 화장터에 가서 번호표를 받아 H의 화장 차례를 기다리고 앉아 있었다. 사람이 많지 않아 시간이 오래 걸리지는 않았다. 화장이 시작되기 전, 누군가 내게 물었다.

"뿌리실 건가요? 그러면 곱게 갈아드리고요. 납골당에 넣으실 거면 보통으로 갈아드려요."

어디서 많이 듣던 소리 같았다. 커피를 사러 가서 갈아달라고 하면 "거칠게 갈아드릴까요? 아니면 에스프레소용으로 곱게 갈아드릴까요?" 하는 말이나 거의 똑같은 소리로 들렸다.

목숨이 떠난 유골은 그때부터 사물의 꿈으로 돌아가는 것이다. 커피 가루나 사람의 뼛가루나 무엇이 다르랴? 바다로 걸어 들어가면 H는 아마도 고래나 그 비슷한 바다 생물에게 먹혀서 흔적도 없이 사라지리라고 생각했을까? 이렇게 다시 파도에 떠밀려올 줄 알았다면, 성격상 남에게 누를 끼치는 일을 제일 싫어했던 그는 바다로 걸어 들어가지 않았을지도 모른다. 아니면 별도 없는 비 오는 밤하늘에 젖어 술과 수면제에 취해 바닷속으로 자러 들어갔을까? 육신을 지닌 사람의 죽음은 그 누구라고 해도 남에게 누를 끼치지 않고 세상을 떠나는 일은 불가능한 모양이다. 어쨌든 그는 물을 좋아하는 사람이었다. 강도 호수도 목욕탕도 어항도, 컵 속에 담긴 물을 물끄러미 바라보는 일까지도 다 좋아했다. 우리는 또다시 H의 재를 물 위에 뿌려 주러 떠났다. 유골을 강이나 바다에 뿌리는 일이 금지된 터라 알맞은 장소를 찾기가 무척 힘들었다. 마침 K의 친한 친구가 근처에 집을 짓고 사는 외딴 호숫가에 가서 우리는 배를 빌려 타고 먼 호수 한가운데로 나갔다. 초겨울 날씨치고는 따뜻했고, 바람 한 점 없었다. H의 유골은 잔잔한 호수의 물결에 보태졌다.

우리는 그 모습을 지켜보며 잠시 할 일이 무엇인지 잊은 사람들처럼 배를 타고 호수 위에 떠 있었다. 시간이 정지된 것 같았다.

뭍으로 돌아와 밥이나 먹자는 K를 따라 호젓한 레스토랑에 들어섰다. 외딴 곳이지만 세련된 조명과 실내장식으로 분위기가 꽤 그럴듯한 곳이었다. 시골에 이런 곳이 있다니 한국이 무척 잘 살게 된 것 같다는 K의 말에 나는 맞장구를 쳤다. H에 관해서는 서로 아무 말도 하지 않았다. 메뉴를 훑어보면서 그는 "오징어 먹물 스파게티도 있네" 했다. 그러면서 정작 시킨 건 토마토소스의 해산물 스파게티였다. 국수를 시키면 먹물소스에 비벼 놓은 오징어 먹물 스파게티는 혹시 짜장면을 흉내 낸 음식이 아니었을까?

우리 둘 사이엔 그렇게 쓸데없는 말들만 오갔다. 포크로 스파게티를 둥글게 말아 올리며 K는 한동안 허공의 한 점을 바라보았다. 그리고는 말문을 열었다.

"아버지가 제 앞으로 물려주신 시골 산에 작은 동굴이 하나 있어요. 동굴 깊숙이 땅을 파고 들어가면 엄청난 양의 주석이 매장되어 있다는 시골 친척 아저씨의 말을 듣고 동굴 안으로 들어가 보았어요. 일제 강점기에 일본인들이 주석을 발견하고 파 가려다가 해방이 되는 바람에 그냥 돌아갔대요. 잘만 하면 큰 부자가 되는 일이라 가슴을 두근거리며 동굴 안 깊숙이 들어갔어요. 그러다가 높이가 낮아서 손바닥을 뻗치면 닿을 만한 동굴 천장에 붉은 빛을 띠는 생명체 세 마리가 붙어 있는 걸 발견했어요. 손전등을 켜고 보니 박쥐같기도 하고, 뭐가 뭔지 잘 모르겠더라고요. 다음 날 전문가를 대동하고 다시 들어갔더니 그놈들은 죽은 듯이 천정에 붙어 있었어요. 알고 보니 그놈들이 멸종위기에 놓인 황금박쥐래요. 그러니 땅속에 매장되어 있는 주석을 캐내는 일은 다 틀린 거지요. 멸종 희귀동물의 서식처는 이제 아무도 건드릴 수 없는 세상이거든요. 좋다 만 거지요."

쥐도 새도 모르게 황금박쥐 세 마리쯤 없애버리면 그뿐이 아닐까 하는 별로 착하지 못한 생각이 내 머릿속을 스쳐 지나갔다.

"큰 부자가 되나 보다 했는데 말입니다."

그는 세상을 통달한 듯 쾌활한 웃음을 웃었다.

"와, 황금박쥐라니. 다음 날도 그 다음 날도 동굴에 내려가 그놈들을 살펴보았어요. 그런데 말입니다. 그 세 마리가 꼭 세상을 떠난 H선생과 나, 그리고 당신을 닮았더란 말입니다. 우리가 1990년도 초 뉴욕의 그 심리치료실에서 처음 만났던 그 모습 그대로더란 말입니다. 발그스름한 그 멸종 위기의 생명체들은 같이 있어도 굉장히 외로워 보였어요."

아마도 그 시절 내가 같이 있어도 다 따로따로인 외로운 요괴인간 세 사람을 연상했듯이 K는 황금박쥐 세 마리를 보면서 그때의 우리를 떠올렸던 모양이다.

주석을 캐서 큰돈을 벌려던 꿈은 수포로 돌아갔지만 왠지 자신의 동굴에 황금박쥐 세 마리를 보호하고 있다는 그의 표정은 그리 우울하게만 보이지는 않았고, 약간은 자랑스러운 듯 수줍음이 섞여 있었다. 나는 황금박쥐의 모습을 그려 보았다.

어릴 적 만화 속에 등장하는 '정의의 사도, 황금박쥐'가 떠올랐다. 하지만 멸종 위기의 희귀 동물인 황금박쥐는 현실 속에서는 더 이상 용감한 정의의 사도가 아니다. 사람의 보호가 필요한, 어떤 강렬한 빛이나 조그만 소리에도 생명을 위협받는 약한 존재들인 것이다.

그래도 나는 내 멋대로 머릿속에 황금박쥐 세 마리를 그려 보았다. 몇 년 전 멕시코 여행길에 어느 인상적인 동굴에 들어갔던 기억이 떠올랐다. 하늘을 향해 시원하게 뚫린 동굴 천정의 구멍 사이로 박쥐들이 날아다니던 풍경은 내 머릿속에서 계속 지워지지 않고 각인된, 잊을 수 없는 풍경들 중의 하나였다.

문득 뚫린 동굴의 구멍 사이로 별들이 가득한 밤하늘을 향해 힘차게 날아오르는 황금박쥐 세 마리가 내 머릿속에 그려졌다. 한 마리는

분명 나였고, 또 한 마리는 K, 앞질러 더 높은 밤하늘을 향해 올라가 원을 그리며 비행하는 다른 한 마리는 H였을까? 아니 삼촌인지도 몰랐다.

문득 현실로 돌아와 스파게티 국수를 포크로 감아올리며, "왜 스파게티는 짜장면보다 비쌀까?" 하는 오래된 생각을 떠올렸다. K의 포크가 접시에 닿는, 조용하게 달가닥거리는 소리가 들렸다. 눈을 들어 창밖을 보니 눈송이가 하나둘 떨어지고 있었다. 첫눈이었다. (*)

네 번째 이야기

빨간 입술

초콜릿은 녹아야 제맛이고 장미꽃은 시들어야 제맛이지. 바퀴벌레처럼 영원해서 또 뭐하겠어요? 초콜릿 백만 상자보다 바퀴벌레 5만 8천 마리보다 훨씬 더 길고 영원할, 당신을 향한 나의 사랑은 오늘도 저 무심한 강물 따라 흘러만 갑니다.

제 이름은 '빨간 입술'입니다. 이 한적한 우리 동네에서 그렇게 불리고 있으니까요.

아마 제가 늘 입술에 빨간 립스틱을 바르고 있기 때문인가 봅니다. 큰 집에 혼자 사는 여자가 빨간 립스틱을 바르고 남자를 유혹하기라도 하려나 보다 하는 사람이 있다면 그건 정말 오해예요. 제가 워낙 빨간색을 좋아하는데다가, 하느님이 보시기에도 좋으라고 빨간 립스틱을 바른답니다. 저는 가끔 지붕 위에 올라가 헤아릴 수도 없이 많은 밤하늘의 별을 셉니다. 얼마나 적막한지, 북한강이 훤히 내려다보이는 우리 집 2층에서 조용히 귀를 기울이면 옆집에서 일어나는 수많은 소리들이 들립니다. 웃는 소리, 우는 소리, 싸우는 소리, 때로는 남편에게 얻어맞는 아내의 신음소리도 들립니다. 제가 이곳으로 이사 온 건 8년 전입니다. 누군가 팔려고 내놓은 채 빈집으로 낡아간 이 집은 그 땐 정말 폐가에 가까웠습니다.

집주인이 빚도 많은데다 이민을 가는 바람에 정말 싼값으로 구입을 하긴 했지만, 그곳에서 살 엄두가 나지 않았답니다. 하지만 제 꿈은 아주 어릴 적부터 강물이 훤히 내려다보이는 강가에서 사는 것이었어요. 그렇게 싼값으로 살 수 있는, 강이 훤히 내려다보이는 집은 이 세상에 그 집밖에는 없을 것 같았어요. 그 폐가를 지금의 아름다운 집으로 꾸미는 일은 정말 쉽지 않았답니다. 지금의 우리 집을 와 본 사람은 아마 제가 상속을 받은 부잣집 딸이거나 위자료라도 듬뿍 받은 이혼녀쯤으로 생각한답니다. 아주 짧은 기간이지만 결혼을 한 번 하긴 했었어요. 아주 오래전 일이라 기억도 나지 않지만, 남편이라는 작자가 위자료는커녕 편지 한 장 없이 미국으로 떠나버리는 바람에 혼자서 이혼 수속을 하느라 애를 먹었답니다. 상대도 없이 혼자 이혼 수속을 밟는 일은 굉장히 외로운 일이지요. 상대도 없이 링 위에서 싸우는 복서처럼요. 하긴 이미 와버린 이별인데 아무러면 어떻겠어요?

하지만 그 짧은 결혼은 제 생애에 아무런 흔적도 남기지 않았어요. 대학을 졸업한 이후 초등학교 미술교사가 되어 아이들을 가르치며 알뜰하게 모은 돈으로 이 집을 샀답니다.

집주인인 제 정체에 관해 이웃 사람들은 지금도 수군거리는 걸요. 돈 많은 사람의 첩인 건 아닌지··· 복권 당첨이라도 됐는지··· 몇 년 사이 부쩍 땅값이 올랐거든요. 제가 생각해도 대견하기 짝이 없는 우리 집이지만, 사실 8년 동안 이 적막한 큰 집에 혼자 사는 건 쉽지 않았어요. 그때는 이 동네에 우리 집까지 딱 네 가구가 살고 있었답니다.

이사 온 지 며칠 뒤인가 옆집 주인 남자가 우리 집 문을 두드려 열어 주었어요. 그는 집 안을 죽 훑어보더니 좋은 이웃이 되자고 말하면서 의자에 앉더군요. 그러더니 제 얼굴을 빤히 쳐다보면서 숨소리가 약간 거칠어지는 듯했어요. 아무 말 없이 그는 제가 내온 주스를 들이켜고는 갈 생각을 하지 않는 거예요. 조금씩 초조해지기 시작한 제가 일어서며 좀 바빠서 그러니 돌아가 주십사 했지요. 그런데도 그는 미동도 하지 않는 거예요. 다행히도 그때 전화벨이 울렸어요. 친언니처럼 지내는 수녀님이 오늘 하루 제 안부를 묻는 전화였어요. 옆집 남자는 그 커다란 덩치를 흔들거리며 일어서서는 내일도 와도 되냐고 물었어요. 그래서 저는 내일은 바빠서 집에 없다고 대답했죠. 그리고 다음 날, 전날과 같은 시각에 그는 또 우리 집 대문을 두드렸어요. 집에 없는 척하면서 저는 조용히 숨어 있었답니다. 그리고 다음 날도 또 그 다음 날도 그는 같은 시각에 우리 집 대문을 두드렸어요. 마침 방학이라 저는 그해 여름 내내 집에 숨어 있었답니다. 일주일이 그렇게 지나자 그는 더 이상 우리 집 대문을 두드리지 않았어요. 그 대신 그는 자기 집 마당에 만들어 놓은 골프 연습장에서 우리 집 쪽을 향해 골프공을 날리기 시작했어요. 얕은 담 너머로 제 모습이 보이기만 하면 그는 골프공을 날리기 시작했어요. 처음엔 그냥 우연이려니 했지만 이내 저는 깨달았어요. 그가 저를 향해 골프공을 날린다는 걸요. 어떤 날은 하루 종일 골프공을 날리기도 했어요. 저는 그 소리를 들을 때마다 골프공이 제 몸에 와서 부딪히는 아픔을 느꼈답니다.

곧 저녁이 오고, 또 다른 이웃이 활동하는 시간이 돌아왔어요. 얼굴이 창백한 서른 갓 넘은 여자와 그의 남편은 하루 종일 바깥에 나오지 않아요. 해가 지고 어둑해지면 그들은 문밖을 나와 동네를 어슬렁거린답니다.

어느 날 저는 제 귀를 의심했어요. 낄낄거리며 우리 집 대문을 발로 차면서 그들 부부가 커다란 소리로 이렇게 말하는 거예요.

"야, 빨간 입술, 빨갛게 입술을 바르고 대문을 빨갛게 칠하면 누가 무서워할 줄 알고? 어디 두고 보자고. 얼마나 더 버티는지."

성부와 성자와 성령의 이름으로, 그들을 용서해야 할지 말지 저는 매일 밤 고민했답니다.

그렇게 밤이 오고, 저는 집 안 구석구석에 모셔 놓은 성모상들을 바라보며 편안한 잠이 들기를 성모님께 기도했어요. 하지만 꿈속에서도 옆집 남자가 골프공을 날리는 소리가 계속 들려왔고, 제 몸에는 골프공으로 맞은 상처 자욱이 시퍼런 멍으로 맺혀 있었어요. 아침에 일어나 제 몸을 살펴보면 아무런 상처도 없는데, 어느 게 꿈이고 어느 게 현실인지 구분이 가지 않는 그해 여름이었지요. 하느님은 저를 많이 사랑하시니까 아무 일도 없을 거라고, 저는 헤아릴 수 없이 많은 밤하늘의 별들에게 말했어요. 그 중의 먼 별 하나가 제게 이렇게 속삭였지요.

"Don't Worry, Be Happy!"

*

가을이 왔습니다. 매일 저는 새벽에 일어나 기도를 하고 강가의 새벽안개를 바라봅니다. 이 조용한 세상에 아무도 없이 혼자만 살고 있다 해도 행복할 것 같은 기분입니다.

도저히 용서가 되지 않는 괴상한 나의 이웃들도 용서하는 시간입니다. 모든 사람을 위해 기도합니다. 모든 고마운 사람들과 하나도 고맙지 않은 사람들, 아니 언젠가 나를 아프게 한 사람들 모두를 위해 기도합니다. 사랑하는 당신을 위해서도 기도합니다.

그리운 사람은 늘 멀리 있습니다. 몇 해 전 우리 성당의 젊은 신부님을 좋아했어요. 멀리서 바라보는 그 애틋함까지 사랑했습니다. 어느 날 저는 성당에 가서 고백성사를 했어요.

"누군가를 사랑합니다. 그분은 사랑해서는 안 되는 분입니다. 매일 밤 그분의 꿈을 꿉니다. 괴롭습니다. 어쩌면 저는 이 신앙을 접어야 할까요? 다시는 이곳에 오지 못할 것 같습니다."

고백성사를 듣고 있던, 당신임이 틀림없는 목소리가 잠시 흔들렸습니다.

"자매님 사랑하는 것은 죄가 아닙니다. 신앙을 저버리셔서도 안 됩니다. 그 사랑으로 자매님의 기도가 더 깊어지기를 바랍니다. 자기 전에 주기도문을 열 번 더 외우세요."

그 말을 마지막으로 당신은 다른 성당으로 갔습니다. 당신이 보이지 않는 성당 안에는 한동안 하느님이 없는 것처럼 느껴졌어요. 그리운 사람은 늘 멀리 있습니다.

가을은 매일 매일이 축제입니다. 우리 집 마당에 쌓인 낙엽을 쓸며 저는 깜짝 놀랐어요. 누군가 죽은 쥐를 현관 앞에 던져 놓은 거예요. 틀림없이 옆집 '사이코 부부'의 짓일 겁니다. 그들이 저를 '빨간 입술'이라고 부르듯 저도 그들을 '사이코 부부'라고 부릅니다. 하루 종일 밖으로 나오지 않는 그들은 날이 어둑해지면 관 속에서 일어나는 드라

큘라처럼 집 밖으로 나옵니다. 대개는 제가 퇴근을 해서 저녁을 차려 먹은 뒤 2층에 올라가 하늘에 떠오른 달을 바라볼 때 즈음이지요. 그들은 낄낄대며 집 바깥의 비닐하우스 속으로 들어가는 거예요.

뭘 하는지 그들은 밤이 깊도록 그곳에 있다가 낄낄거리며 집으로 돌아가지요. 심심하면 우리 집 대문을 발로 차면서요. 이곳에 이사를 온 뒤 이 세상에는 생각보다 이상한 사람들이 많이, 그것도 버젓이 살고 있다는 걸 알게 되었어요. 매일 골프공을 날리는 우리 옆집 남자, 저는 그를 '골프 치는 변태'라고 부르지요. 그가 제 이름을 '빨간 입술'이라 부르는 것처럼요. 그 집 앞에는 벤츠 한 대와 아우디 한 대가 늘 서 있답니다.

마당 안에는 커다란 배 한 척이 놓여 있어요. 그는 절대 멀리 외출하지 않아요. 제가 눈앞에 보이기만 하면 그는 골프채로 공을 날린답니다. 어느 날 저녁, 학교에서 돌아와 밥을 먹고 어둑해진 2층 창가에 올라 건너다보니, 옆집 그 남자의 방에 빨간 불이 켜져 있는 거예요. 그것도 발가벗고요. 그 불빛은 전적으로 저를 향한 불빛이었어요. 이후로도 심심하면 그는 빨간 불을 켜고 발가벗은 채 저를 바라보았어요. 저는 성부와 성자와 성령의 이름으로 기도했습니다. 옆집 '골프 치는 변태'가 제발 다른 곳으로 이사를 가든가 갑자기 심장마비로 세상을 떠나게 해주십사 하고요. 쥐를 던져 넣는 사이코 부부가 어느 날 아침 연기처럼 세상 밖으로 사라지게 해달라고요. 그때 먼 곳에서 사랑하는 당신의 목소리가 들렸어요.

"마리아 자매님 참으세요. 그들은 절대 자매님을 해치지 못해요. 제가 열심히 기도를 드리니까요."

엉뚱하게도 혹시 신부님이 저를 사랑했을지도 모른다는 생각이 드네요. 그래서 제 곁을 멀리 떠나 이렇게 지켜 주고 있는 걸지도 모르잖아요.

그리운 것들은 언제나 멀리 있습니다.

중학교 2학년 2학기가 시작된 가을이었어요. 미술반이었던 저는 국어 선생님이 좋아서 문예반에 앉아 있곤 했어요. 어느 날 선생님은 저를 어느 여고 문학의 밤에 데려가 주셨어요. 귀뚜라미가 울어대는 정말 아름답고 슬픈 밤이었지요. 그날 여고생 언니들이 시와 수필을 낭독하는 소리를 들으며 저는 훗날 시인이 되리라고 생각했어요. 문학의 밤이 끝나고 저는 어둑해진 길목을 선생님과 함께 내려왔어요. 그때 저는 선생님의 손이 저의 어깨에 부드럽게 얹히는 느낌을 받았어요. 그게 착각인지 사실인지 지금도 분간이 가지 않아요. 그날 이후 선생님은 달라졌어요. 가끔 데려가 주시던 찻집에도 가지 않게 되었죠. 그런데 지금도 알고 싶어요. 혹시 선생님도 나를 좋아했던 건 아닐까 하는 생각이 그 후로도 오래도록 들었답니다.

오늘 밤도 아무 말 없이 멀리서 저를 기도로 지켜 주시는 사랑하는 당신처럼요.

달이 없는 하늘은 너무 심심합니다. 저는 달을 만들어 창이 하늘을 향해 뚫린 제 욕실에 걸어 두었어요. 이제 하늘에 달이 없어도 괜찮아요. '골프 치는 변태'가 저를 향해 아프게 공을 날려도, 한밤중에 빨간 불을 켜고 알몸으로 서서 이쪽을 바라보아도 저는 하나도 두렵지 않답니다. 사이코 부부가 죽은 쥐를 던져 넣어도, 옆집 할머니가 덩치 좋은 조폭들을 우르르 끌고 들어가 옆집에 들리든 말든 커다란 소리로 왁자지껄 파티를 열어도 괜찮아요.

할머니가 저를 '빨간 입술'이라 부르듯 저는 그녀를 '조폭 할머니'라고 부른답니다. 아마도 조폭들을 상대로 오랜 세월 고리대금업을 하셨나 봐요. 그중에 가장 힘센 조폭이 할머니의 애인이라는 소문을 부동산 중개소에서 들은 적이 있어요. 할머니는 가슴에 용 문신을 한 조폭아저씨에게 '오빠'라고 부른답니다. 엉뚱하게도 언젠가 텔레비전 다큐멘터리에서 보았던 장면이 떠오르네요. 2차 대전 당시 전쟁에 나갔던, 이제는 노인이 된 어느 일본인이 서툰 발음으로 이렇게 말했어요. "오-빠"라는 조선말을 기억한다고요.

정신대로 끌려온 조선의 여인들이 일본 군인들을 '오빠'라고 불렀다고 하네요. 그 '오빠'라는 말이 문득 슬프게 들리는 깊은 가을입니다.

*

당신 눈썹을 닮은 초승달이 하늘에 걸려 있는 밤입니다. 문득 눈물이 날 것 같네요.

돌아가신 울 아버지 눈썹도 저랬습니다. 아버지는 전집류의 책들을 판매하는 외판원이셨어요. 사람들이 얼마나 책을 읽지 않는지, 그런데도 얼마나 많은 책들이 이 세상에 나오는지 아버지는 늘 신기하다고 하셨습니다. 하루는 책을 팔려고 들어간 집의 개에게 물려 다리에서 피가 났어요. 내가 개한테 물린 아버지 다리의 상처를 들여다보며 우니까 아버지는 이렇게 말씀하셨어요.

"책 같은 거 안 읽어도 사는 데 아무 불편 없다는 걸 개도 아능기라."

'책' 하고 발음해 봅니다. 아버지는 책을 참 사랑하는 분이셨어요. 오빠와 나는 가끔 점심을 굶으면서도 아버지가 팔지 못한 책들을 읽었답니다. 고등학교 시절, 점심을 싸가지 못한 나에게 자기 도시락을 먹으라고 내주던 짝꿍이 생각납니다. 지독한 고도 근시에다가 얼굴에 빤한 데가 없이 여드름이 알알이 박힌 내 짝꿍은 부잣집 딸이면서도 참 착하고 인심 좋은 아이였어요. 얼굴에 가득 난 여드름 때문에 어떤 날은 그 애가 화성인처럼 보였어요. 그것도 아주 착한 화성인이요. 저에게 자기 도시락을 내주는 그 애에게 "너는 여드름 때문에 얼굴이 빨개서 꼭 화성인 같아"라고 한 말이 지금도 마음에 걸린답니다.

그러니까 우리는 누군가를 오래 미워할 필요가 없어요. 상대는 이미 여러 번 뉘우친 뒤일지도 모르니까요. 아무튼 그 애가 내게 내밀어 준 도시락은 환상이었어요. 지금도 저는 그 도시락을 가끔 꿈속에서 본답니다. 꿈속에서 아버지는 제가 먹지 않고 가져다 준 짝꿍의 도시락을 열면서 감탄사를 연발하십니다. 어릴 때 할머니가 싸준 도시락과 똑같이 닮았다나요.

우리 아버지는 부잣집 아들로 태어나고 자라 가난한 사람으로 죽어간 분입니다. 이 세상에는 그런 사람들이 참 많아요. 가난한 사람들은 부자로 태어난 사람들이 늘 부자인 줄 알지만 사실은 그렇지도 않거든요. 부잣집 아들로 태어나 고생 하나 안 하고 자란 사람이 인생의 끝없는 역경을 만나 부서지는 모습은 정말 안쓰럽습니다. 마치 영화 〈마지막 황제〉에 나오는 주인공처럼요. 사람들은 쉽게 '있는 자'와 '없는 자'를 구분하지만 실은 있다가도 없는 자와 없다가도 부자가 되는 자가 있게 마련이지요. 가난했던 어린 시절에 비하면, 지금 저는 무척 부자가 된 기분입니다. 아무리 부자가 되어도 '도시락'은 역시 '책'처럼 그리운 이름입니다. 여드름이 온 얼굴을 덮어 빠끔한 데가 없었던 그 부잣집 딸내미 내 짝꿍은 지금은 어디서 뭘 하는지 궁금합니다. 아직도 부자로 잘 살고 있으면 좋겠습니다.

그렇게 착하고 맘씨 좋은 화성인이 아니라, 지금 제가 사는 마을의 이웃들은 그야말로 무섭고 낯선 화성인들이지요. 화성에 생물체가 살고 있을지도 모른다는데, 그곳에 그 옛날 내 짝꿍처럼 착한 생물들만 살고 있었으면 좋겠습니다. 하지만 만일 그렇다면 우리 집 이웃들을 닮은 무서운 지구인들은 그냥 화성을 통째로 먹으려 들겠지요.

저는 어머니 얼굴을 모릅니다. 오빠는 울엄마가 화집 속의 모나리자처럼 생겼다고 말하곤 했어요. 아버지가 돌아가신 뒤, '국경 없는 의사회'의 일원이 되어 아프리카로 떠난 오빠가 그립습니다. 오빠는 가끔 제게 그림엽서를 보냅니다. 얼룩말이 그려진 엽서, 혹은 아프리카의 초원을 달리는 사자들의 모습을 찍은 그림엽서들을 받으면, 저는 힘이 솟았어요. "그래. 우리 남매는 아무도 안 도와줘도 이렇게 씩씩하게 잘 살고 있다." 그런 자부심이 솟아나곤 했답니다. 오빠가 살고 있는 아프리카를 그려 봅니다. 얼마 전 어느 다큐멘터리에서 본 아프리카의 풍경이 떠오르네요. 세상의 모든 곳들이 다 그렇겠지만, 아프리

카의 그 유명한 세렝게티국립공원은 그곳의 땅주인인 마사이족들을 다 몰아내고 만들어진, 비아프리카인들에 의해 좌지우지되는 곳이랍니다. 하긴 미국이야말로 땅주인인 인디언들을 몰아내고 만든, 세상에서 가장 힘센 나라이지요.

세렝게티국립공원의 주요 관광 수입은 사냥공원에서 이루어집니다. 오전 9시에서 오후 4시 사이 사냥 관광차량들이 공원으로 들어갑니다. 그곳에서 가장 인기 있는 동물은 '사자'와 '치타'입니다. 세렝게티국립공원을 만든 원래 취지는 공원의 방문자들을 제한하고 사람이 아무도 없는 상태에서 보존하는 것이었답니다. 하지만 그 약속은 이루어지지 않았습니다. 정작 고기가 필요한 배고픈 마사이 원주민들은 사냥을 못하게 규제 당하고, 그곳은 부유한 유럽인들과 미국인들의 사냥터가 되었답니다. 하마 한 마리 죽이는 데 6만 불, 코끼리 9만 불, 사자는 더 비싸답니다. 자신들의 땅을 빼앗긴 마사이족들은 관광객들에게 사진을 찍히거나 기념품을 팔면서 생계를 이어가고 있을 겁니다. 개발을 코에 건, 원주민들을 몰아내고 만든 백인들의 국립공원 정책은 '사람은 자연의 일부'라는 진리를 망각한 실패한 정책이라고 그 다큐멘터리는 말해 주고 있었어요. 사실 마사이족은 사자나 코끼리 같은 거대동물을 사냥하지 않았답니다. 야생동물의 생존은 마사이족들에 의해 오히려 가능했던 것이지요. 세상은 그렇게 황무지가 되어갑니다.

오늘은 '골프 치는 변태'가 벤츠를 타고 눈치채지 못하게 천천히 저를 따라왔습니다. 남들이 들으면 착각이라고 하겠지만 사실입니다.

마치 제가 마사이 원주민이 된 기분입니다. 저는 천천히 아무렇지도 않은 듯, 마사이족처럼 걸으면서 주기도문을 외웁니다.

"하늘에 계신 우리 아버지. 당신의 이름이 거룩한 여김을 받으시오며 나라이 임하옵시며 뜻이 하늘에서 이룬 것 같이 땅에서도 이루어지이다. '골프 치는 변태'가 제 눈앞에서 사라지게 하옵시며……."

그러자 거짓말처럼 '골프 치는 변태'는 방향을 바꿔 제 시야에서 사라져갔습니다.

"오늘날 우리에게 일용할 양식을 주옵시고, 우리를 시험에 들게 하지 마옵시고 다만 악에서 구하옵소서. 아멘."

*

벌거벗은 나무들 틈새로 이웃들의 모습이 더욱 잘 보이는 쓸쓸한 초겨울입니다.

출근했다 돌아오는 길에 사이코 부부네 집에서 예순쯤 되었을 낯선 여인네 한 분이 걸어 나오는 걸 봤어요. 웬일인지 그 집은 비어 있었어요.

그 아줌마인지 할머니인지 구별이 되지 않는 낯선 여인은 그 집에서 나와 우리 집으로 들어가고 있었어요. 마치 자기 집이라도 되는 양 자연스러운 발걸음으로 우리 집으로 들어가는 모습을 저는 그냥 구경만 하고 있었어요. 마치 총 맞은 것처럼 저는 움직일 수가 없었답니다. 그녀는 우리 집 마당으로 걸어 들어가 잠겨 있는 현관문을 쾅쾅 두드리는 거예요. 잠시 숨어서 구경만 하다가 손님처럼 그녀의 뒤에 서서 물어보았죠. "아주머니 우리 집인데 무슨 볼일이세요?" 그랬더니 그녀는 이렇게 터무니없는 대답을 하는 거예요.

"뭐? 너네 집이라고? 여기 우리 집이거든. 이 옆집도 그 옆집도 다 우리 집이야. 빨리 문 열어."

저는 당장 돌아가지 않으면 경찰을 부르겠다고 위협했고, 그녀는 때마침 우리 집에 찾아오신 수녀님을 보고 놀란 얼굴로 도망치듯 사라져 갔어요. 수녀님은 저를 위해 기도해 주셨어요.

"사랑하는 마리아, 세상의 모든 악에서 그녀를 구하옵소서. 아멘."

오늘은 제가 좋아하는 토요일입니다. 하루 종일 집 안을 반들반들하게 쓸고 닦아요. 저는 청소 하는 일을 좋아합니다. 모든 잡념이 사라지는 충만한 순간이지요. 그렇게 청소를 하고 나서 오랜만에 저는 텔레비전 앞에 앉습니다. 생각 밖에 공포영화가 나오고 있었어요.

공포 영화를 별로 좋아하지 않는 저는 웬일인지 그 무서운 영화에 홀려 눈을 뗄 수가 없었어요. 갑자기 번개가 치고 천둥이 울렸어요. 그 순간 누군가 우리 집 대문을 세차게 두드리는 소리가 들렸어요. 나가 보니 우리 집이 자기 집이라고 우기던, 바로 그녀였어요.

번개 치고 천둥 우는 밤에 비를 맞으며 찾아온 손님의 모습은 텔레비전 공포영화 속의 주인공보다 더 무서웠어요. 그녀는 저를 밀치고 집 안으로 성큼 걸어 들어와 뭔가를 찾는 듯 온 집 안을 걸어 다녔어요. 할 수 없이 저는 동네 파출소에 전화를 걸었고, 얼마 뒤 젊은 경찰관 두 명이 그녀를 끌고 갔어요. 나중에 들은 이야기인데 우리 집이 그녀의 탯줄을 묻은 곳이라고 하네요. 어릴 적에 이 동네가 다 자기 집 땅이었대요. 무남독녀 외딸이던 그녀는 옆 동네에서 제일 부잣집 아들이랑 결혼을 했다나 봐요. 학벌도 좋고 얼굴도 잘생긴 남편을 만나 행복하게 살 줄 알았던 그녀의 인생을 엉망으로 만든 건 그 잘생긴 남편이었어요. 사업한답시고 양쪽 집안을 거덜 내고, 노름과 계집질에 빠져 허우적대며 인생을 탕진하던 그는 이렇게 천둥 치는 날 만취한 채 걸어오다가 사고를 당해 죽었다나 봐요. 평생을, 심심하면 얻어맞고 살아온 그녀는 죽은 남편이 아쉬울 리 없을 텐데, 남편이 죽은 그날부터 정신이 이상해졌다고들 해요. 그래서 어릴 적 자기가 살던 집터를 찾아다니는 거라네요. 이 동네 토박이 부동산 중개소 아저씨가 말하기를 너무 불쌍한 여자니까 용서하래요.

용서하고 말구요. 오늘은 그녀를 위해 기도합니다. 마치 자기 땅을 통째로 빼앗긴 아메리카 인디언들과 아프리카 마사이 원주민을 떠올립니다. 그녀의 탯줄이 묻혀 있는 곳이 어딘지 모르지만 저는 집 안 곳곳을 다니면서 성수聖水를 뿌렸어요. 지치고 병든 그녀의 영혼이 어릴 적 행복했던 본래의 그녀로 거듭나기를 빌면서요. 사람 사는 일은 누구에게나 고단합니다.

갑자기 옆집이 소란한 걸 보니 조폭 할머니네 집에서 막걸리 파티를 하나 봐요. 창밖으로 내다보니 체격이 무지하게 큰 남자들이 검은 양복을 입고 가득 둘러앉았네요. 그중에 가장 허우대가 좋은 사람이 할머니 애인이래요. 갑자기 '조폭 할머니'가 우리 집 문을 두드리며 말씀하시네요.

"어이 빨간 입술, 같이 놀자. 여기 남자 무지 많다. 하나 골라잡아."

저는 조용히 침대 속으로 들어가 없는 척합니다. 커튼을 열고 바라보니 '골프 치는 변태'가 벌거벗은 채 빨간 불을 켜고 또 이쪽을 바라보고 있네요. 이제는 그런 것쯤 무섭지도 않아요. 원래 병적으로 노출증이 있는 남자들은 오히려 공격적인 행동은 못하는 게 아닐까 하는 생각이 드네요. 대학 시절 학교 앞 기찻길에서 여학생들이 나타나면 바지를 내리던 할아버지가 생각나요. 언젠가 지하철에서 만난 바바리맨도 떠오르고요. 풍덩한 바바리를 입고 내 맞은편에 앉은 그 젊은 남자는 기분 나쁠 정도로 하얀 피부에 여자처럼 고운 입술로 희미한 미소를 짓고 있었어요. 그날따라 그 칸의 승객은 거의 단둘이라고 할 정도로 사람이 없었고요. 그가 그 풍덩한 바바리를 나를 향해 펼치자, 벌거벗은 아랫도리가 그대로 제 눈앞에 펼쳐졌고, 제가 외마디 비명을 지르자 마자 그는 혼비백산한 얼굴로 자취를 감췄어요.

그 뒤로 저는 입술을 더욱 빨갛게 바른답니다. 이 세상에 입술을 빨갛게 바르는 동물은 인간밖에 없지요. "인간은 화장하는 동물이다." 그게 제 나름의 인간에 관한 정의 중 하나예요. 입술을 빨갛게 바르면 왠지 세상의 악한 존재들이 다 도망갈 것 같아요. 아니 반대라고요? 저는 가끔 벌거벗은 채 거리에 서 있는 꿈을 꾸어요. 사람들이 오가는 거리에 아무것도 걸치지 않고 서 있는데, '골프 치는 변태'가 벤츠를 타고 제 뒤를 따라옵니다. 사람들이 저를 쳐다보지 못하도록 그가 저를 태워 주었으면 싶은데 그는 그냥 따라오기만 합니다.

그 시간이 얼마나 긴지 영원한 지옥처럼 느껴졌어요. "네가 곤경에 처했을 때 도와주기는커녕 구경만 하는 사람, 저것이 바로 네 이웃의 실체다." 내 마음속 깊은 곳에서 그런 목소리가 들려왔어요. 누군가 옷을 빌려 주면 안 될까? 하지만 아무도 옷을 빌려 주지 않습니다.

그때 사랑하는 당신이 저쪽에서 나타나 자신의 사제복을 벗어서 제게 걸쳐 줍니다. 이 세상에 태어나 제가 입어 본 가장 따뜻하고 아름다운 옷입니다. 이제 저는 조금 전과는 달리 이 꿈에서 영원히 깨지 않기를 기도합니다.

"뜻이 하늘에서 이룬 것 같이 땅에서도 이루어지이다. 아멘."

*

요즘은 왜 그렇게 꿈을 자주 꾸는지 모르겠습니다. 아무래도 뒤숭숭한 나의 이웃들 때문이겠지요. 이 기분 나쁜 기억도 분명 꿈이겠지요? 빨간색 커튼이 마구 휘날리는데, 아마도 창문이 열려 있는가 봐요. 잠을 자는 내 눈앞에 어떤 여자가 무릎을 꿇고 앉아 있습니다.

자세히 보니 '골프 치는 변태'의 아내였어요. 하루가 멀다고 골프채로 맞고 산다고 소문이 난 그녀가 시퍼렇게 멍이 든 눈으로 잠자는 나를 바라보고 있었어요.

"마리아, 제 세례명은 '로사리아'입니다. 남편이 당신을 괴롭힌다는 걸 알고 있어요. 늘 미안하게 생각합니다. 하지만 그건 남편 탓이 아니에요. 결혼 한 그날부터 우리 부부는 불행했어요. 제가 불감증이었을까요? 어쨌든 남편의 손이 내 몸에 닿으면 마치 뱀이 몸에 닿는 것처럼 시퍼렇게 소름이 돋았어요. 아무것도 느낄 수 없는 저는 매일 밤이 오는 게 무서웠어요. 그때부터 남편은 골프채로 저를 때리기 시작했어요. 맞는 데 이력이 난 저는 맞으면서 사는 일에 익숙해졌어요. 저를 실컷 후려 패고 난 다음 날 아침이면 남편은 맘대로 쓰라며 신용카드를 던져 주곤 했어요. 그 카드로 차를 사든 루비반지를 사든 밍크코트 몇 벌을 사든 남편은 개의치 않았어요. 저는 매를 맞고 그는 매 값을 치르며 그렇게 우리 부부는 20여 년을 살았어요. 그런데 어느 날 마리아 당신이 이사를 온 거예요. 제발 부탁이에요. 제 남편과 딱 한 번만이라도 같이 자 주세요. 저를 살려 주는 셈 치고요. 남편은 빨간 입술과 한 번 하면 소원이 없겠다고 하면서 골프채로 저를 때려요."

그렇게 그녀는 누워 있는 제 손을 잡고 한참을 울다가 돌아갔어요. 이게 만일 꿈이라면 무슨 꿈이 이리도 모질까요? 꿈속에서 벌거벗은 저를 위해 사제복을 벗어 준 사랑하는 당신, 당신은 이 세상의 옳은 일이 무엇이고 그른 일이 무엇인지 잘 알고 계시겠지요? 저를 위해 기도해 주세요. 당신의 기도 소리가 멀리서 들려옵니다.

"사랑하는 마리아. 언제나 주님의 은총이 함께하기를."

다음 날 저는 그게 꿈이 아니라는 걸 알았어요. 눈두덩에 시퍼렇게 멍이 든 '골프 치는 변태'의 아내가 2층 창문에 기대서 애원하는 눈빛으로 저를 바라보고 있는 걸 보았어요. 그녀의 눈빛은 "살려주세요" 그렇게 외치는 듯했어요. 출근을 하는 제 등 뒤에서 '골프 치는 변태'가 골프공을 아프게 날리는 소리가 들려옵니다.

이 참을 수 없는 존재의 무거움을 뒤로하고 저는 가벼우면서도 소중한 일상을 시작합니다.
　우리 학급에도 도시락을 싸오지 못하는 아이들이 세 명이나 있어요. 저는 이 아이들을 위해 도시락을 매일 싸갑니다. 제 것까지 매일 네 개의 도시락을 싸는 일은 쉬운 일이 아니지요. 하지만 아이들이 좋아하는 모습을 보는 건 참 행복한 일이랍니다. 그것도 다른 아이들 몰래 도시락을 전해 줘야 하거든요. 초등학교 시절 자주 도시락을 싸가지 못하던 우리 남매는 배가 고프다는 일이 결코 부끄럽지 않았답니다. 아버지는 우리에게 가난해도 결코 기죽지 않는 씩씩한 유전자를 물려주셨어요. 게다가 우리는 아주 예전엔 부자였으니까, 걸어도 걸어도 다 우리 할아버지 땅이었다니까, 가난한 사람의 심정을 좀 느껴보라고 하느님이 가난한 세상에 여행을 보낸 거라고, 어린 오빠는 제 손을 잡고 말하곤 했어요. 부자가 되어서도 겸허한 사람, 가난해도 비굴하거나 비뚤어지거나 염치없지 않은 사람이 되기 위해 우리 남매가 얼마나 열심히 살아왔는지 하느님은 아시겠지요? 오늘은 아프리카에서 아프간으로 어린아이들을 치료하러 떠난 오빠한테서 긴 이메일이 왔어요.
　"사랑하는 내 동생 마리아. 언제나 건강하고 행복하게 지내고 있으리라 믿는다. 이곳 아프간에서는 접종 한 번이면 영구적으로 막을 수 있는 소아마비를 아직도 많은 어린아이들이 앓고 있단다. 하지만 아프간 사람들 사이에는 이슬람의 씨를 말리려는 음모라는 소문이 널리 퍼져 있어서, 백신 접종 활동이 쉽지가 않아. 게다가 매 순간 탈레반의 위협으로 우리는 위험 속에서 아이들에게 백신 접종을 하고 있는 셈이지. 마치 고도를 기다리는 기분으로 하루하루에 임한단다. 언젠가는 이 세상에 사랑과 평화가 충만하기를… 하지만 그렇지 못한다 해도 이 세상에 존재하는 아름다운 사람들 때문에 세상은 살 만한 것 같아. 이곳에서 뵌 미국인 안과 의사 한 분은 40년간 아프간에 살면서 온갖 험한 일을 겪으며 환자들을 진료해온 훌륭한 분이란다. 나 같은 사람은 발을 벗고도 따라가지 못하지. 그분은 아프간 구호단체의 살아 있는 전설이자 대부로 불린단다. 그분 외에도 너무도 훌륭한 미국인 치과 의사 한 분이 계셔. 그분은 치과 장비를 야크에 매달고 에베레스트 산 중턱까지 올라가 환자를 치료하시곤 해. 눈만 빠끔 내놓은 채 시커먼 부르카를 둘러쓴 여인들의 이를 치료하기 위해 다른 가족들과 협상하는 법도 배우신 훌륭한 분이지. 이가 아파도 치료할 엄두도 내지 못하고 평생을 고통에 허덕이며 겨우 아편을 먹고 치통을 잠재울 수 있었던 아프간 사람들에게 그분은 하느님 같은 존재야. 그 전까지 치통은 이들에게 인간이 도저히 알 수 없는 신의 영역이었다는 걸, 믿을 수 있겠니? 이렇게 훌륭한 분들과 같이 일한다는 게 정말 자랑스럽단다. 소아마비 백신을 접종하러 갔다가 문전박대를 받고 돌아가기 일쑤인 나같이 보잘것없는 의사를 이분들은 친아들처럼 여겨 주셔. 사랑하는 마리아, 언제나 이 오빠가 너를 위해 기도한다는 걸 잊지 말기를… 안녕."

저도 오빠를 위해 기도합니다. 이렇게 아름다운 사람이 나의 형제임이 자랑스럽습니다.

요즘은 해가 너무 빨리 집니다. 어둑해지자 사이코 부부가 집에서 나와 또 우리 집 대문을 한 번 세게 발길질을 하고 갑니다. 어쩌면 저의 인내심을 시험해 보는 걸까요?

어디선가 하느님이 제게 원수를 사랑하라고 조용히 속삭이십니다.

바람 불고 비 오는 겨울 저녁입니다.

*

폭설이 왔습니다. 방학을 했고, 겉으로는 늘 그렇듯 아무런 일도 일어나지 않는 평화로운 나날들입니다. 그러던 어느 날 아침 하얀 눈이 쌓인 창밖을 내다보니 갑자기 바깥세상이 소란합니다. 경찰차가 와 있고 사람들이 웅성거리며 모여 있는 걸 보니 무슨 일이 났나 봅니다. 아무래도 예감이 좋지 않아 밖으로 나가 '골프 치는 변태'네 집 앞에 모여 있는 구경꾼들 중 한 사람에게 무슨 일이 났느냐고 물어 보았어요. 그 집 부인이 오늘 새벽 목매달아 자살을 했다는군요. 불길한 예감이 그대로 들어맞아 갑자기 머리에 벼락을 맞은 기분입니다. 이 죄책감의 정체는 무엇일까? "나는 그녀를 살릴 수 있었다." 그런 목소리가 제 몸 깊은 곳에서 울려오고 있었어요. 사랑하는 당신의 목소리가 먼 곳에서 들려옵니다.

"마리아 자매님 그건 자매님의 잘못이 아니에요. 우리 그분의 영혼을 위해 기도합시다. 아멘."

잎새가 다 떨어진 강가의 겨울나무들 위로 하얀 가루 같은 눈발이 사르르 내려앉습니다.

문득 아주 옛날 아버지가 그리신 눈 오는 날의 풍경화가 생각납니다. 단칸방에서 세 식구가 같이 살 때도 그 그림은 늘 벽에 걸려 있었습니다. 배고프고 추운 날에도 오빠와 나는 그 그림을 보며 위안을 받곤 했답니다. 그림이란 참 신기한 물건입니다. 그림을 그린 누군가가 이 세상을 떠나가도 그림은 그대로 벽에 걸려 영원히 자신의 생명을 이어갑니다. 우리 아버지는 화가가 되고 싶으셨던 분이랍니다. 어릴 적엔 고향인 신의주에서 그림을 잘 그리는 신동神童으로 유명했다고 해요. 우리 아버지는 전람회 다니는 걸 좋아하셨어요.

작은 출판사를 운영하시다가 빚더미 위에 앉은 뒤, 아버지는 책 외판원을 하시면서도 늘 전람회를 보러 다니셨어요. 평생 아버지가 그린 그림이 한 열 점쯤 되어요. 그중에 아버지가 가장 아끼는 그림은 국군이셨던 큰아버지가 6·25 때 압록강으로 북진해서 태극기를 꽂는 모습이랍니다. 놔둘 데가 없어 아버지 친구 댁에 맡겨 놓았다가 아버지가 돌아가신 뒤에 찾으러 가니 그 집에 불이 나서 그림이 다 타버렸다고 하더라고요. 오빠와 나는 한동안 슬픈 기분에 사로잡혀, 단 한 점 남은 그 눈 오는 날의 풍경화를 보고 또 보고 했더랍니다. 오빠는 아프리카로 떠날 때 가방 속에 그 그림을 넣어갔어요.

오늘 갑자기 그 그림이 그리워집니다. 머릿속이 하얗게 비워지면서 엉뚱하게도 제 머릿속에는 우리 가족의 멀고도 먼 슬픈 옛이야기가 떠오릅니다. 아버지가 꺼내 보여 주시던 큰아버지의 초상이 떠오릅니다. 나이 차이가 많아 어려서부터 아버지처럼 든든한 형님이셨다는 큰아버지는 일제강점기, 학교에서 한국말을 한다는 죄로 퇴학을 당하게 되었답니다. 퇴학을 당하지 않는 조건으로 일본으로 건너가 소년 항공학교에 입학하셨대요. 2차 대전 당시 일본의 가미가제 특공대를 탄생시킨 유명한 학교이지요. 그때 큰아버지 나이 열여섯 살이었답니다. 큰아들을 전쟁터로 보낸 죄책감으로 대대로 만석꾼 집안의 장손이던 할아버지는 술로 허송세월하다가 다음 해에 돌아가셨대요. 큰아버지가 가미카제 특공대로 출전하기 하루 전 날, 일본이 전쟁에 패전하는 바람에 큰아버지와 같은 특공대 동기들은 모두 집단 자살했답니다. 일본인이 아닌 큰아버지는 몰래 도망을 쳤다가 고향인 신의주로 돌아오셨대요. 아버지는 평생 그날의 기쁨을 잊지 못하셨어요. 아버지는 어릴 적에 대구로 피난을 오신 까닭에 경상도 사투리를 쓰셨어요. 하지만 말 속에 가끔 섞이는 북한 사투리가 저는 참 듣기 좋았답니다.

　큰아버지는 최연소 소위로 육군사관학교에 입대해서, 1948년 제주도에 4.3사태가 나자 중위로 발탁되어 중대 병력을 끌고 제주도를 평정하러 내려가셨대요. 그 시절의 제주도는 누가 아군이고 적군인지 알 수 없을 뿐 아니라, 내가 죽든지 상대를 죽이든지 해야만 할 정도로 잔인했다고 합니다. 민간인 학살에 앞장선 게 국군과 경찰이라고들 알고 있지만, 곳곳에 지주들을 굴비 두름처럼 쇠꼬챙이에 꿰어 묶어 놓은 풍경은 다반사고, 이에는 이, 눈에는 눈 하는 식으로 서로 죽이고 죽었으니 어느 쪽이 더 나쁘고 덜 나쁜지 구분하는 것은 무의미

했다고 해요. 그저 매일 적군을 죽이는 일이 일상이 되었고, 그렇지 않으면 제주도가 적의 편에 넘어갈 것 같았답니다. 내가 살기 위해 너를 죽여야 하는 동족상잔의 비극을 너무 어린 나이에 체험한 큰아버지는 사람을 많이 죽인 날은 잠이 오지 않아 뜬눈으로 밤을 새우며 괴로워했답니다. 그러던 중 일제 강점기 시절 만주에서 아편 장사를 하던 사람이 참모로 오는 바람에, 큰아버지는 사람을 많이 죽인 괴로운 날엔 아편 주사를 맞고 잠들었다고 해요.

6·25가 발발하고 계엄이 선포되자 큰아버지는 본대에 합류하여 북진을 시작합니다. 제5군단 육군 중령으로 자기 고향인 신의주의 계엄사령관이 되어 의기양양한 기분으로 압록강까지 올라간 큰아버지 부대는 인민군 패잔병들에게 기관총 공격을 받고 모두 전사戰死, 큰아버지만 기관총 두 방을 맞고 살아남아 대구 육군병원으로 후송되었습니다. 큰아버지는 일본의 가미카제 특공대에서도, 6·25 전쟁의 소용돌이 속에서도 운 좋게 살아남았지만, 상처의 고통이 큰 탓에 다시 아편을 복용하다가 치유할 수 없는 아편 중독자가 되셨답니다. 불명예 제대를 한 큰아버지는 그 후 세 번의 자살 시도 끝에 결국 아까운 나이로 세상을 떠나셨다고 해요. 아버지는 비가 오거나 눈이 오는 날이면 소주 한 병을 드시며 마치 처음 하는 이야기처럼 우리에게 긴긴 이야기를 들려주셨어요. 특히 압록강에 도달한 의기양양한 큰아버지의 모습을 묘사할 때는 마치 눈에 본 것처럼 생생했어요. 아마도 아버지는 그렇게 씩씩한 큰아버지의 모습을 눈에 보이듯 그려낸 것이겠지요.

며칠이 지났는지 모릅니다. 며칠째 저는 한숨도 자지 못했어요. 눈만 감으면 아버지가 그린 눈 오는 날의 풍경화가 떠올랐어요. 얼어붙은 하얀 강물 위로 저녁이 내려앉습니다.

폭설 때문에 교통이 차단된 듯, 세상은 고요합니다. 경찰들과 구경꾼들로 웅성거리던 '골프 치는 변태'네 집도 며칠째 고요합니다. 갑자기 '사이코 부부'가 우리 집 대문을 발로 차며 소리를 지르는군요.

"빨간 입술 다 너 때문이야. 꺼져버려……."

*

새벽녘까지 뒤척이다 라디오 소리에 눈을 뜨면 어느새 아침입니다. 라디오 속에서 친근한 누군가의 목소리가 말하는군요. "오늘도 추억이 됩니다"라고요. 그렇고 말고요.

아무에게도 말할 수 없는 외로운 삶을 살다 간 '골프 치는 변태'의 아내의 슬픈 이야기도 어느새 추억이 되어 떠내려갑니다. 그녀의 죽음이 정말 제 탓이었을까요?

그렇다면 세상에는 우리가 모르는 사이 우리 탓으로 이루어지는 얼마나 많은 일들이 일어나고 있을까요? 아무 생각 없이 남에게 내뱉은 말들, 나도 모르는 사이 타인에게 남긴 지울 수 없는 상처들, 그 상황이 전쟁이라면 우리는 모두 살인자들이거나 살인 미수범들이겠지요. 꽃다운 열여섯 나이에 자신이 무슨 일에 목숨을 걸었는지도 모르는 채 남의 나라 일본을 위해 가미카제 특공대가 되어 아까운 목숨을 버릴 뻔했던 소년, 일본 패망 후 운 좋게 고국으로 돌아와 국군이 되어

빨갱이들을 무찌르러 제주도로 내려가 닥치는 대로 사람들을 죽인 청년, 애국의 이름으로 수없는 동족들을 죽인 날은 괴로워서 아편을 맞고서야 잠들던 슬픈 젊음의 자화상을 떠올립니다. 6·25 전쟁이 발발하자 고향의 계엄사령관이 되어 북진, 압록강까지 올라가다 총에 맞아 그 상처의 고통으로 아편 중독이 되고 만 슬픈 젊은이, 세 번의 자살미수 끝에 스물여섯 꽃다운 목숨을 저버린 슬픈 운명의 사람, 그가 바로 제 큰아버지십니다. 전쟁 때 억울하게 죽은 수많은 양민들과 모든 사람이 평등한 빈부 차이가 없는 아름다운 세상을 꿈꾸며 죽어간 그 시절의 진정한 빨치산들의 짧은 생애와 우리 큰아버지처럼 자기도 모르는 사이 운명이 정해져 버린 이 땅의 수많은 억울한 젊음들을 애도합니다.

긴 하루가 가고 저녁이 왔습니다. 바깥은 하얀 눈 속의 망막한 정적입니다. 내 이웃들은 아무도 외출하지 않나 봅니다. 차라리 사이코 부부가 소리를 지르며 대문이라도 걷어차 주었으면 좋겠다는 생각이 들 정도로 외로운 저녁입니다. 2층으로 올라가 맞은편 창을 바라봅니다. 며칠째 '골프 치는 변태'는 미동도 하지 않습니다. 울고 있을까요? 다시는 어둠 속에서 빨간 불을 켜고 벌거벗은 채 저를 바라보는 일은 없을까요? 정말 그도 울고 있을까요?

아무 생각 없이 텔레비전을 켭니다. 텔레비전에서 속보가 나오고 있었어요.

아프가니스탄에서 무료 진료를 하던 국경없는의사회의 의료봉사단원들 중 여성 세 명을 포함해서 미국인 여섯 명, 영국인 한 명, 독일인

한 명, 아프간 한 명, 그리고 한국인 한 명, 도합 열한 명이 탈레반에 의해 살해당했다는 충격적인 뉴스였어요. 순간 저는 가슴이 철렁 내려앉았습니다. 텔레비전에 비치는 얼굴은 오빠가 늘 존경해 마지않던 미국인 안과 의사 '톰 리틀' 씨였어요. 일행은 아프가니스탄 산간 오지에서 환자들을 치료하고 돌아오는 길에 사고를 당했다는군요. 아프가니스탄 수도 카불에서 무료 진료를 하고 있던 리틀 씨가 치료를 받지 못하는 산간 오지에 사는 사람들을 치료하기 위해 스스로 위험한 산간지역을 찾아 나섰던 길에 변을 당했다는 뉴스였어요. 영국과 미국 등지에서 온 의료봉사자들을 포함한 일행 앞에 두건을 쓰고 총을 든 괴한들이 나타났답니다. 그들은 다짜고짜 의료진을 숲으로 끌고 간 뒤 한 줄로 서게 했다고 생존자 중의 한 사람이 이야기를 하고 있었어요. 리틀 씨는 침착하게 "우리는 의사다. 가난한 산간벽지의 아프간들을 치료하고 오는 길이다"라고 설명을 했답니다. 하지만 설명이 채 끝나기도 전에 끔찍한 총성이 울렸답니다. 탈레반이 다른 사람들도 아닌 자국민을 도우러 온 의사들을 살해한 사실은 전 세계를 충격에 빠뜨리고 있다고 뉴스는 전하고 있었어요.

온몸이 떨려왔어요. 탈레반의 총에 맞아 사망한 한국인 한 명이 오빠가 틀림없다는 생각에 저는 숨이 막혀왔어요. 사망이 확인된 의료봉사자들 중, 아내와 세 딸까지 데리고 아프가니스탄으로 건너가 40여 년을 그곳에서 가난하고 아픈 사람들을 치료하며 살아온 미국인 안과의사 '톰 리틀'과 치과 장비를 매달고 에베레스트 산 중턱까지 올라가 가난한 환자를 치료하곤 하던 영국인 치과의사 '토마스 그램스'도 오빠에게 들은 낯익은 이름이었어요. 하지만 유일한 한국인 의료봉사자의 신분은 아직 밝혀지지 않고 있다고 뉴스는 말하고 있었어요.

오빠 사랑하는 나의 오빠, 하지만 방송국으로 연락해도 아직 신원이 밝혀지지 않았다는 이야기만 계속할 뿐 오빠는 전화도 불통이고 이메일도 끊겼답니다.

사랑하는 당신, 제가 보낸 몇 통의 편지에 답장 한 번 주시지 않던 당신, 하지만 제 꿈속에 찾아와 언제나 발그레한 미소로 "자매님 저도 자매님을 사랑하고 있어요" 그렇게 눈으로 말해 주던 당신, 오빠를 위해 기도해 주세요. 그렇게 저는 뜬눈으로 그 밤을 하얗게 새웠답니다.

*

불행한 일들에 아무런 손을 쓸 수도 없이 기다려야만 하는 시간들은 더디게 더디게 흘러갑니다. 아직도 흰 눈은 듬성듬성 세상의 차가운 땅들을 덮어 주고 있고, 창밖에는 경찰차들이 동네를 에워싸고 있었어요. 아마도 '골프 치는 변태' 아내의 자살사건 때문이려니 했었지요. 한 번도 사랑해 본 적 없는 나의 이웃들마저 그리워지는 고독한 시간들입니다.

그런데 라디오에 귀를 기울이며 세상의 뉴스들을 수신하고 있던 제 귀에 들려온 건 청천벽력 같은 어처구니없는 소식이었습니다. 우리 동네의 마약 조직패들이 몽땅 검거되었다는 내용이었어요. 가만히 들어보니 상습적으로 코카인과 히로뽕 복용을 해온 우리 동네 사람들의 이름들 중 낯익은 이름은 바로 '골프 치는 변태'와 '사이코 부부'와 '조폭 할머니' 등등이었습니다. 그중에서 조폭 할머니는 마약을 동네 사람들에게 정기적으로 대주는 조직 배급책이었다네요. 이 잔혹동화 같은 이야기가 라디오를 통해 흘러나오고 있었어요. 꿈속에서 사랑하는 당신이 저를 위해 늘 기도하신다는 그 말이 현실처럼 다가옵니다.

"다만 악에서 구하옵시고……"

숨조차 쉴 수 없는 밤들이 지나가고, 깜깜한 세상에 갑자기 환한 불이 들어오듯 오빠로부터 이메일이 왔어요.

"사랑하는 마리아, 많이 놀랐을 텐데, 이제야 소식 전한다. 그동안 전화도 컴퓨터도 모든 통신이 엉망이 되었단다. 너도 이미 알고 있겠지만 며칠 전 불행한 사고를 당한 분들 중 한국 분이 계셨단다. 그분은 의사가 아니라 한국에서 오신 지 얼마 되지 않은 젊은 신부님이셨어. 내 숙소에서 나와 한 달째 함께 지내고 계셨던 분이었는데. 그날 마침 감기를 심하게 앓던 나 대신 일행을 따라나셨다가 큰일을 당하셨어. 죄송하고 침통한 마음을 가눌 수가 없구나. 그런데 그분이 마리아 너를 잘 알고 계시더구나. 네가 다니는 성당에 계셨던 적이 있었나 본데, 마리아 네 얘기를 자주 하셨어. 그렇게 입술을 새빨갛게 바르고도 그렇게 천사같이 순결해 보이는 여자는 세상에 마리아 자매님밖에 없을 거라고. 그렇게 말할 땐 신부님 눈에서 빛이 났단다. 한 짐도 안 되는 유품을 정리하다 보니 이미륵의 《압록강은 흐른다》가 나오더구나. 네 이름이 씌어 있는 걸 보니 네가 드린 모양인데, 그게 아버지가 갖고 계시던 그 책 맞지? 유품이라야 별것도 없지만, 네게는 의미가 있을 것 같아서 인편에 보낸다. 이 슬픈 마음을 나눌 사람이 바로 너인 것 같은데, 곁에 없어서 정말 아쉽구나."

슬픔은 얼어붙은 강물처럼 꼼짝도 하지 않습니다. 출구 없는 슬픔은 벽이 되어 저를 에워쌉니다. 이 조용한 동네의 괴상한 이웃들과의 오랜 지루한 싸움으로부터 결국 제가 이긴 걸까요? 아니 그들을 위해 기도하라고, 하늘에 계신 사랑하는 당신은 말씀하십니다.

"마리아 자매님, 그들이 어쩌다 마약 중독자가 되었는지 우리는 그들의 아픔을 모르잖아요. 세상의 모든 아픈 사람들을 위해 기도합시다."

열악한 아프간에 정착하여 아프간 사람들의 생명을 살리려 애쓰던 의사들을 살해한, 아니 사랑하는 당신을 살해한 탈레반 일행들도 용서해야 할까요? 사랑하는 당신은 말씀하십니다.

"그럼요. 사랑하는 마리아 자매님, 용서해야 하고 말고요."

용서란 무엇일까? 저는 밤새 잠 못 이루며 용서에 관해 생각합니다. 그러나 용서는 그저 생각일 뿐 아무것도 용서되지 않습니다. 사랑하는 당신, 당신이 없는 세상에서 신은 이제 제게 무의미할지도 모릅니다. 오늘 저는 정말 오랜만에 기도하지 않습니다.

*

밸런타인데이가 돌아왔습니다. 저는 예쁘게 포장된 초콜릿 한 상자를 사서 혼자 먹습니다.

라디오에서 이런 이야기가 흘러나오네요. 뉴욕 주 브롱스 동물원에서 인상적인 밸런타인데이 행사가 벌어졌답니다. 바퀴벌레 5만 8천 마리에다 연인의 이름을 새겨 주는 이색 행사였대요. 초콜릿도 녹고 장미꽃도 시드니, 영원한 건 바퀴벌레밖에 없다는 콘셉트에서 비롯된 행사라고 해요. 초콜릿은 녹아야 제맛이고 장미꽃은 시들어야 제맛이지 바퀴벌레처럼 영원해서 또 뭐하겠어요? 초콜릿 백만 상자보다 장미꽃 백만 송이보다 바퀴벌레 5만 8천 마리보다 훨씬 더 길고 영원할, 당신을 향한 나의 사랑은 오늘도 저 무심한 강물 따라 흘러만 갑니다. 나중에 들은 이야기지만 탈레반은 국경없는의사회 봉사단원들이 아프간 사람들을 기독교로 개종시키러 온 선교사들이라는 편견을 가지고 있었다고 해요. 사건이 일어난 다음 날 아프간 탈레반 대변인 '자비훌라 무자헤드'는 "어제 오전 여덟 시쯤 우리 순찰대가 스파이 활동을 하던 외국인 선교사들을 발견해 모두 사살했다"라고 AP통신에 밝혔답니다.

탈레반은 '리틀' 씨와 그 일행을 '성경을 들고 다니는 스파이'라고 규정하고, 스파이에게 합당한 처벌은 죽음뿐이라고 주장했대요. 하지만 리틀 씨 일행은 아프간 사람들을 기독교로 개종시키려는 아무런 시도도 하지 않았답니다. 사십 년간 가난하고 병든 자기네 아프간 사람들을 위해 헌신한 의사에게 총을 겨눈, 아니 사랑하는 당신에게 총을 겨눈 그들을 정말 용서해야 할까요? 사랑하는 당신은 또 이렇게 말하겠지요.

"마리아 자매님, 그들의 오래된 아픔을 우리는 모르잖아요. 용서하세요."

　전쟁은 어디서나 무자비합니다. 신의 이름으로 전쟁을 해대는 이 무자비한 전쟁의 역사가 바로 인류의 역사이지요. 어쩌면 신은 무섭고도 위대한 힘을 지닌 자연입니다. 우리에게 물과 공기와 일용할 식량을 주시는 고마운 분도 자연이고, 지진과 홍수와 가뭄과 쓰나미를 내려 주시는 무서운 분도 하늘이십니다. 어쩌면 예수와 부처와 마호메트는 그 무서운 하늘을 향해 이 불쌍한 중생들을 구하기 위한 기도를 그치지 않았던, 한없이 아름다운 예외적 인간들이었습니다. 그러나 사람들은 그 아름다운 인간들의 이데올로기를 표방하며 어제도 오늘도 전쟁을 해댑니다. 아… 아름다운 당신, 당신이 없는 세상에서 신은 더 이상 제게 무의미할지도 모릅니다.

　"야 빨간 입술, 꺼져버려" 하면서 우리 집 대문을 발길질을 해대던 사이코 부부도, 밤에 빨간 불을 켜고 벌거벗은 채, 창문 하나를 사이에 두고 나를 바라보던 골프 치는 변태도 다시는 제 앞에 나타나지 않습니다.

　오늘도 저는 입술을 빨갛게 바르고 길을 나섭니다.

　당신의 유품은 아주 천천히 제게 도착했습니다. 표지가 너덜너덜한 이미륵의 《압록강은 흐른다》와 오래전에 제가 보낸 편지 몇 통, 단 한 번도 답장을 주지 않던 당신이 제 편지를 오래도록 지니고 있었다는 사실이 믿어지지 않았습니다. 그리고 꿈속에서 벌거벗은 채 거리에 서 있던 제게 입혀 준 그 사제복 한 벌, 그게 다였습니다.

　저는 당신의 사제복을 깨끗이 세탁해서 벽장 속에 걸어 두었습니다.

언젠가 당신이 꿈속에 찾아오면 아무 때라도 입혀 드리려고요. 하지만 당신은 그 후로도 오래도록 제 꿈속으로 찾아오지 않았습니다. (*)

다섯 번째 이야기

그녀의 마지막 남자

나는 여행을 좋아하지 않는다. 낯선 풍경을 바라보는 일보다는 낯익은 일상을 사랑한다. 어디론가 떠나는 것도 좋아하지 않는다. 가까운 사람들이 떠나는 걸 보는 것도, 돌아오는 것도 좋아하지 않는다. 그들이 떠나는 뒷모습을 배웅하다 보면 왠지 다시는 돌아오지 않을 것만 같다.

나는 그녀를 엄마라고 불렀다. 여섯 살 때 부모님이 한꺼번에 자동차 사고로 다 돌아가신 뒤, 나는 엄마의 가장 친한 친구인 그녀와 같이 살게 되었다. 그녀는 뚱뚱했지만 아름다웠다. 처녀였던 그녀는 나를 제대로 안아 줄 줄도 몰랐고, 성냥불을 켤 줄도 몰랐다.

캄캄한 어둠 속에서 그녀를 기다리는 일이 어린 나의 일상이었다. 그녀는 가끔 취해서 돌아왔다. 그런 날에는 오자마자 어린 나를 부둥켜안고 울었다. "불쌍한 것." 하지만 나는 그럴 때마다 그녀가 더 불쌍했다. 그래서 우리는 한 쌍의 불쌍한 동물처럼 엉켜서는 한참을 울었다. 그녀는 내가 대학을 졸업하고 결혼을 할 때까지도 그녀의 마지막 남자를 잊지 못했다.

"그 사람은 돌아올 거야."

그녀는 늘 그렇게 혼자 중얼거렸다.

그런 그녀를 혼자 두고 나는 결혼을 했다. 어느 날 남편이 집을 나갔다. 나는 그녀를 찾아가 통곡을 했다. 그녀는 마치 자기 자신에게 말하듯 내게 속삭였다.

"그 사람은 돌아올 거야."

집을 나간 남편은 쪽지 한 장을 남겼다.

"나를 찾지 마시오. 미안하오."

이미 회사에는 석 달 전에 사표를 낸 상태였다. 수소문한 끝에 남편을 찾아낸 곳은 제주도의 외딴 바닷가 마을이었다. 남편은 술집에서 만난 스무 살 갓 넘은 계집애와 함께 살림을 차리고 있었다. 하도 기가 막혀서 아무 말도 나오지 않았다. 나는 남편의 여자 화장대 위에 놓인 비싼 외제 화장품들 뚜껑을 열어 다 변기에 쏟아버렸다. 정작 나 자신은 한 번도 써 보지 못한 비싼 외제 화장품들을 보니 피가 거꾸로 솟았기 때문이다. 하지만 거기까지. 나는 아무 말도 하지 않고 그 집을 나왔다. 그때 나와 함께 갔던 우리 엄마, 그녀는 한마디 말도 못하고 내 뒤에 숨어 사시나무 떨 듯 떨면서 그 뚱뚱한 몸을 내게 기댔다. 그녀는 언제나 내게 아무런 도움도 되지 않았다. 그렇게 나는 세상에서 제일 외로운 여자가 되었다.

밥을 먹을 수도 없고, 잠을 잘 수도 없었다. 그러던 어느 날 밤, 나는 오래된 재건축 아파트인 우리 아파트의 길목을 걸어 나가다가 할머니 한 분을 만났다. 가만히 보니 할머니는 아파트를 점령하다시피 한 고양이들에게 밥을 주고 있었다. "할머니 고양이 밥 주면 안 돼요" 하니까 할머니가 답했다.

"이 모진 사람아. 이 고양이들이 다 내 새끼들인 거여."

그날 이후 나는 할머니와 함께 동네의 배고픈 고양이들에게 밥을 주러 다니기 시작했다.

어쩌면 우리 엄마, 그녀가 불쌍한 어린 내게 베푼 일이 바로 이런 걸지도 모른다는 생각이 들었다. 그렇게 생각하니 조금쯤 덜 외로웠다.

어느 날인가 매일 오던 할머니의 모습이 보이지 않았다. 그날부터 나는 고양이 밥 주는 여자가 되었다. 오래된 우리 아파트 지하를 내려가면 배고픈 고양이들이 득실득실했다.

나는 밤이면 사료와 통조림 깡통을 들고 아파트 지하로 내려갔다. 아파트를 더럽힌다고 욕먹을까 봐 지하로 몰래 내려가 청소를 하는 일도 다반사였다. 어느 날 나는 아파트의 요주의 인물이 되었다. 아파트 현관에는 고양이 밥을 주지 말라고 씌어 있었다.

그러던 어느 날 고양이들의 서식처 입구를 시멘트로 막아 버리자는 반상회 결정이 내려졌다. 그 결정에 힘을 모아 준 건 결식아동 돕기 운동 회장이라나, 뭐 그런 인물이었다. 나는 그를 이해할 수가 없었다. 사람을 사랑하는 휴머니티와 동물을 사랑하는 마음의 뿌리는 그렇게 다른 곳으로부터 기원하는 걸까?

그렇게 외로웠던 어느 날, 내게 애인이 생겼다. 혼자 노래방에 갔다가 화장실에 갔다 오는 길에 실수로 잘못 들어간 방에 그가 있었다. 친구들끼리 남자 셋이 온 그들과 합석한 나는 노래를 부르다 말고 울음이 터져 나왔다. 이문세의 노래 〈사랑이 지나가면〉은 남편이 제일 좋아하던 노래였다. 나는 남편이 그 노래를 부를 때마다 짜증이 났었다. 도대체 사랑이 왜 지나가는 건데? 그 청승맞은 음률과 노랫말이 나는 늘 마음에 들지 않았다.

그런데 나도 모르게 그 노래를 부르다가 울음을 터트리고 말았다.

그때 그가 내 어깨를 감싸며 말했다.

"사랑이 지나가면 다른 사랑이 와요."

나는 섬광처럼 아주 짧은 순간, 그가 나의 마지막 남자였으면 했다.

*

이 세상에는 자신이 사랑하는 사람의 마지막 사람이 되기를 원하는 부류와 첫 번째 사람이 되기를 원하는 부류가 있다. 마지막 사람이 되기를 원하는 사람이 물론 더 착한 사람일 것이다. 그 사람과 영원하기를 바라는 마음, 버리지도 버림받지도 않으려는 애착.

마지막이라는 단어는 왠지 사람을 안심시키는 구석이 있다. 마지막 사랑, 마지막 열차, 마지막 부탁 등등. 하지만 마지막이라는 단어는 여전히 슬프다. 어릴 적 나를 친한 친구에게 맡겨두고 여행을 떠나던 날 부모님이 남긴 마지막 인사, 남편의 마지막 뒷모습, 우리 엄마가 된 그녀의 마지막 남자가 내 등을 토닥이며 남긴 마지막 말, "불쌍한 것."

이후 나는 불쌍하지 않은 사람이 되기 위해 혼신의 노력을 기울였다.

이 세상에는 나보다 불쌍한 사람이 너무나 많았다. 날 때부터 버려진 장애인, 지하도에서 구걸하는 병들고 배고픈 사람, 눈이 보이지 않거나 귀가 들리지 않거나 불의의 사고로 장애인이 된 사람… 하지만 이 세상에서 제일 불쌍한 사람의 순위를 매기는 것은 불가능했다. 멀쩡한 육체를 지닌 사람들이 쩍하면 자살을 해버리는 게 요즘 세상이니까.

엄마의 마지막 남자는 그녀보다 일곱 살 아래인 재능 있는 건축가였다. 그는 우리를 위해 유리창이 많은 빨간 벽돌집을 지었다. 따뜻한 마음과 잘생긴 외모를 지닌 그는 부모 없는 불쌍한 나를 많이 사랑해 주었다. 그렇게 우리는 십 년을 같이 살았다.

나는 그를 '아버지'라고 부르지 않고 '아저씨'라고 불렀다. 아저씨는 우리 모녀의 든든한 보호자였고, 삶이 아름답다는 걸 눈앞에 보여주는 마술사였다. 엄마의 생일이나 내 생일이면 아저씨는 깜짝쇼를 해주었다. 종이로 화려한 궁전을 만들어 눈앞에 펼쳐 주는 남자, 아름다운 보석 반지를 손수 만들어 엄마의 손에 끼워 주는 남자, 갖가지 모양의 수많은 인형을 손수 만들어 내게 내미는 남자, 마술사 아저씨, 내가 당신을 얼마나 사랑했는지 알기나 하는가?

그는 그렇게 우리 곁을 떠나 다시는 돌아오지 않았다.

이후로 나는 너무 잘해 주는 남자를 믿지 않는 버릇이 생겼다. 아저씨처럼 어느 날 집을 나가 다시는 돌아오지 않을 것만 같았다. 그리 잘해 줄 줄도 모르는 남편과 결혼한 건, 아마 아저씨 때문인지도 모른다. 잘해 주지 않는 무덤덤한 남자에 대한 신뢰. 하지만 그것도 편견이었다는 걸 알게 되는 데는 그리 오래 걸리지 않았다.

아저씨의 소문은 바람을 타고 우리의 외로운 귀에 도착했다. 스무 살쯤 나이 많은 일본 점성술사와 사랑에 빠져 일본으로 갔다는 둥, 스무 살이나 어린 프랑스 여배우와 사랑에 빠져 파리에 살고 있다는 둥……. 어느 날 아침 나는 수면제 한 통을 다 먹고 죽은 듯이 누워 있는 우리 엄마, 그녀의 모습을 발견했다. 겨우 병원으로 옮겨 살려 놓기는 했지만, 그날 이후 오래도록 엄마는 그림자만 남은 사람 같았다. 얇은 실크 잠옷을 입은 뚱뚱한 그녀의 축 늘어진 모습에 나는 공포를 느꼈다. 너무 어릴 적에 이미 목격해 버린 죽음의 그림자가 얼마 되지도 않아 또 다시 내 눈앞에 어른거리는 일이 도대체 말이나 되는 걸까?

도대체 왜 사람들은 모두 내 곁을 떠나가기 위해 애를 쓰는 걸까? 내가 너무 착해서 사람들을 질리게 하는 걸까? 나는 혼자 노래방에 가서, 우연히 잘못 들어간 방에서 만난 처음 보는 남자 곁에 앉아 하염없는 생각의 물결에 잠겼다.

사랑이 지나가면 다음 사랑이 온다고 말해 준 그는 나와 함께 고양이 밥을 주는 일에 동참했다. 나중에 알게 된 일이지만 그는 아내가 있는 사람이었다. 고등학교 생물선생님인 그는 길고양이들의 불임수술을 하는 일에도 동참했다. 틈만 나면 우리는 텅 빈 재건축 아파트단지에 가서 수많은 고양이들의 밥을 주고 그놈들의 불임수술을 했다. 수술한 놈을 구분하기 위해 상처 부분에 지워지지 않는 펜으로 표시를 하고 목에다 빨간 리본을 매어 놓곤 했다.

단지 사람을 제외하고, 이 세상의 동물들은 무서운 속도로 번식하고 있었다. 새끼들을 책임지지도 못하는 동물의 번식은 언제나 나를 슬프게 했다. 언제 끝장날지도 모르는 세상에서 아이를 갖지 않으려는 나의 병적인 생각이 남편을 떠나가게 했다는 사실을 깨달은 건 한참 뒤의 일이었다.

 등에는 갓난아이를 업고, 한 손엔 조금쯤 큰 아이의 손목을 잡고 걸어가는 남편과 마주친 건 백화점 지하 식품코너에서였다. 그들 앞에는 반찬거리를 고르느라 정신이 없는 젊은 여자가 보였다. 남편은 내 앞을 지나치며 고개를 숙여 묵례를 했다. 제주도의 바닷가 마을 어느 외딴집에서 남편을 마지막으로 본 이후, 5년 만의 만남이었다.
 나는 언젠가 세상에서 가장 가까웠던 사람, 남편이라고 생각했던 사람이 묵례를 하며 내 곁을 스쳐 지나가는 걸 마치 영화의 한 장면을 보는 것처럼 바라보았다.
 내 맘대로 생각해 버린 것이긴 하지만, 그는 그렇게 행복해 보이지 않았다. 묵례를 하며 내게 던지는 그의 눈인사는 "천만 번 미안해" 그렇게 말하고 있었다.
 그도 나도 가족이 없었다. 어쩌면 그래서 그는 아이를 낳지 않으려는 내 곁을 떠나갔는지도 모른다는 생각이, 그가 떠난 지 5년이나 지난 그 백화점 지하 식품코너에서 불현듯 들었다. 그가 떠나지 않았다면, 나는 같이 고양이 밥을 주러 다니는 지금의 연인과 만나지 못했을 것이다. 문득 나는 남편과 함께했던 시간들보다 지금이 훨씬 더 행복하다는 생각이 들었다. 나를 버린 남편보다 내가 훨씬 더 행복할지도 모른다고 생각하니 세상에 대한 증오심이 한순간에 사라졌다. 노래방에서 만난 나의 연인은 세상에 대한 나의 증오심을 누그러뜨려 주었다. 그를 만나는 순간, 나는 언제나 세상에서 가장 사랑스러운 여자였고, 누구에게나 사랑받아 마땅한 존재였다. 주말이면 우리는 교통사고로 식물인간이 되어 누워 있는 그의 아내를 문병하러 갔다. 그녀는 내가 누구인지 전혀 알 수 없었지만, 나는 정성스레 그녀의 침과 눈곱을 닦아 주고, 옷을 갈아입혀 주곤 했다. 주말이 아니더라도 나는 가끔 혼자서 그의 아내를 돌보러 갔다. 그녀가 누워 있는 6인실 병실의 다른 환자 가족들이 나에게 누구냐고 물으면 사촌 언니라고 답했다. 나는 정말 그녀의 사촌 언니가 된 기분이었다.

누군가는 죽어서 실려 나가고, 누군가는 온몸에 주삿바늘과 호스를 꽂고 새로 실려 들어오곤 했다. 병원에서 오랫동안 지내고 있는 환자를 돌보는 가족들은 새로 실려 들어온 환자의 보호자들에겐 늘 경험 많은 선배나 다름없었다. 5년째 식물인간으로 누워 있는 내 연인의 아내를 바라보며 누군가 내게 말을 던졌다.

"사촌 언니라 하니 말인데, 그 신랑 설득해서 목구멍에 호스 빼라고 해요. 불쌍하지도 않아? 그렇게 더 살아서 뭐 한다고……."

나는 선인장을 가꾸듯 내 연인의 아내를 돌보았다. 물을 자주 주지 않아도 되는 식물, 선인장을 닮은 그녀의 약하디 약해진 가시들은 나를 찌를 수 없었다. 그녀의 남편을 내가 빼앗아 가도 그저 바라만 볼 수밖에 없었다. 그게 미안해서 나는 그녀를 더욱더 정성껏 돌보았다. 마치 그 마음을 아는 것처럼 그녀는 마음을 푹 놓은 순한 동물의 눈동자로 나를 바라보곤 했다. 나는 가끔 아무것도 모르는 그녀의 온몸을 닦아 주며 혼자 울었다.

이 세상에 불쌍하지 않은 존재가 어디 있던가? 이 세상의 모든 벽들과 식물들과 동물들과 길들과 그 길을 하염없이 걸어가는 사람들과 그 그림자들 모두가 불쌍하기 그지없었다.

비어 있는 아파트 재건축단지의 고양이들은 기하급수적으로 늘어나고 있었다. 고양이들을 돌보고, 병든 그녀를 돌보는 일만으로도 일주일이 모자랐다.

부모님이 남긴 얼마간의 동산과 부동산을 지금의 엄마가 잘 관리해준 덕분에 나는 먹고사는 일에는 그리 어려움이 없었다. 대학에서는 사회복지학을 전공했고, 졸업하자마자 결혼하는 바람에 딱히 이렇다 할 전문직을 가질 수도 없었다. 나는 그저 가끔씩 부모에게 버림받은 아이들을 돌보는 일이 나의 일이 아닐까 하는 막연한 생각을 하곤 했다. 아이들 대신 배고픈 고양이들을 돌보면서, 나는 산다는 일의 지루함과 허무를 삶의 보람과 기쁨으로 바꾸는 일에 어느 정도 성공해 가고 있었다. 게다가 식물인간이 되어 누워 있는 그 남자의 아내를 돌보면서 나는 나 자신이 쓸모없는 인간이 아니라는 뿌듯함을 자주 느끼곤 했다.

나는 자신이 쓸모없는 인간이라는 생각이 드는 게 이 세상에서 제일 두려웠다. 내 인생의 멘토를 닮은 이야기는, 언젠가 라디오에서 우연히 들었던 아일랜드 출신의 두 수녀들에 관한 이야기였다. 스물이 갓 넘어 한국으로 와서 소록도의 나환자들을 돌보며 평생을 보낸 팔십이 된 두 할머니 수녀들이, 늙어버린 자신들이 소록도의 주민들에게 짐이 되지 않기 위해 몰래 섬을 빠져나가 고향으로 돌아갔다는 이야기였다. 라디오를 통해 전해오는 그 아름다운 이야기를 들으며 나는 가슴이 뛰었다. 평생 작은 갤러리를 경영하다 나이 든 엄마는 아직도 아저씨가 어느 날 문득 문을 열고 들어설까 봐 이사를 한 번도 하지 않았다.

혼자된 내가 왜 그 집에 들어와 같이 살지 않는지, 엄마는 늘 섭섭해 하셨다. 친엄마라면 그럴까 늘 섭섭해 하는 그녀의 생각과는 달리 나는 그 낡은 집 속에 아직도 떠나지 않고 들러붙어 있는 아저씨의 유령과 마주치고 싶지 않았다. 나는 아저씨가 어느 낯선 땅에서 생을 마감했다고 믿었다. 그렇지 않다면 그렇게 오랜 시간 엄마와 나를 찾지 않았을 리가 없다고 믿고 싶었다. 아저씨가 설계한 엄마의 빨간 벽돌집은 아저씨를 기다리는 엄마처럼 조용히 늙어가고 있었다. 집 가까운 데 있는 조그만 갤러리도 아저씨가 설계한 공간이었다.

예전에는 큼직하게 느껴졌던 그 공간은 차곡차곡 쌓인 그림들로 발 디딜 틈이 없게 되었다.

그 많은 그림들 속에 내가 좋아하는 화가의 그림이 몇 점 있었다. 활짝 핀 꽃 봉우리들 속에 알알이 사람들의 모습이 들어박혀 있는 특이한 그림이었다. 그 그림들 속에는 없는 것이 없었다. 나를 떠나간 남편의 뒷모습, 아저씨와 엄마가 어느 날 갑자기 재회하는 모습, 그 남자의 아내가 목에다 호스를 꽂고 식물처럼 시들어가는 모습, 그 모든 사람 풍경들이 꽃이 되어 어느 날 승천할 거라는 슬픈 약속, 나는 그 그림을 볼 때마다 꽃들이 지기 전에 내게 꼭 할 일이 남아 있다는 희망찬 생각이 들었다. 그 희망은 내가 높은 건물 꼭대기에 올라가 갑자기 떨어져

죽고 싶은, 내 안의 오래된 절망의 그림자를 꼭 붙들어 주곤 했다.

*

나는 너무 어릴 적에 오갈 데 없는 혼자가 되었다는 걸 제외하고는, 사는 동안 대체로 운이 나쁘지 않았다. 하지만 그 혼자 됨의 막막함이 늘 나를 따라다녔다. 그래서 아저씨가 우리 곁을, 남편이 내 곁을 떠났을 때도 "그럴 줄 알았어" 하는 자포자기의 심정이었다.

가까운 친척 하나 없었던 탓에, 어머니의 가장 친한 친구인 지금의 엄마와 함께 살게 되었고, 그녀와 나는 친구처럼 형제처럼 이 가파른 세상길을 걸어 올라가는 데 의지할 수 있는 서로의 유일한 지팡이가 되어 주었다. 그럼에도 나는 가끔 영원히 성숙하지 않고 소녀처럼 늙어가는 엄마를 견딜 수 없었다.

아저씨가 떠난 후 감행한 두 번의 자살 미수는 언제라도 엄마가 나를 떠날 수 있다는 불안감을 안겨 주었다. 그랬다. 그래서 나는 내 곁을 떠나지 않을 다른 누군가가 필요했다. 그래서 남편과 한시라도 빨리 결혼해 버린 건지도 몰랐다. 결혼 후에도 엄마는 나랑 같이 살기를 원했다. 나이트가운으로 뚱뚱한 몸을 반쯤 가린 채 나쁜 꿈에서 깨어나 문득 나를 찾을 때, 아무도 없는 빈집을 견딜 수 없었던 건지도 모른다.

엄마는 오랜 세월 거의 매일 꿈을 꾸었다. 하루는 아저씨가 집을 나가는 꿈이었고, 다른 하루는 아저씨가 돌아오는 꿈이었다. 크게 보면

이 두 가지의 꿈을 매일 반복해서 꾸었다.

여행을 좋아하던 엄마는 이 세상에 안 가본 데가 없었다. 아저씨가 우리 곁에 있던 시절, 두 사람은 늘 어디론가 떠났다. 그럴 때면 나는 그들이 돌아오기를 기다리며 혼자 소파에 앉아 거실에 걸려 있는 내가 좋아하는 화가의 그림을 하염없이 바라보곤 했다. 꽃송이들 속에 알알이 들어앉은 사람들의 모습, 서로 부둥켜안은 남자와 여자, 누군가 떠나가는 모습, 어느 낯선 바닷가의 등대…….

나는 여행을 좋아하지 않는다. 낯선 풍경을 바라보는 일보다는 낯익은 일상을 사랑한다. 어디론가 떠나는 것도 좋아하지 않는다. 그래서 떠난 자리로 돌아오는 것도 좋아하지 않는다. 가까운 사람들이 떠나는 걸 보는 것도, 돌아오길 기다리는 것도 좋아하지 않는다. 그들이 떠나는 뒷모습을 배웅하다 보면 왠지 다시는 돌아오지 않을 것만 같다.

엄마는 아저씨와 같이 여행을 갔던 곳 중에서 그리스의 섬들을 제일 사랑했다. 하얀색의 집들과 파란 지붕들이 그림처럼 빼곡히 모여 있는 그리스 산토리니 섬의 '이아 마을'의 풍경을 그녀는 늘 잊지 못했다. 지금은 누구나 가는 흔한 여행지가 되어 버렸지만 내가 어릴 적만 해도 그곳은 달나라처럼 신비로운 곳이었다. 하얀 집들이 그림처럼 펼쳐지는 산토리니 섬의 이아 마을에 가려면 버스를 타고 구불구불한 길들을 하염없이 올라가야 한다고 했다. 그 높은 곳, 꼭대기에 가면 그렇게 아름다운 풍경들이 숨어 있다고 했다. 아저씨는 그곳에 집 한 채를 사서 갤러리를 열고, 여름이면 우리 세 식구가 오순도순 살자고 입버릇처럼 말하곤 했다. 이후 언제부턴가 달력 속의 산토리니 마을의 풍경은 언젠가 그곳에서 살았던 것처럼, 나의 기억 깊숙이 자리 잡았다. 나는 의식이 없는 내 연인의 아내에게 가본 적도 없는 그리스 섬들에 관해 이야기해 주었다. 이야기가 아니라 독백이었을 산토리니 섬마을의 풍경에 관한 이야기는 그녀의 눈동자에 하얗고 푸른 상이 되어 맺혔다.

남들은 믿지도 않고 믿을 수도 없겠지만, 시간이 흐를수록 일주일에 한 번 휴일에 만나는 그 남자보다도 그의 아내가 더 소중하게 느껴졌다. 이제 그녀에게 가장 필요한 사람은 그 누구도 아닌 바로 나였다. 바로 그 점이 그녀가 내게 소중한 이유이기도 했다.

언젠가 엄마는 말했다.

"그리스 로도스 섬에 가면 길고양이들이 굉장히 많아. 그런데 어느 날 너를 닮은 새끼 고양이 한 마리가 자꾸만 쫓아오잖아. 그래서 갖고 있던 빵조각을 주었더니 어디선가 길고양이들이 떼거리로 몰려와서는 서로 먹으려고 난리가 난 거야. 그 싸움이 얼마나 끔찍하던지 빵을 준 걸 후회하고 말았어."

우리가 누군가 다른 대상을 구제할 수 있을 거라고 생각하는 것 자체가 잘못이다. 우리는 아무도 다른 존재를 구원할 수 없다. 심지어는 자기 자신조차도. 그러니까 너도 길고양이들을 구하려는 생각을 버리라고 엄마는 늘 말하곤 했다. 그리스가 아니더라도 한국에도 섬에는 늘 고양이들이 많았다. 하긴 도시의 아파트 재개발단지들도, 오래된 아파트의 구석구석도 다 섬이 아니던가?

나는 문득 언젠가 텔레비전에서 본 길고양이에 관한 다큐멘터리를 떠올렸다.

고양이는 날 때부터 놀라운 환경적응력을 지니고 태어난다. 수컷 한 마리와 암컷 두 마리가 같이 새끼들을 기르곤 한다. 엄마 고양이는 자기가 낳지도 않은 새끼 고양이에게도 차별하지 않고 젖을 물린다. 엄마가 되고 나면 평생을 엄마로 살아야 한다. 바로 그 점이 나의 엄마에게 없는 점이었다. 가끔 그녀는 엄마가 아니라 내가 보호해야만 할 딸처럼 생각되었다. 바로 그 점이 아저씨가 엄마를 떠났던 이유라고 나는 내 맘대로 생각해 버리곤 했다.

엄마는 적포도주를 좋아했다. 둘이서 한 병 따서 오순도순 마시면 딱 좋았다. 하지만 늘 그걸로 끝나지는 않았다. 한 병, 두 병, 세 병, 새로운 적포도주 병을 딸 때마다 엄마는 점점 더 옛날이야기 속으로 걸어 들어갔다.

"그때 그 햇살 좋은 가을날에 말이다. 동경에서였어. 거리에서 아저씨를 우연히 만났던 거야. 믿을 수 있니, 너는? 아저씨는 휠체어를 밀고 있었어. 그 휠체어에 타고 있는 여자는 젊지도 예쁘지도 않고, 나보다 훨씬 늙어 보였어. 게다가 하반신을 쓰지 못하는 여자였지. 내가 너무 놀라 아는 척을 하려니까 아저씨는 나를 향해 조용히 묵례를 하며 그냥 내 앞을 모르는 사람처럼 스쳐 지나가는 거야. 그렇게 오랜만에 만났는데 그렇게 스쳐 지나가다니 나는 심장이 얼어붙는 것 같았어. 그리고 그때 알았단다. 아저씨는 이제 영원히 돌아오지 않을 거라는 걸……."

그 똑같은 이야기를 엄마는 적포도주 병을 새로 딸 때마다 되풀이

했다. 나는 그 이야기를 들을 때마다 백화점 지하 식품코너에서 우연히 만났던 남편의 모습을 떠올렸다. 그리고는 생각했다. 그들은 돌아오지 않는 것이 아니라, 그러고 싶어도 유효기간이 지난 식료품처럼 만기가 되어 돌아오지 못하는 것뿐이라고.

*

  귀가 닳도록 들은 그리스 섬들의 풍경은 가끔 내 꿈속에 나타났다. 꿈속에서 나는 그리스의 이름 모를 섬, 어느 오래된 수돗가에서 졸졸 떨어지는 수돗물을 온 기운을 다해 받아먹고 있는 검은 새끼 고양이 한 마리를 보았다. 온 세상의 물기가 다 말라버린 듯 숨이 콱콱 막히는 한여름이었다. 어디선가 길고양이들이 조용히 나타났다가는 어느새 조용히 사라지곤 했다. 문득 성벽이 나타나고 그 길을 따라 걷다 아래를 내려다보니 수없는 길고양이들이 떼를 지어 있는 게 보였다. 나는 갖고 있던 빵 부스러기들을 고양이 떼들에게 던졌다. 순간 고양이들의 세상은 빵 부스러기를 먼저 먹으려고 덤비는 피비린내 나는 전쟁터로 변했다. 피 터지게 싸워대는 고양이들을 내려다보며 나는 어느 날 여행길에서의 엄마처럼 빵 조각을 던진 걸 후회했다.
  이 세상의 배고픈 고양이들을 다 구제할 수는 없는 거라고. 그중의 한 마리를 닮은 나 자신, 오늘 지금 여기에 이렇게 살아 있음을 꿈속에서도 감사하면서 나는 섬의 낡은 계단들을 오르기 시작했다. 아무리 올라가도 계단은 끝이 없었다. 계단을 오르고 오르다 나는 어느 파란

집 대문을 열고 들어섰다. 문득 남자의 벌거벗은 등이 눈에 들어왔다. 그 곁에서 뚱뚱한 그리스 아줌마가 감자 껍질을 벗기고 있었다. 자세히 들여다보니 벗은 등을 보이고 서 있는 남자는 바로 아저씨였다. 그리고 감자 껍질을 벗기고 앉아 있는 아줌마는 그리스 전통의 검은 옷을 입은 뚱뚱한 우리 엄마였다. 왜 이들은 나를 피해 이곳에 숨어 있을까? 나는 눈물이 왈칵 치밀어 "아저씨!" 하고 불렀다. 등을 벗은 남자는 흠칫 놀라 나를 바라보고는 눈물이 금방 떨어질 듯 슬픈 눈으로 이렇게 말하는 것 같았다. "불쌍한 것."

꿈속에서 새카만 옷으로 온몸을 휘두른 그리스의 할머니들이 내 곁을 지나갔다. 그중 한 할머니가 내게 물었다.

"아가, 어디 가니?"

꿈속에서 아저씨는 섬의 구석구석 어디에나 있었고, 또 어디에도 없었다. 때로 아저씨는 유람선의 선장이 되어 나타났고, 어릴 적에 본 영화 〈희랍인 조르바〉의 주인공 '안소니 퀸'이 되어 나타나기도 했다. 꿈속에서 아저씨는 영화 〈희랍인 조르바〉 속의 '안소니 퀸'의 대사와 똑같은 내용과 목소리로 이렇게 말했다.

"여인이여, 불쌍한 피조물이여……."

그 말을 듣는 순간 나는 꿈속에서도 병원에 누워 있는 내 연인의 아내가 떠올랐다. 그녀가 어둠 속에서 손을 휘저으며 누군가를 찾고 있었다.

내가 허공에 떠도는 그 손을 잡았을 때, 그 손의 주인은 그녀가 아니라 뚱뚱하고 아름다운 우리 엄마였다.

엄마가 죽었다. 청소하러 오는 아줌마가 발견했을 때는 이미 숨을 거둔 지 몇 시간이 지난 뒤였다. 사인死因은 심장마비였고, 무리한 다이어트가 문제가 된 것 같다고 주치의는 말했다.

엄마는 밥을 많이 먹지 않아도 살이 찌는 체질이었다. 저녁은 늘 간단한 샐러드와 와인 반병 정도로 끝이 났다. 언제나 아프지 않고 갑자기 죽을 거라는 그녀의 예언은 들어맞았다.

너무 갑작스러운 일이라 그녀의 유일한 호적상의 피붙이인 나는 어쩔 줄을 몰랐다.

대학병원의 영안실에 그녀의 영정사진을 모시려고 사진을 아무리 찾아도 너무 옛날 사진밖에 없었다. 엄마는 아저씨가 떠나고 난 뒤 다시는 사진을 찍지 않았다. 할 수 없이 지금보다 훨씬 젊었을 적 사진을 걸어 두었더니 문상을 온 사람들이 한마디씩을 하고 갔다.

"아직 청춘인데… 뭐가 그렇게 갈 길이 바빠? 이 사람아……."

밤에도 찾아오는 지인들이 간혹 있어서 나는 한숨도 자지 않았다. 이상하게도 슬픔은 한꺼번에 오지 않았다. 조금씩 졸졸 떨어지는 수돗물처럼, 혹은 보슬보슬 내리는 보슬비처럼 천천히 오래도록 찾아왔다. 영원히 가셔질 것 같지 않은 나의 슬픔을 달래 준 건 나의 연인과 그의 아픈 아내였다. 그렇게 죽는 것도 복이라고. 우리도 언젠가는 모두 죽는다고, 그런 뻔한 말들 외에 우리가 고인의 가족을 달래 줄 수 있는 말이 또 있던가?

엄마의 엄마, 그러니까 내가 한 번도 본 적 없는 할머니는 북으로 간 할아버지의 흔적을 지우고 살기 위해 엄마가 아주 어릴 적에 재혼

을 했다. 동네 소방서 소장이었던 엄마의 첫 번째 의붓아버지는 엄마가 여덟 살인가 되던 해 갑자기 난 큰불을 끄다가 사망했다.

할머니는 그 뒤로도 두 번인가 더 살림을 차렸다. 그 시절치고는 적지 않은 횟수의 생계형 결혼에도 불구하고 할머니의 생애는 순탄치 않았다. 자식을 셋이나 여의고 남은 피붙이는 엄마 하나였다. 그나마도 오십을 겨우 넘기고 세상을 떠났다. 엄마는 어린 시절부터 수없이 떠나가는 사람들을 보았다. 누군가는 죽어서 떠나갔고, 누군가는 그냥 아무 소식 없이 집을 나갔으며, 또 다른 누군가는 만날 수 없는 이산가족으로 어디선가 살아 있을지도 몰랐다.

그래도 이 세상에 찾고 싶은 사람이 있다는 건 슬픔인 동시에 축복이었다. 텔레비전에서 남북한 이산가족 찾기를 할 때마다 엄마는 눈이 빠지도록 화면을 들여다보았다.

나는 엄마가 북한에 살아 계실지도 모르는 친아버지를 찾는 건지, 혹은 사라진 아저씨를 찾는 건지 알 수 없었다. 사실 엄마는 그 어디에서고 아저씨를 찾았다.

"배를 타고 나가 납북되었을지도 모르잖니?" 혹은 "탈레반에게 끌려간 건 아닐까?"

오래전 아저씨가 집을 나갔을 때는 '탈레반'이라는 게 뭔지도 모르던 시절이었다. 엄마는 동경의 어느 거리에서 하반신을 쓰지 못하는 늙은 여인을 휠체어에 태우고 걸어가던 아저씨를 우연히 만난 이후로 다시는 아저씨를 찾지 않았다.

어릴 적부터 엄마를 따라다니던 이별 공포증은 우울증으로 심화되어 나쁜 친구처럼 엄마 곁에 눌어붙었다. 그녀의 유일한 식구인 내가 곁에 있어도 그 나쁜 친구는 떨어져 나가지 않았다. 하루 종일 침대에서 일어나지 않는 일은 다반사였고, 어린 내가 배가 고프다고 칭얼대도 초콜릿 상자를 내미는 게 흔한 일이었다.

어쩌면 아저씨도 엄마의 우울증을 견디지 못해 떠난 건지도 모른다는 생각이 나중에야 들었다. 혼자된 어린 내가 자신을 닮은 것 같아 불쌍해서 거두었다는 엄마는 경제적으로는 나를 거두었을지 몰라도 정서적으로는 그렇지 못했다. 나는 엄마의 우울증과 싸우며 어른이 되었다. 적어도 나의 재산은 건강한 몸과 정신과 마음이었다.

나는 자기 자신을 늘 불쌍하게 여기는 자기 연민을 혐오했다. 적어도 자기 연민을 벗어나 타인에 대한 사랑으로 나가야 하지 않겠는가 하는 것이 나의 인생관이었다. 하지만 나는 오갈 데 없는 어린 나를 거두어 준 세상에서 가장 고마운 엄마를 사랑하는 일조차 제대로 못한 겉멋 든 박애주의자였다. 고양이 한 마리보다도 엄마를 사랑하지 못한 죄를 어떻게 갚아야 할지 나는 좀체 알 수가 없었다. 엄마는 늘 우울했지만 건강했다. 그래서 그렇게 갑자기 사라진다는 건 상상할 수도 없었다.

이미 오래전에 내 이름으로 옮겨 놓은 아저씨가 설계한 집과 갤러리와 저금통장 등등⋯ 나는 갑자기 부자가 되었다. 하지만 내 앞으로 많은 재산이 있다는 사실을 아는 것과 모르는 것 사이에 차이는 별로 없었다. 나는 여전히 조금만 먹었고, 사치스럽지도 않았으며, 운전을 하지도 않았다. 고양이들을 위한 사료와 통조림을 더 넉넉하게 살 수 있다는 것 말고, 그리고 또 뭐가 있을까? 자신이 부자인 걸 알게 된 내가 처음으로 한 일은 호화 유람선을 타고 젊은 시절의 엄마와 아저씨의 흔적을 찾으러 산토리니 섬 여행을 하는 일이었다.

*

 섬으로 가는 유람선을 타려면 우선 비행기를 타야 했다. 오랜만에 탄 비행기 속에서 나는 소름 끼치는 고독을 느꼈다. 마치 어릴 적에 믿을 사람 하나 없는 외톨이가 되었던 기분과 비슷했다. 비행기가 이륙하자마자, 늘 남이 아니라고 생각했던 나의 연인과 그의 아내는 마치 내가 꾸며낸 이야기 속의 등장인물들처럼 현실감이 없었다.

 내 머릿속에는 엄마와 아저씨와 함께했던 내 생애 가장 행복했던 날들이 자꾸만 앞으로 되돌아가는 필름처럼 반복해서 떠올랐다. 아저씨는 어디에 있을까? 엄마 말처럼 정말 병들고 나이 든 여인을 돌보고 있을까? 정말 그럴지도 몰랐다. 어쩌면 엄마의 병든 마음 때문에 그는 오래도록 엄마 곁을 떠나지 못했을지도 모른다. 끝까지 하지 않을 거라면 시작하지 않는 것이 낫다는 걸 나는 깨달아 가고 있었다. 세상의 밑도 끝도 없는 길고양이들을 돌보는 일도, 언제 끝이 날지 모르는 내 연인의 아픈 아내를 돌보는 일도, 오래전 아저씨가 엄마의 우울증을 하염없이 지켜보던 일도.

 그 일을 끝까지 아무 말 없이 지켜낸 사람은 오갈 데 없는 나를 거두어 준 엄마였다. 실핏줄 하나 섞이지 않은 고마운 엄마를 위해 평생

내가 한 일이라곤 문상을 오는 사람들을 위해 상주 노릇을 했던 것, 그것뿐이었다. 사람들은 바로 그 순간을 위해서 자식을 필요로 한다. 살아 있을 때뿐 아니라 죽어서도 사람들은 남의 시선을 중요하게 생각한다. 어쩌면 그것이 자신을 위한 마지막 잔치이기 때문에라도 더욱 그럴지 몰랐다. 나는 조의금을 들고 온 사람들 모두에게 연필로 긴 답장을 써서 보냈다. 내가 엄마의 친딸이 아니라는 걸 다들 알고 있기 때문에 더욱 그러고 싶었다. 그녀가 죽어서도 혼자가 아니라는 걸 알리고 싶었다. 진작 그런 마음으로 살았다면 지금 내 마음이 이렇게 괴롭지 않았을 것이라는 생각들 사이로 나는 꿈에도 그리던 그리스 땅을 밟았다.

아테네는 지루한 도시였다. 무너진 신전의 돌더미들로 남은 화려했던 문명의 흔적들을 팔아 하루하루 벌어 먹고사는 가난한 도시 아테네의 불빛은 마치 몰락 귀족의 초라한 얼굴처럼 창백했다. 도시 한복판에 닳고 닳은 피곤한 낯빛으로 버티고 서 있는 아크로폴리스에 올라 나는 결국 엄마의 마지막 남자가 되고 만 아저씨를 생각했다. 당신은 어디에 있는가? 마술처럼 우리를 행복하게 해주던 그의 따뜻한 마음씨가 겨울날 주머니 속에 들어온 그리운 타인의 손처럼, 마치 어제 헤어진 사람의 얼굴처럼 생생했다. 여행은 시간을 뒤죽박죽으로 만들어 버린다.

나는 내 인생의 시간들을 맘대로 배치해 보기 시작한다. 엄마와 아저씨와 나, 세 사람은 나무랄 데 없이 행복한 삶을 누리는 중이다. 그러던 어느 날 엄마가 사라진다.

아저씨와 나는 엄마를 찾으러 온 세상을 뒤지며 돌아다닌다. 엄마는 어디에도 없고, 우리는 지칠 대로 지쳐 그리스 산토리니 섬에 정착해 갤러리를 열고 둘이 살기로 한다.

아저씨는 집을 꾸미고 그림을 그리며, 나는 섬에 가득한 고양이들을 돌보며 평화로운 나날들을 보낸다. 동네 사람들은 우리가 나이 차가 좀 나는 부부라고 생각한다. 아니 동양인들의 나이를 가늠할지 모르는 그들은 그냥 당연히 우리를 부부라고 생각한다.

아저씨의 그림은 관광객들에게 점점 인기가 높아져, 파리나 베를린으로 가서 전시회를 열기도 한다. 우리는 그림을 판 돈으로 엄마를 찾으러 세상 모든 곳을 향해 떠난다.

터키로 인도로 에스토니아로 러시아로 우리가 엄마를 찾으러 가보지 않은 곳은 달나라 말고는 아무 데도 없다. 어느 날 우리는 달나라로 엄마를 찾으러 가기로 결정한다.

달나라로 가는 우주선의 비용은 무척 비싸다. 우리는 갤러리를 판 돈으로 달나라를 향한 우주선에 오른다. 달나라는 너무 멀 것 같지만 의외로 얼마 걸리지 않는다. 달에 도착한 우리는 달나라에도 엄마가 없다는 걸 안다. 엄마는 어디에 있을까?

달나라에서 아저씨와 나는 갤러리를 연다. 달나라 최초의 갤러리이다. 우리는 아저씨가 그린 그림을 갤러리에 걸어 놓고 관광객을 맞는다. 언젠가 엄마가 올지도 모른다는 우리의 생각은 그저 생각일 뿐이라도 좋았다. 아니 어쩌면 맘 깊은 곳에서는 나는 엄마가 오지 않기를

바란다. 내가 사랑한 내 인생의 마지막 남자는 어쩌면 아저씨였을지도 모른다는 생각이 불현듯 스쳐 지나갔다. 그러면서 내 온몸에 소름이 돋았다.

엄마에 대한 미안함이었다. 그렇게 일어나지도 않은 일 때문에 괴로워하는 마음을 나는 이미 아주 어릴 적에 잃어버렸다고 생각했다. 그런데 아닌가 보다. 잠 못 이루는 아테네의 밤은 그렇게 시들어가고, 나는 이른 아침 산토리니로 가는 호화 유람선에 올랐다.

*

드디어 나는 산토리니 섬에 도착했다. 유람선에서 내려 케이블카를 타고 피라 마을에 올라 다시 버스를 타고 한없이 구불거리는 높은 언덕을 올라갔다. 바다를 끼고 올라가는 섬의 풍경은 척박하고 한없이 넓었다. 하지만 거짓말처럼 나타나는 이아 마을의 그림 같은 풍경은 꿈속에서 본 것보다 더 아름다웠다. 도대체 누가 이런 집들을 지었을까?

나는 수없는 계단들을 오르고 올라 마을의 꼭대기에 올랐다. 영화 속에서, 꿈속에서 본 까만 옷을 입은 그리스 섬 할머니들은 이제 다 돌아가시고 한 분도 남지 않은 듯했다. 마을은 기념품 가게들과 관광객들로 몸살을 앓고 있었다. 하지만 나는 골목골목마다 미로로 이어진 이아 마을의 골목길들을 사랑했다. 그리고 또 나는 사랑했다. 어느 날 갑자기 고향을 떠나 배를 타고 낯선 나라들을 떠도는 고기잡이 선장을. 그리고 드디어는 이 아름다운 섬마을에서 낯선 이국 여인과 짧은 사랑에 빠지는 쓸쓸한 남자의 마음을.

나는 마을의 꼭대기 어느 카페에 앉아 일몰을 기다렸다. 이제는 기념품 가게들이 즐비한 상업화된 곳이라 해도 산토리니의 일몰을 보지 않고 죽는 사람은 애석하다는 생각이 들었다.

아름답고 쓸쓸하게 해가 지는 것을 지켜보며 나는 엄마를 생각했다. 순간 엉뚱하게도 박인환의 시 〈목마와 숙녀〉가 떠올랐다. 너무 흔해져서 존엄성을 상실한 그 시의 모든 구절들이 문득 엄마의 생애를 이야기해 주는 것 같아 눈물이 났다. 나는 세상에 태어나 처음 알게 되었던 시, 〈목마와 숙녀〉의 전문을 또박또박 기억해 내려 애썼다. 시가 시간인 동시에 공간이라면, 그 시의 골목골목마다 다 들어가 본 것처럼 생생하게 떠올랐다.

목마는 하늘에 있고 / 방울 소리는 귓전에 철렁거리는데 / 가을바람 소리는 / 내 쓰러진 술병 속에서 목메어 우는데.

와인이 몇 잔 들어가면 엄마는 가끔 그 긴 시를 외우곤 했다.
너무 낯익어서 통속하게 느껴지는, 그저 이국정서가 배어 있는 낭만주의 시로만 알았던 그 시의 밑바탕에 깔린 삶의 쓸쓸함에 관한 정의를 나는 이제야 이해할 것 같았다.

엄마의 낭랑했던 목소리를 기억하며 나는 와인 한 병을 시켜 마셨다. 처절하도록 아름다운 일몰을 바라보며 나는 그냥 바다에 빠져 죽고 싶었다. 갑자기 나는 엄마를, 버지니아 울프를 생각했다. 그녀들의 지독한 우울증을……. 강물에 뛰어들어 삶을 끝장낸 영국의 모더니즘 작가 버지니아 울프는 평생의 좋은 반려였던 남편에게 이런 편지를 남긴다.

"나는 당신의 인생을 더 이상 망치고 싶지 않습니다."

주머니에 돌멩이를 가득 집어넣은 채 물속으로 잠겨간, 이야기로만 들은 전설적 인물 버지니아 울프를 떠올리며 나는 한 잔 두 잔, 석 잔째의 와인을 마셨다. 그 얼굴에 엄마의 얼굴이 겹쳐졌다. 술을 마시면 기억력이 흐려진다거나 필름이 끊긴다는 말은 적어도 내게는 거짓말이다. 적당한 용량의 알코올은 지난 삶의 기억들의 골목길마다 환한 등을 밝힌다. 그 또렷한 의식을 붙들고 술은 우리를 단호하게 만든다. 살아야겠다는 생각도, 죽어버려야겠다는 생각도 주저하지 않는 단호함으로 우리를 인도한다.

그래서 누군가는 술을 잔뜩 마시고 높은 곳에 올라가 떨어져 죽거나 바닷속으로 걸어 들어가거나, 그동안의 삶을 다 토해낸 뒤 다시 살아 보기로 결정한다.

산토리니의 일몰은 서서히 어둠으로 변해가고 있었다.

*

서울에 돌아오자마자 나는 엄마의 집으로 이사했다.

고양이들의 서식처인 우리 아파트를 떠나 나는 어릴 적 살던 고즈넉한 집으로 돌아왔다. 이곳에 돌아오기가 왜 그렇게 힘들었던가? 엄마의 손때가 묻은 가구들과 벽에 걸려 있는 그리운 그림들, 버려진 채 놓여 있는 아저씨와 엄마가 다정한 모습으로 찍은 빛바랜 사진, 창으로 비쳐드는 환한 햇살 사이로 보이는 먼지, 그리고 침묵……

엄마는 아저씨가 떠난 뒤, 그렇게 많은 세월이 흐른 뒤에도 방 하나에 아저씨의 흔적을 고스란히 남겨 두었다. 낡은 옷장을 여니 색깔이 바랜 낡은 바바리코트와 검은색 겨울 코트, 색색 가지의 아름다운 넥타이들이 즐비하게 걸려 있었다.

나는 잠시 생각했다. 떠나는 사람들은 옷을 버리고 떠나 다른 곳에서 새 옷을 사 입는 걸까? 하긴 이 세상을 아예 떠나는 사람들이야말로 옷가지 하나 가져가지 못하고 그대로 남겨 놓는다. 엄마의 옷장에는 웬만한 사람들은 입을 엄두도 못 내는 화려하고 신비로운 옷들로 가득했다. 어릴 적 그녀는 내게도 그렇게 신기한 옷들을 사다 입혔다. 나는 학교에 가서 몰래 그 옷을 벗어 놓고 다른 옷으로 갈아입곤 했다. 레이스가 주렁주렁 달린, 어느 먼 나라 공주님의 옷장에서 금방 꺼낸 것 같은 밝은 노란색 드레스를 입고 학교에 가면 아이들이 키득키득 웃는 소리가 들렸다.

"쟤네 엄마 아빠가 다 사고로 돌아가시고 없대. 근데 쟤네 새엄마가 좀 이상한가 봐."

너무 눈에 튀는 옷으로 뚱뚱한 몸을 휘감고 학교에 오는 엄마가 창피해서, 그녀가 학교에 올 때마다 나는 늘 숨어 있곤 했다. 하지만 지금 생각하니 엄마는 그 시대의 진정한 패션 리더였다. 나는 엄마의 옷

중에서 가장 화려한 옷을 꺼내 입었다. 그리고 그보다 조금쯤 덜 화려한 옷 하나를 챙겨 들고 내 연인의 아내가 누워 있는 병원으로 달려갔다. 그것도 그녀의 남편이 절대 오지 않을 시간을 골라. 병실 문을 열고 들어서니 내 손길이 닿지 않아 추레해진 그녀가 눈을 껌벅거리며 누워 있는 게 보였다. 같은 방에 있던 환자들의 얼굴이 바뀌어 마치 다른 방에 잘못 들어온 것 같았다. 변하지 않은 얼굴은 그녀뿐이었다. 나는 아무 표정 없는 식물처럼 나를 반기는 그녀의 환자복을 벗기고 환한 오렌지색 원피스로 갈아입혔다. 주변을 둘러보니 환자 가족들은 아무도 없었다.

순간 나는 그녀의 무기력한 생명을 이 고통스러운 삶과 연결시켜 주고 있는 통로인 가는 호스를 떼어 주고 싶은 충동에 사로잡혔다. 내가 아니면 누가 할 수 있을 것인가?

하지만 하지 못했다. 대신 나는 다시는 그녀의 남편을 만나지 않기로 결심했다. 휴대전화 번호를 바꾸고 이메일 주소도 바꾸었다. 그리고는 그녀의 남편이 절대 올 수 없을 시간에만 몰래 그녀를 만나러 갔다.

그래도 나의 삶은 그리 달라지지 않았다. 여전히 일주일에 한두 번 고양이들을 돌보고, 엄마가 아니면 절대 돌아가지 않을 것 같은 갤러리를 부동산 사무실에 내놓았다. 생각보다 엄마가 갖고 있던 그림은 많았다. 평소에 내가 좋아하던 그림 몇 개만 남기고, 나머지는 모 미술관에 다 기증해 버렸다. 육신 하나만도 무거운 내 연인의 아내를 떠올리며, 물건을 처분할수록 내 마음은 가벼워졌다. 나는 매일매일 무언가를 버렸다. 오래된 가구들이랑 셀 수 없이 많은 구두와 가방들, 그리

고 아저씨가 남겨 둔 오래된 옷들과 넥타이들, 박물관에나 걸려 있을 법한 엄마의 화려한 옷가지들 그중 몇 개만 남기고 모두 아름다운 가게에 기증했다. 물건을 버리면 버릴수록 나는 온몸과 마음이 가벼워져 갔다. 하지만 사람의 기억도 그럴까?

가끔 집으로 전화가 걸려왔다. 오래도록 이사 한 번 하지 않은 그 빨간 벽돌집으로 걸려오는 전화는 잘못 걸려온 전화거나 부동산을 사라고 걸려오는 전화거나 통신사를 바꾸면 공짜 휴대전화를 준다고 걸려오는 전화들뿐이었다. 그리고 가끔 받기만 하면 뚝 끊어지는 전화가 걸려왔다. 그 끊어지는 전화가 아저씨였는지, 휴대전화를 받지 않는 내 목소리를 확인하려는 내 연인의 전화였는지 나는 알 수 없었다. 그리고 나는 가끔 내 무의식의 저 밑바닥에서 아직도 아저씨를 찾아 헤매는 엄마의 영혼과 교류하는 기분이 들었다.

*

비 오는 초가을 어둑해질 무렵, 나는 우산을 접고 지하철 계단을 내려가고 있었다.

지하철 역 구석에 신문지를 깔고 누워 있는 노숙자의 그림자가 눈에 들어왔다. 나도 모르게 어떤 끌림 같은 것이 그를 향해 다가가게 했다. 엉뚱하게도 나는 그가 아저씨일지도 모른다는 생각이 들었다. 왜 무슨 연유로 그가 그렇게 거기에 누워 있는지는 중요하지 않았다.

나는 가까이 가서 '아저씨' 하고 불러 보았다. 옆으로 돌아누운 채 잠시 꿈틀하면서 귀를 세우는 그 남자의 지친 얼굴은 문자 그대로 노숙자의 얼굴이었으나, 그 표정 어딘가에 내 오래된 기억 속의 희미한 아저씨가 있었다. 하지만 만일 그가 정말 아저씨라면 '아저씨'하고 부르는 나의 목소리를 못 알아들을 리가 없을 것이다. 나는 그렇게 생각했다. 그러나 아저씨는, 아니 그 노숙자는 내가 몇 번을 '아저씨'하고 불러도 다시는 미동조차 하지 않았다.

엄마가 오래전 동경에서 보았다는, 휠체어에 하반신을 못 쓰는 나이든 여인을 태우고 엄마 앞을 그저 스쳐 지나갔다는 그 남자가 정말 아저씨였을까? 어쩌면 그건 엄마가 착각 속에서 본 아저씨의 환상이었을지도 몰랐다. 차라리 그러기를 바라는 마음에서 나오는 착각, 환시 같은 거였을지도. 나는 아마 아닌가 보다 혹은 아니기를 바라는 마음으로 그 노숙자의 앞을 지나쳤다. 하지만 밤새 잠을 이룰 수가 없었다.

다음 날 나는 다시 그 지하철역에 내려가 보았지만 그 노숙자는 자취를 감추고 없었다. 다음 날도 그 다음 날도 그는 거기에 없었다. 엄마의 마지막 남자 '아저씨'는 산토리니 섬에도, 그 어느 낯선 바닷가에 표류하는 커다란 유람선이나 고기잡이 배에도, 달나라에도, 세상 그 어디에도 없는 존재였다. 동시에 이 세상의 길바닥 아무 데나 누워 있는 그 모두가 다 아저씨였다.

가을이 조금씩 깊어가고 있었다. 정원에는 '툭툭'하고 은행 떨어지는 소리가 들렸다.

이내 낙엽이 수북이 쌓일 것이다. 여전히 집 안에는 평온한 침묵이 감돌았고, 가끔 받으면 끊어지는 전화벨이 울렸다. 정원에서는 매일 벌레들의 오케스트라가 들렸다.

　그 많은 벌레들의 소리 중에서 '똑딱똑딱' 시계 소리를 내며 우는 벌레의 소리를 나는 따로 구분했다. 그리고 나는 엄마가 그 '시계벌레'로 환생하여 자신의 목소리를 내게 들려주는 거라고 생각했다. (*)

여섯 번째 이야기

스틸라이프

사랑은 어느 날 갑자기 잊히는 게 아니라 자기도 모르는 새 서서히 잊히죠. 그리고는 몸에 있는 옅은 점처럼 그 기억이 좋으면 좋은 대로, 슬프면 슬픈 대로, 나쁘면 나쁜 대로 그렇게 마음에 남게 마련이죠.

기타

　사랑이라고요? 듣기만 해도 신물이 나네요. 세상의 그 많은 여자들이 나만 보면 금방 사랑한다고 말하는 게 신기하고 황홀한 시절이 있었죠. 하지만 지금은 아니에요. 많으면 많고 적다면 적을 마흔다섯 해, 그동안 해본 그 많은 사랑에도 불구하고, 한 번도 사랑해 본 적이 없는 것 같은 이 기분, 당신은 아시나요? 한때 저는 잘나가는 기타리스트였어요.
　비록 노래를 부르지는 않았지만, 제가 빠지면 그때는 꽤나 유명했던 그룹 보컬 사운드가 존재하기 어려울 정도였으니까요. 여자들은, 제가 기타만 치면 죄다 홀린 얼굴로 "한 번만 안아 주세요" 뭐 그런 표정을 짓곤 했었죠. 다 옛날 얘기죠. 그렇게 인기 좋던 시절, 한 소녀가 연주할 때마다 꽃다발을 들고 나타나곤 했어요. 한 1년 가까이 저는 그 소녀의 편지를 받기만 했어요. 그런데 어느 날부터 나타나지 않는 그녀의 안부가 궁금해져서 죽을 지경이었죠. 아주 오랜만에 나타난 그 소녀는 제게 안개꽃 한 다발과 함께 쪽지 한 장을 남겼어요. 압구정동에 있는 어느 찻집에서 몇 날 몇 시에 만나자는 내용이 적혀 있는 쪽지를요.

오후 2시, 그 찻집에 도착했을 때 저는 가슴이 마구 뛰기 시작했어요. 무대에서 기타를 치는 뻔뻔한 가슴도 못 말리는 두근거림이었죠. 찻집 안에 들어섰을 때, 꽃다발을 제게 안겨 주던 그 소녀는 보이지 않았어요. 대신 그녀를 닮은 어느 여인이 저를 향해 수줍게 웃고 있었죠. 알고 보니 그녀는 제게 꽃다발을 안겨 주던 소녀의 언니더라고요.

물론 그동안 받은 1백 통도 넘는 편지는 소녀의 언니가 쓴 거였지요. 사람 마음 참 이상하죠? 소녀의 언니는 소녀보다 더 예쁘고, 제가 받은 그 편지들의 문장이 다 언니가 쓴 것임을 알면서도 저는 그 소녀가 참 보고 싶었어요.

어쨌든 그 소녀의 언니와 저는 데이트를 시작했어요. 꽃샘추위였지만 그래도 봄이었고, 우린 참 행복했어요. 사실 저는 기타리스트가 아니라 발레리노가 되고 싶었어요. 아니 지금도 저는 기타를 치는 일이나 춤을 추는 일이 다른 일이 아니라고 생각해요. 기타를 치면서도 눈을 감으면 어느새 저는 춤을 추고 있었죠. 〈백조의 호수〉를 남자들이 추는 것을 보셨어요? 정말 멋지죠. 지금도 저는 꿈속에서 하얀 발레복을 입고 백조의 호수를 향해 날아가네요. 어쨌든 저는 꽃다발을 제게 안겨 주던 소녀의 모습과 편지를 쓴 소녀 언니의 마음을 둘 다 사랑했나 봐요. 왜 우리는 한 사람만 사랑해야 될까요? 두 사람을 사랑하면 안 되는 이유를 저는 아직도 잘 모르겠어요. 어쩌면 그녀들은 제게 한 사람이었을지도 모르는데요. 제가 그 소녀의 얼굴을 다시 보게 된 건 그해 여름, 우리 보컬의 콘서트 때였어요. 제가 가수도 아니고 기타만 치는데 어떻게 제 소리를 알아보고 꽃다발을 내미는지 저는 그 소녀가 정말 신기해서 죽을 지경이었죠. 그건 그 언니도 마찬가지였어요. 제가 치는 기타소리를 알아듣고 편지를 쓰는 여자, 정말 그녀들은 제게 한 사람이었어요. 아마 제 얼굴이 잘생겨서일까요? 요즘으로 치면 꽃미남 스타일이던 저는 정말 여자들에게 인기가 '짱'이었죠. 여자의 마음은 참 이상해요. 내가 좋아서 죽을 것 같다는 그 여자가 내 얼굴만 보면 싫어서 죽을 것 같은 여자로 변하는지. 저는 정말 알 수 없어요.

콘서트가 끝난 뒤, 언니와 함께 나란히 서서 수줍은 얼굴로 꽃다발을 내미는 소녀는 이제 더 이상 소녀가 아니었어요. 그녀의 짧은 단발머리는 웨이브가 있는 긴 머리로 변해 있었죠. 자매가 함께 있으면 눈이 부셨어요. 아- 정말 눈부시게 아름답고, 처참하게 가슴 아픈 거지 같은 사랑.

낙엽이 하나둘 떨어져 내리던 그해 가을, 결혼의 순간이 점점 다가오자 왜 그렇게 가슴 한편이 휑하게 비어오는지 제 마음을 알 수가 없었어요. 그렇다고 신부가 될 그 여자를 사랑하지 않는 것도 아닌데 말이죠. 이제는 처제가 될 소녀의 얼굴은 왠지 슬퍼 보였어요. 그녀의 슬픔이 턱시도를 입은 내 가슴 안으로 걸어 들어오는 걸 느끼며, 저는 그녀 아닌 다른 사람의 남편이 되었답니다.

누군가 이렇게 썼었죠. 현실세계란 바늘로 찌르면 붉은 피가 나오는 곳이라고요. 꿈속에서도 바늘로 몸을 찌르면 피는 나지만, 깨고 나면 언제 그랬냐는 듯 흔적도 없죠.

가끔 현실이 꿈 같을 때가 있는 법이죠. 그날도 그랬어요. 결혼한 지

6개월이 지나가던 어느 봄날, 이제는 저제가 된 그녀는 우리 집에 오기 위해 택시를 잡으려고 길가에 서 있었어요. 하필 그날따라 택시는 좀체 오지 않았고 그녀는 발을 동동 구르다가 드디어 나타난 택시에 몸을 실었어요. 그리고는 몇 초 후 뒤에 오던 트럭과 삼중 추돌 사고가 나버린 거죠. 그렇게 그녀는 세상을 떠났답니다. 나중에 집에 돌아와 그 시절 어느 집에나 있던 자동응답기를 돌리니 그녀의 음성이 남아 있었어요.

"지금 오빠한테 가는데 차가 너무 안 오고 너무 추워."

추운 봄날은 겨울보다 더 우리를 춥게 느끼게 하곤 하지요. 기타를 배우겠다고 얼마 전에 사놓고 우리 집 거실 한쪽 구석에 세워 놓은 그녀의 기타를 바라볼 때마다 제 가슴에 바늘이 꽂히는 기분이었어요. 온몸과 마음에 바늘이 꽂혀도 피가 나지 않는 이 현실은 도대체 꿈인지 생신지 알 수 없는 날들이 흘러가고 있었죠. 저는 그녀를 생각하며 수많은 노래를 만들었어요. 서랍 속에 넣어 둔 일기장에는 그녀에 대한 그리움이 가득 적혀 있었죠. 그녀가 그렇게 세상을 떠나기 전엔 그게 남자와 여자가 하는 사랑이라고는 생각하지 않으려고 애썼어요. 집에서 같이 밥을 먹을 때도 우리는 눈이 부딪칠 때마다 외면하곤 했어요. 정말 어떤 날은 그녀를 안고 싶은 참을 수 없는 충동에 사로잡히기도 했었죠.

하지만 그건 안 되는 일이잖아요? 그리고 저는 분명히 아내를 사랑했어요. 두 사람을 동시에 사랑할 수 없다고 말하지는 말아 주세요. 인간 세상의 질서를 위한 게임의 규칙일 뿐, 우리는 두 사람을 동시에 사랑할 수 있고 말고요. 어느 날 아내가 없을 때 불쑥 찾아온 그녀는 아이처럼 달려와 내 품에 와락 달려들곤 했었죠. 그러면 저는 맘속으로는 그녀를 힘껏 껴안아 버리고 싶었지만 장난스럽게 밀어내며 머리에 꿀밤을 먹이곤 했어요. 돌이켜 생각하니 그게 다 사랑이었어요. 그녀가 세상을 떠난 그해 봄, 세월은 참 느리게 흘러갔어요.

그렇게 천천히 가는 세월은 그 이후엔 다시 찾아오지 않았죠. 어느 날 연주를 끝내고 집에 돌아오니 집안이 엉망이 되어 있었어요. 서랍 속은 엉망으로 다 뒤집혀 있고, 기타 줄은 끊어져서 너덜거리고 제 옷들은 옷장 속에서 걸어 나와 마구 널브러져 있었어요. 남보다 한 옥타브 높은 아내의 음성이 제 마음에 또 한 번 날카로운 바늘을 꽂더군요.
"그 애는 당신 때문에 죽었어. 도대체 당신이 그 애한테 무슨 짓을 한 거야?"
제가 정말 그녀에게 무슨 짓을 했을까요? 바라만 본 것도 죄라면 저는 기꺼이 감옥으로 걸어 들어가 조용히 남은 생을 노래나 만들며 살고 싶었어요. 그 뒤로 우리 부부에게 행복은 없었어요. 아내는 눈만 뜨면 헤어지자고 했어요. 저는 절대 그럴 수 없다고 말했죠.
그날 이후 우리 두 사람의 삶은 지옥이나 다름없었지만, 아이가 생기는 바람에 헤어지지 못한 채 10년을 더 같이 살았어요. 인간은 왜 그렇게 미련할까요? 그때 우리는 헤어졌어야 했어요. 아내의 우울증은 점점 더 깊어 갔어요, 어느 날은 면도칼로 손목을 그어 병원에 실려 가기도 했죠. 저는 무서웠어요. 나 때문에 한 여자가 그렇게 불행하다는 사실을 받아들이기 힘들었죠. 사랑이라는 이름으로 우리가 그렇게 불행하다면 사랑하지 않는 게 차라리 낫죠. 사랑이 뭔지 마흔이 훨씬 넘은 이 나이에도 잘 모르겠어요.

혹시 〈스틸라이프〉라는 영화를 보셨나요? 지아장커賈樟柯 감독의 영화 〈스틸라이프〉는 댐 건설이 한창 진행 중인 양쯔 강의 풍경들을 정말 슬프고도 아름답게 그려낸 영화죠. 이혼한 뒤 저는 삼협댐 건설이 시작된 양쯔 강 크루즈 여행을 혼자 했어요. 양쯔 강의 아름다운 풍경들을 배 안에서 바라보며 저는 숨이 막혔어요. 예부터 해마다 물난리가 나면 주민들은 고향을 등지고 떠돌거나 더 높은 곳으로 이사를 갔대요. 빈번한 홍수를 막기 위해 정부에서 계획한 댐 건설의 명분은 훌륭하지만, 대신 2천 년의 역사가 매순간 물속에 잠겨가고 있었어요. 매순간 사라지는 슬픈 장소의 추억들이 내 아픈 상처들과 맞물려 조용히 떠내려가고 있었죠.

상처 없는 영혼이 어디 있겠어요? 상처, 하면 제게는 기타가 떠오르네요.

영화 〈스틸라이프〉는 '담배, 술, 차, 사탕' 이 네 가지에 관한 사색을 담아내고 있죠. 중국에서는 이 네 가지만 있으면 가정이 행복하다는 설이 오래도록 전해 내려오고 있다고 해요. 옛날 얘기죠. 행복이 그렇게 쉽다면 우리는 왜 이렇게 하염없이 떠내려가는 걸까요?

정말 매 순간 물에 잠기는, 제가 가본 장소들이 이후에 본 영화에서는 볼 수 없는 곳이 되었죠. 물론 영화에서 본 풍경들도 지금은 없지요. '눈뜨면 없어라', 누군가가 펴냈던 그럴듯한 책 제목이 떠오르네요. 배를 타고 양쯔 강 삼협댐 여행을 했던 당시 저는 이미 담배도 끊고, 술도 그전처럼 마시지 않고, 사탕은 좋아하지도 않고, 차, 하긴 차는 지금도 좀 좋아하네요. 커피부터 국화차, 녹차, 다즐링, 카모마일, 철관음차, 용정차, 보이차… 차라면 다 좋아하죠. 배를 타고 눈뜨면 없어지는 서러운 풍경을 바라보며 저는 하루 종일 차를 마셨어요. 하긴 우리네 인생을 가장 짧은 문장으로 요약하라면 저는 이렇게 말하고 싶네요. "눈뜨면 없어라"라고요.

이후에 본 영화 속의 마을 풍경들은 이제는 수몰되어 세상에 없는 주소들이죠. 세상에 없는 주소들, 그게 바로 서로 사랑해서 10년을 같이 살던 아내와 함께했던 세월, 지금은 없는 사랑의 주소라는 생각이 들자 빗물처럼 제 눈에 눈물이 흘렀어요.

여행을 통해 저는 풍경을 보았지만, 이후에 본 영화 속에서 저는 저를 닮은 많은 사람들을 보았어요. 사라진 주소 하나를 들고 집 나간 아내를 찾아 산샤를 찾아온 남자, 소식이 끊긴 지 오랜 돈 벌러 간 남편의 행방을 찾는 한 여자, 그들의 발자취를 통해 이산과 실향의 아픔, 아니 그들과 닮은 저 자신의 고독을 읽었죠.

그래도 그 고독과 상처를 달래 주는 건 언제나 기타였어요. 만남도 재회도 그 아무것도 되돌릴 수 없는 삶의 허무함, 그러나 하루하루 힘겹게 살아갈 수밖에 없는 일상의 위대함, 제게 그 위대한 일상은 바로 기타를 치는 일이었으니까요. 초등학교 5학년 때인가 보네요. 대구에 사는 사촌 누나가 대학 예비고사 시험을 치르느라 서울로 올라와 저희 집에서 몇 달을 보내던 날들이었어요. 누나는 책이 잔뜩 든 박스 몇 개와 클래식 기타 한 대를 들고 우리 집에 왔어요. 시험공부를 하는 와중에도 밤만 되면 포크송을 치곤 했지요. 지금도 생생히 기억이 나요. '현경과 영애'의 노랫말 "그리워라 우리의 지난날들…" 그렇게 시작되는 노래들이 얼마나 제 가슴에 신선한 울림으로 다가왔는지.

저는 기타 소리가 세상에서 제일 좋았어요. 하긴 그보다 더 좋은 건 춤추는 일이었어요. 발레복을 입은 무용반 계집 아이들이 발목을 곧추 세우고 발레 하는 모습은 정말 아름다웠어요. 하지만 저는 기타리스트가 되었어요. 춤을 추느니 기타를 치는 게 낫겠다고 생각한 부모님들 때문이에요. 사촌누나가 기타 치는 걸 곁눈질로 보고 배운 저는 제대로 배운 것도 아닌데, 기타 치는 걸 구경한 지 보름 만에 비슷하게 흉내 내며 기타를 치곤 했어요. 초등학교 6학년 무렵엔 기타를 그럴듯하게 치며 김민기의 〈작은 연못〉을 부르곤 했죠. 제가 기타 치는 걸 대견하게 생각한 아버지는 초등학교 6학년 되던 그해 봄 청계천에 저를 데리고 가 도매상에서 LP판 하나를 사주셨어요. 그때 제가 고른 음반이 하모니카를 부르며 통기타를 치면서 노래 부르는 '밥 딜런'의 음반이네요.

어릴 적 할머니를 따라 북한에서 피난을 내려와 평생 먹고살기 위해 돈 벌기에 바빴던 아버지에게 저는 유일한 위안이자 기쁨이었죠. 제가 기타 치며 노래를 부르면 아버지는 〈두만강〉 한 곡 뽑으라고 하셨어요. 그럴 때마다 어린 저는 "두만강 푸른 물에 노 젓는 뱃사공~" 하면서 노래를 불렀죠. 아버지의 눈시울이 붉어질 때마다, 저는 열두 살 어린 나이에 벌써 우리들 삶의 참을 수 없는 존재의 무거움과 가벼움에 관해 생각하곤 했어요.

참 조숙했죠. 그렇게 중학교 3학년이 되고, 전교에서 1등을 하면 전자 기타를 사주겠다는 아버지 말에 저는 진짜 전교에서 1등을 했어요. 머리는 좋은 편이었지만 집중력이 떨어지고 자기가 좋아하는 일 외에는 산만하기 짝이 없는 제게 전교 1등은 기적 같은 일이었죠. 아버지와 저는 전자 기타를 사러 가려고 택시를 탔어요. 택시 속 라디오에서 거짓말처럼 '지미 헨드릭스'의 음악이 흘러나오고 있었어요. '지미 헨드릭스'의 하얀 기타를 살까 '에릭 클랩튼'의 검은색 기타를 살까 망설이던 저는 택시 속에서 들은 '지미 헨드릭스'의 하얀 기타가 제 운명이라는 생각이 들었죠. 그 하얀 기타를 사들고 온 뒤, 저는 통기타와 결별하고 전자기타를 치며 강렬한 록 음악에 심취하기 시작했어요. 그때만 해도 세상은 외로웠지만 참 행복했죠.

참 이상하죠? 기타를 여러 개 가지고 있어도 그 여러 개를 다 연주할 수는 없어요. 오래도록 연주하지 않고 내버려 두면 기타는 소리 내는 걸 거부하지요. 기타는 왜 나를 그렇게 오래도록 내버려 두었냐고 나무라며 어느 날 갑자기 등을 돌리는 여자를 닮았어요. 그러기에 두 사람을 동시에 사랑할 수 있다고 생각하는 건 오만인지도 모르죠.

그렇고 말고요. 두 여자를 동시에 사랑한 까닭에 제가 이런 시련을 겪고 있는 거 아니겠어요? 두 사람을 사랑하던 그 시절, 기타 줄을 조율하는 일은 늘 저를 긴장시켰어요.

기타 줄을 조이다 보면 줄이 '탕' 하고 끊어져 버리곤 했거든요. 요즘의 기타 줄은 잘 안 끊어지죠. 하지만 저는 그렇게도 맑은 가을 하늘의 채도처럼 '탕' 하고 끊어지는 그 시절의 기타가 가끔 그리워져요. 그렇게 갑자기 끊어지는 기타 줄을 볼 때마다 엉뚱하게도 저는 목이 '탕' 하고 떨어지는 사형수가 떠오르곤 했어요. 영화 〈스틸라이프〉의 마지막 장면을 기억하세요? 한 남자가 허공 위에 떠 있는 가늘디가는 전신주 줄 위를 천천히 곡예하듯 한 발자국씩 내디디며 위태롭게 걸어가는 풍경이요. 산다는 건 정말 그런 거죠.

  그 가느다란 허공 위의 줄이 제가 조이던 기타 줄처럼 느껴졌어요. 삶의 줄이 기타 줄처럼 느껴질 때, 제게 있어 기타를 치는 행복은 중국인들이 사탕과 담배와 차와 술을 마시는 것보다 훨씬 크다는 걸 그제야 알았네요. 그 가는 줄 위를 걸어가는 영화 속의 실루엣은 마치 춤을 추는 것 같아 보였어요. 인생이라는 가느다란 줄 위에서 제가 기타 치는 거 말고 하고 싶던 일은 바로 춤을 추는 일이었다는 말, 기억하시죠? 기타가 소리를 거부하는 것처럼 몸도 움직임을 거부하는 순간이 있겠지요. 어쩌면 죽음은 우리의 호흡을 거부하는 것일 테지요. 제가 여행 중에 보았던 그 풍경을 어떻게 잊을 수 있을까요?

  양쯔 강 삼협 크루즈 여행의 배 안에서 저는 한 여인을 만났어요. 영화 속처럼 돌아오지 않는 남편을 찾아온 그녀는 남편에게 다른 여자가 생긴 걸 알고 혼자 여행이나 할 겸 크루즈 배에 올랐대요. 하긴 그녀도 남편을 마냥 기다린 건 아니래요. 어떤 돈 많은 유부남 눈에 들어 큰 집과 하인들과 좋은 차를 지니고 한 3년 살았대요. 그런데 어느 날

그 유부남이 또 다른 여자한테 반해서 그녀 집에 발걸음을 끊고 난 뒤, 그녀는 소식이 끊긴 지 오랜 남편을 딱 한 번이라도 보고 싶었대요. 우리가 탄 배는 다른 배들에 비해 상당히 호화 유람선이었죠. 그녀를 보자 첫눈에 저는 깜짝 놀라고 말았어요. 그녀가 중국말만 하지 않았다면 저는 처제가 살아 돌아온 줄 알았을 거예요. 그녀는 처제를 꼭 빼닮았었죠. 한 이틀이 지나 서로 혼자였던 그녀와 저는 신통치 않은 영어로 서로의 신상에 관해 털어놓기 시작했어요. 짧은 순간이었지만 저는 다시 사랑을 시작할 수 있을 것 같은 희망에 몸을 떨었어요. 하지만 그건 너무나 큰 착각이었죠. 여행이 끝나가는 어느 날 아침이었어요.

소란한 소리에 잠을 깬 저는 무슨 일이 났나 싶어 갑판으로 올라갔어요. 무슨 일이 나도 단단히 났더라고요. 물에 빠진 여인의 사체를 앞에 두고 경찰들이 갑판을 둘러싸고 있었어요. 분명 지난밤 물에 뛰어든 그녀의 사체였어요. 바로 그 직전까지 저와 함께 맥주를 마셨던 바로 그 여자가 틀림없었어요. 경찰들이 접근금지를 시키는 바람에 가까이 갈 수도 없었지만, 어차피 아무도 보지 못한 터라 제가 어젯밤 같이 있었노라고 털어놓을 필요는 없었어요. 그건 그녀도 원하지 않는 일이었을 거라고 저는 지금도 생각해요. 비겁한 걸까요?

저는 언제나 비겁했어요. 이 한恨 많은 삶, 그 가느다란 삶의 줄 위에서 발 하나만 잘못 내려놓으면 산산이 부서져 가루가 될, 이 아무것도 아닌 삶. 그래도 저는 줄에서 떨어지지 못하고 무사히 서울로 돌아왔어요. 근데 참 이상하죠? 처제를 꼭 빼닮은 그 중국인 여자가 세상을 떠난 그날 이후 제가 늘 치던 전자 기타도, 처제가 남기고 간 통기타도 소리를 거부하는 거예요. 저는 더 이상 기타리스트가 아니었어요. 아무리 새 기타를 쳐보아도 기타는 제대로 음률을 갖춘 소리를 거부하며 이상한 울음만 울어댔어요. 그 울음소리는 '지미 헨드릭스'와 '에릭 클랩튼' 두 사람이 목소리를 모아 저에게 보내는 메시지 같기도 했어요.

아니 헤어진 아내와 죽은 처제와 처제를 닮은 중국인 여자의 날카로운 목소리들이 뒤엉켜 있는 것 같기도 했어요. 그중에서 각자의 목소리를 구분하는 건 불가능했지만, 저는 그 이후 다시는 기타를 연주하지 않는답니다. 기타를 치지 않고서는 상처도 고독도 달랠 수 없을 줄 알았는데, 그래도 살 만해요. 쓸쓸할 땐 춤을 추곤 하지요.

영화 속 마지막 장면처럼 창밖의 허공 위에 상상의 가는 줄을 매어놓고 그 위에서 춤을 추는 거예요. 관객은 아무도 없어도, 기타 줄처럼 팽팽한 발밑의 삶의 줄은 그래도 삶은 살 만한 거라고 제 발바닥을 간질이네요. 일주일에 한 번 발레를 배우러 다니는 딸아이 덕분에 발레 학원에 가서 구경만 하다가 나중에 혼자 연습해 보기도 해요. 딸아이를 가르치는 발레 학원의 선생님은 제게 호감이 있는 듯 가끔 향수나 넥타이 같은 선물을 주곤 해요. 다음 주말엔 고마움의 표시로 식사라도 같이 하려고요.

기타를 치기 때문에 여자들이 저를 좋아하는 줄 알았는데, 아닌가 봐요. 기타를 치지 않아도 여자들은 저를 좋아하네요. 제 몸속에 기타가 들어 있어서 연주하지 않아도 소리가 흘러나오는 걸까요? 아무려면 어때요. 저는 정말 오랜만에 또다시 행복한 기분이네요.

첼로

저는 '첼로를 켜는 여자'를 좋아했어요. 피아노나 바이올린도 아니고 왜 하필 첼로냐고요? 하긴 문화적으로 좀 겉멋 든 남자들이 첼로 켜는 여자를 좋아하곤 하지요.

제 경우 고등학교 시절, 별로 예쁘지도 않던 음악선생님이 첼로 켜는 모습을 처음 본 뒤, 그녀가 제 첫사랑이 되었답니다. 연주할 때 첼로를 껴안고 있는 선생님을 볼 때마다 제가 그 첼로였으면 하는 꿈을 꾸곤 했죠. 가끔 눈이 마주칠 때면 제 착각인지는 모르지만 선생님의 풍만한 가슴이 흔들리는 게 느껴졌어요.

어느 날은 꿈을 꾸었는데, 선생님과 저와 선생님의 첼로 셋이 섹스를 하는 꿈이었어요. 그 꿈이 얼마나 섹시했는지 지금도 잊히지 않네요. 그 꿈을 꾼 지 며칠 후 놀랍게도 저는 독감에 걸려 학교에 못 나오는 선생님 댁으로 첼로를 가져와 달라는 부탁을 받았어요. 그 무거운 첼로를 들고 학교에서 멀지 않은 선생님 댁에 도착했을 때, 제 가슴은 쿵쾅거리기 시작했죠. 선생님은 고맙다고 하시며 저를 살포시 끌어안

앉었어요. 그건 아주 따스하고 귀여운 제스처였을 뿐인데 그만 저는 선생님을 확 끌어당겨 제 품에 꼭 끌어안아 버렸어요. 꿈인지 생시지 선생님은 가쁜 숨을 내쉬며 그 뜨거운 가슴으로 제 가슴을 압박해왔어요. 고등학생이라지만 이미 저는 선생님보다 훨씬 키도 크고 몸집도 당당했어요. 심장은 터질 것 같았고, 집에는 우리 둘밖에 없었어요.

그렇게 제 첫 경험은 갑작스럽게, 그리고 황홀하게 시작되어 갑자기 그리고 비참하게 끝이 났지요. 선생님은 다시는 저를 쳐다보지도 않았어요. 내 품 안에서 그렇게 뜨겁게 타오르던 여자가 어떻게 저렇게 차가운 얼음으로 변할 수가 있는 건지 어리둥절할 뿐이었죠. 그러더니 어느 날 갑자기 결혼해서 미국으로 가버렸고, 저는 비참하게 버려진 기분으로 청소년기를 살아냈어요. 그래도 집중력은 있는 편이라 성적이 나쁘지 않아 고등학교도 대학교도 웬만한 학교를 졸업했지요. 여자는 무섭다는 생각과 아울러 첼로를 켜는 여자는 쳐다보고 싶지도 않았어요. 나의 청소년기를 무참히 짓밟은 여자, 선생님 당신은 그런 줄 알기나 하시는지요?

음악 선생님처럼 주근깨가 많은 그녀를 처음 만난 건 대학 들어가했던 첫 미팅에서였어요. 그날도 아무 기대 없이 친구 놈이 하도 성화를 대는 바람에 미팅 장소에 나갔던 거죠. 설마 그렇게 질긴 운명의 상대를 만나리라고는 생각도 못했죠. 게다가 그녀는 첼로를 전공하는 음대생이었어요. 그녀 역시 결코 미인은 아니었지만, 매력이 없다고는 할 수 없는 좀 묘한 느낌의 여자였어요. 처음엔 그녀에게 별생각이 없었어요. 주근깨 때문에 아련한 옛사랑을 일깨우긴 했지만, 워낙 여자한테 질린 터라 대충 차나 한잔하고 집에 가서 밀린 잠이나 자리라고 생각했죠. 그날은 정말 아무 일도 없이, 다시 만날 약속도 하지 않고 헤어졌어요.

  5월 어느 날, 집이 부산이라 학교 앞에 원룸을 빌려 혼자 살고 있는 제게 전화가 걸려왔어요. 그녀였죠. 학교 축제에 파트너로 같이 가달라고 말하는 그녀의 낯으면서도 경쾌한 목소리는 왠지 사람을 끌어당기는 묘한 매력이 있었어요. 얼떨결에 그러겠다고 허락을 하고 나서 저는 잠시 마음이 떨려왔어요. 주근깨가 많은데도 밉지 않았다는 것 말고는 생각이 잘 나지 않았지만, 그녀의 목소리는 계속 제 귓가를 맴돌았어요. 목소리에 반하는, 혹시 그런 기분 아세요? 목소리는 첫 음에 반하게 하지는 않지만 묘한 중독성이 있는 법이죠. 한 번 두 번 듣다가 깊은 정이 들어 버리는 목소리. 그래서 전화의 발견은 연애의 역사를 바꿔 놓았다고 생각해요. 드디어 나도 모르게 기다리던 축제의 날이 다가왔고, 그녀는 아름다웠어요. 검은 원피스를 입은 그녀는 유난히 가는 허리와 풍만한 가슴을 지니고 있었어요. 저는 그녀 외엔 딴 곳을 바라볼 틈이 없었죠. 첫 미팅 때 왜 첫눈에 반하지 않았는지 이해가 가지 않았어요. 여운이 길게 남는 목소리 말고도 그녀는 아주 섹시한 몸매를 지니고 있었죠. 게다가 그녀의 매력은 자신이 그렇게 아름답다는 걸 모른다는 거였어요. 그래서 더욱 자연스러운 매력을 지닌 그녀와 저는 사랑에 빠졌어요.

*

도넛을 좋아하세요? 엘비스 프레슬리가 도넛 중독이었다는 걸 아세요? 도넛에 중독된다는 건 경험해 보지 않고는 이해할 수 없는 일이지요. 술도 담배도 코카인도 아니고, 하필이면 도넛 중독이라니 생각할수록 기가 막히네요. 그때도 그녀는 도넛을 좋아했어요. 도넛 가게가 그냥 동네 빵집이 아니라 전문적인 체인스토어로 대한민국에 자리 잡기 시작했던 그때, 그녀는 그 자리에서 도넛 한 상자를 다 먹어치우곤 했죠. 그런데도 그녀는 살이 찌지 않았어요. 그게 병이라는 걸 알게 된 건 그녀를 만난 지 한 1년 남짓 되었을 때죠.

어릴 적 엄마가 만들어 준, 모양은 엉망이지만 그 따끈함이 먼저 떠오르는 도넛이 생각나요. 그 위에 뿌려진 설탕의 서걱거림도 떠오르고요. 그녀가 도넛을 집어들 때는 눈빛이 유난히 반짝거렸어요. 도넛 한 개 도넛 두 개 도넛 세 개, 아무리 먹어도 더욱 허기가 지는 것처럼 보이던 내 사랑 그녀.

"인생은 도넛이다."

누군가 그렇게 말한 것 같은데 그게 누구였는지 생각이 나지 않네요. 아니면 바로 그녀였을지도.

그녀의 동생이 제게 전화를 걸어온 건 그녀로부터 소식이 끊긴 지 한 달째 되었을 때였어요. 제가 전화를 받고 달려간 곳은 대학병원 정신 병동이었어요. 그녀는 진정제를 맞은 탓인지 눈이 완전히 풀려 있었어요. 그녀는 저를 보자마자 아주 분명한 목소리로 말했어요.

"지금 네가 보는 나는 내가 아니야. 그걸 넌 알지?"

그래서 저는 그렇다고 고개를 끄덕여 주었어요. 나중에 알게 된 애기지만 그녀는 어릴 적부터 고생이라고는 해본 적 없이 자라 무거운 물건이라곤 첼로밖에는 들어 본 적이 없는 부잣집 딸내미였어요.

이런 게 운명일까요? 첼로 켜는 여자는 쳐다보지도 않겠다고 했었는데, 첼로를 켜는 여자와 또 사랑에 빠지다니요. 그것도 우울증이 심한 도넛 중독환자와요. 그녀가 첼로를 켜는 모습을 보면 숨이 막혔어요. 그런 그녀가 왜 방 안에 틀어박혀 나가지도 않고 도넛을 한 상자씩 먹어치우는지 정말 알 수 없었죠.

"밖에 나가서 아무도 몰래 도넛 한 상자만 사다 줄래?"

그녀는 애절한 눈빛으로 그렇게 말했어요. 요즘 같으면 재료가 유기농인데다 힐러리가 좋아한다고 해서 더욱 알려진 '도넛플랜트 뉴욕시티'라는 도넛 체인점에 가서 '피스타치오', '애플 시나몬', '트레스 레체', '블랙아웃' 같은 가지각색의 맛과 모양을 지닌 도넛을 잔뜩 사다 줄 텐데 그때만 해도 도넛의 종류가 몇 개 되지 않았죠. 어쨌든 저는 아무도 모르게 밖에 나가 도넛 한 상자를 사서 그녀에게 가져다 주었어요. 도넛을 보더니 눈빛을 반짝이며 그녀는 허겁지겁 도넛 한 상자를 다 먹어치우기 시작했어요. 대신 저는 그녀의 저녁 식사인 병원 음식을 먹어치웠죠. 미역국과 멸치볶음과 계란 프라이 같은 메뉴였지만, 어찌나 맛이 있었던지 저는 아직도 그 미역국의 맛을 잊지 못한답니다. 일주일에 한 번 저는 면회를 갔어요. 매일 가고 싶었지만 그녀의 식구들이 매일 와 있는 터라 저는 아무도 없는 때를 틈타 도넛을 사가

곤 했지요. 날씬하던 그녀는 점점 살이 찌기 시작했어요.

"도넛에 왜 구멍이 뚫려 있는지 알아?" 하고 그녀는 물었어요. 내가 아무 대답이 없자 그녀는 이어서 말했어요.

"그건 존재의 구멍이야. 오래전 미국 남서부 어딘가에서 고고학자들이 선사시대 인디언들이 만든 것으로 추정되는 구멍이 있는 튀김과자 화석을 발견했대. 그러니까 도넛은 선사시대 때부터 있었던 아주 오래된 빵의 일종이지. 빵을 튀길 때 가운데가 잘 익지 않아 아마 구멍을 뚫어서 전체가 고르게 익을 수 있게끔 만든 게 도넛일 거야. 그 구멍이 없었다면 아니 도넛이 없었다면 나는 살아갈 재미가 없었을 거야. 그 존재의 구멍 사이로 나라는 존재가 희미하게나마 보이거든. 답답해. 숨이 막힐 것 같아. 나를 데리고 어디론가 도망쳐 주지 않을래?"

그렇게 말하며 그녀는 제가 사온 도넛 한 상자를 뚝딱 먹어치웠어요. 밥을 잘 먹지도 않는데 왜 그렇게 살이 찌는지 아는 사람은 그녀와 저밖에는 없었죠. 살이 찐 그녀가 연주하는 첼로 소리에는 더욱 풍성한 윤기가 흘렀어요.

*

점점 뚱뚱해진 그녀는 걷기가 힘들 정도가 되었어요. 그러던 어느 날 저도 모르게 갑자기 퇴원해서 집으로 돌아갔고, 그 후 다시는 그녀를 만날 수 없었어요. 그녀의 친구들 중 아무도 그녀를 만날 수 없었죠. 제게 그녀는 쉽게 잊히지 않았어요.

단 한 번의 정사로 끝이 난 음악선생님도 그토록 오랫동안 못 잊었는데 제가 어떻게 그녀를 잊겠어요? 병원에서 그녀를 데리고 도망가지 못한 게 한이 되었죠.

도망을 치더라도 첼로가 문제였어요. 그녀와 어디를 가려면 꼭 첼로와 함께여야 했어요. 기차를 타도 비행기를 타도 세 좌석을 예약해야 했어요. 단 한순간도 첼로에서 눈을 떼지 않는 그녀에게서 저 역시 단 한순간도 눈을 뗄 수 없었죠. 그녀는 이렇게 말하곤 했어요.

"이 첼로는 보통 첼로가 아니야. 삼백 살 먹은 첼로를 너는 상상할 수 있어?"

이렇게 제가 그녀를 사랑하는데. 삼백 살이나 먹은 비싼 첼로를 가지고 있는데, 왜 그녀는 도넛을 먹지 않으면 우울증에 시달리는 건지 이해가 되지 않았죠. 그녀는 늘 첼로와 도넛이 없으면 못산다고 말하곤 했어요. 그녀는 또 이렇게 말했어요.

"내 첼로 속에 벌레가 살아. 벌레 우는 소리가 내게는 들려. 그 소리가 조금씩 점점 커져서 첼로 소리를 다 잡아먹고 말거야. 나는 그게 두려워."

그렇다면 첼로 속에서 벌레를 꺼내면 될 거 아니냐는 내 질문에 그녀는 벌컥 화를 냈어요.

"그 벌레는 내 첼로 속에서밖에는 살 수가 없어. 어쩌면 전생의 내가 벌레로 변신해서 첼로 속에 살아 있는 건지도 모르잖아."

이해할 수도 없는 그녀의 말을 들으며 나는 물었어요.

"그렇다면 그 벌레는 무얼 먹고 살아? 첼로의 속을 갉아먹고 사는 거야?"

그러자 그녀는 또 화를 벌컥 냈어요.

"그걸 말이라고 해? 그 벌레는 내가 먹는 도넛을 먹고 사는 거야."

하지만 도넛을 한 상자씩 먹어치우는 벌레가 아니라 그녀 자신이 뚱뚱해지는 게 이해가 되지 않았죠. 정말 그게 없다면 못 사는 그 어떤 존재가 내게는 과연 무엇일까 생각해 보곤 했어요. 근데 제게는 그게 바로 이상하기 짝이 없는 그녀였어요.

아무리 뚱뚱해져도, 아니 뚱뚱해질수록 깊고 아름다운 소리를 연주하는 내 사랑 그녀를 어떻게 하면 다시 만날 수 있을지 제 머릿속은 온통 그녀뿐이었어요. 집으로 전화하면 그녀는 이제 한국에 없다는 말밖에는 들을 수 없었고, 몇 날 며칠 그녀의 집 앞 골목에서 아무리 기다려도 그녀는 끝내 나타나지 않았어요.

그렇게 제 청춘은 첼로 켜는 두 여자 때문에 시퍼렇게 멍이 들어 버렸죠. 제 대학 시절은 그렇게 끝날 줄 모르는 방황의 연속이었어요. 수업을 아예 들어가지 않고 그녀를 찾아 온 거리를 헤매는 날이 많아졌고, 드디어 저는 수업일수 부족으로 전 과목 낙제를 하고 말았어요. 한 해를 꼬박 학교를 다시 다니면서 조금씩 정신을 차려가던 어느 날이었어요.

한 여자가 첼로를 안고 택시에서 내리고 있었어요. 얼핏 보기에 나이가 좀체 짐작이 가지 않는 그녀를 무작정 따라갔어요. 왜냐면 멀리서 보기에도 그녀가 안고 있는 첼로가 아무래도 낯이 익었기 때문이었어요. 바로 내 사랑 그녀의 첼로가 틀림없다는 생각이 들었어요. 서

당 개 삼 년이면 풍월을 읊는다고 저는 한눈에 그녀의 삼백 살 먹은 첼로를 알아보았던 거죠. 첼로는 저를 보고 이렇게 말하는 듯했어요. '왜 이제야 찾아왔어? 야속한 사람 같으니라고. 주인님은 어딘가 멀리 떠나 당신과 나를 그리워하고 있는데, 어디서 뭐 하다가 이제야 온 거야?'라고요.

그녀의 첼로를 껴안고 종종걸음으로 자신의 아파트 현관으로 걸어 들어가는 그 묘령의 여인의 뒷모습은 왠지 낯이 익었어요. 어쩌면 꽤 유명한 첼리스트일지도 모른다는 생각이 들기도 했죠. 저는 그녀의 뒤에서 더듬거리며 말했어요.

"실례지만 말씀 좀 묻겠습니다. 그 첼로의 전 주인이 누군지 혹시 아시는지요?"

제 절실한 목소리에 흠칫 놀란 듯 그녀가 얼른 뒤를 돌아보았죠. 아파트 길목마다 노란 은행잎이 소복이 쌓인 깊어가는 가을이었어요.

*

뒷모습부터 어딘가 낯이 익던 그녀는, 정말 놀랍게도 열여덟 살 내 심장을 가져간 음악선생님 그녀가 틀림없었죠. 그녀는 저를 알아보지 못하는 듯했어요. 아니면 그냥 모르는 척했던 걸까요? 그것도 아니면 기억을 모두 잃은 건지도 모르는 일이죠. 저 역시 억지로 그녀의 기억을 되돌리고 싶지 않았어요.

그녀는 그 첼로의 주인을 본 적이 없고, 그저 뉴욕의 유명한 악기점에서 산 거라더군요.

"선생님 저를 모르십니까?" 하고 묻고 싶었지만 그 말은 입에서 맴돌 뿐 말이 되어 나오지 않았어요. 그 똑같은 첼로가 이 세상에 하나뿐이 아닐지도 모르지만, 저는 직감으로 알 수 있었죠. 그건 틀림없는 그녀의 첼로였어요. 젊을 때도 그렇게 미인은 아니었던 음악선생님은 나이 든 모습이 오히려 보기 좋았어요. 차가운 바람이 불던 그녀의 표정엔 어딘가 모르게 훈훈함이 감돌았어요. 저는 그때 갑자기 그 옛날처럼 그녀의 집으로 들어가 그녀를 안아버리고 싶은 충동이 일었죠. 우리는 그렇게 모르는 사람처럼 헤어졌어요.

언젠가 보았던 흑백영화가 생각나더군요. 제목이 〈올림픽〉이었던 것 같은데, 어쩌면 아닌지도 모르겠어요. 우리의 기억은 늘 불확실하니까 말이죠. 정말 음악선생님과 나 사이에 일어났던 일이 실제로 일어난 일이었을까요? 어쩌면 꿈이었을지도 모르죠. 하긴 꿈과 현실이 뭐 그리 다르겠어요. 지나간 날은 지나간 꿈이고 다가올 날은 아직 꾸지 않은 꿈일 뿐이죠.

영화 속에서 나이 차이가 많이 나는 두 남녀가 재회를 약속하고 약속장소로 나갔어요. 어느 거리 어느 길목에서 만나자 그런 식이었죠. 세월이 많이 지나 서로를 몰라보고 스쳐 지나가는 마지막 장면은 제 기억 속에서 내내 잊히지 않았어요. 여자는 늙어 버렸고, 남자는 어른이 되었던 거죠. 마치 그 장면이 제 자신의 이야기에 오버랩 되더군요.

어쩌면 나도 모르게 오래도록 기다렸던 '재회'란 그처럼 허무하거나 싱겁거나 아무 의미 없는 장면에 불과하다는 걸 실감하게 된 순간이었죠. 제 모든 방황과 고독의 장본인이 눈앞에서 사라지고 문이 닫혔을 때, 저는 순간 무언가 무거운 짐을 내려놓은 것 같은 기분이 들었어요. 기억의 두꺼운 장부에 '지나감'이라는 검은 글씨가 새겨지던 순간이기도 했죠.

이제 도넛을 좋아하는 '내 사랑 그녀'만 기억 속에서 처치하면 될 것 같았어요. 그렇게 싱겁게 재회하고 나면 저는 두 번째 무거운 짐을 내려놓을 수 있을 것 같았어요.

그렇게 세월이 흘러 군복무를 마치고 졸업을 하고 대기업에 취직을 해서 꽤 유능한 사원이라는 딱지가 붙을 무렵, 사촌 누나가 하도 선을 보라고 해서 어느 토요일 오후 약속한 하얏트 호텔 커피숍에 나갔죠. 커피숍에 붙어 있는 테라스는 제가 좋아하는 공간이었어요. 여름날 저녁이면 도넛을 좋아하는 그녀와 함께 그곳에 앉아 비싼 생맥주를 마시곤 했죠. 호텔에서 데이트할 여유가 없었던 저 대신 그녀는 늘 밥값이며 술값이며 거의 모든 데이트 비용을 기꺼이 내곤 했어요. 제가 할 수 있었던 건 그녀에게 도넛과 커피를 사주는 게 고작이었죠. 한남동 집들이 내려다보이는 고즈넉한 그곳에 앉아 그녀는 늘 책을 읽고 있었어요. 그녀가 보고 싶으면 그곳에 찾아가면 될 정도였으니까요. 그녀가 사라지고 난 뒤에도 저는 쩍하면 그곳에 가서 하루 종일 앉아 있곤 했어요. 그 비싼 생맥주 한 잔을 시켜 놓고요. 약속 시각보다 한 삼십 분 먼저 나가 그 고즈넉한 공간에 앉아 있노라니 그 옛날이 아슴푸레 떠오르더군요. 나날이 뚱뚱해지던 그녀와 다시는 이곳에 올 수 없었던 그 슬픈 사연에 아직도 목이 메어왔어요. 그녀 이후 여자를 사귄 적이 없었냐고요? 그건 아니죠.

오히려 저는 너무 많은 여자를 만났어요. 그녀를 잊는다는 핑계로 어쩌면 매일 다른 여자를 만나기도 할 정도였죠. 지금 생각하니 누구를 잊기 위해 함부로 사는 건 핑계일 뿐, 그렇게 살다 보면 함부로 제 몸과 맘을 내던지며 사는 그 존재가 바로 원래의 자기 자신이었다는 걸 깨닫게 되죠. 저는 그런 나 자신이 뼛속 깊이 싫어지기 시작했어요. 하지만 오직 내 사랑 그녀 외에는 결혼을 생각해 본 적이 한 번도 없었어요. 저는 정말 그녀와 결혼해서 평생 첼로 소리를 들으며 살고 싶었어요.

퇴근하는 길에 도넛 한 상자를 사가지고 집으로 돌아가는 길은 얼마나 행복할까. 눈을 감으면 뚱뚱한 내 사랑이 첼로를 연주하는 모습이 그려졌어요.

사랑은 어느 날 갑자기 잊히는 게 아니라 자기도 모르는 새 서서히 잊히죠. 그리고는 몸에 있는 옅은 점처럼 그 기억이 좋으면 좋은 대로, 슬프면 슬픈 대로, 나쁘면 나쁜 대로 그렇게 마음에 남게 마련이죠. 남남이 되어 버린 우리들 사랑의 기억은 대개는 기억하기도 싫은데 또렷이 기억나는 오래전에 꾼 악몽처럼 나쁜 기억이기 일쑤죠. 그 누구의 사랑의 기억인들 그렇지 않겠어요.

상처를 준 사람은 생각도 하지 않고 있는 나쁜 기억들을 상처를 받은 사람은 죽을 때까지 끌어안고 간다는 사실을 생각하면 사랑, 그거 참 무서운 일이죠. 문득 저도 모르게 수많은 여자들에게 상처를 주면서 살았을지도 모르는 이 죄 많은 청춘을 속죄하고 싶은 기분이 들었

어요.

　상처는 종종 다른 사람에게 자기가 과거에 받은 대로 되돌려지곤 해요. 상처의 윤회랄까요?

　하지만 나중에 생각하니 제가 받은 사랑의 상처는 그렇게 나쁘지만은 않았어요. 도넛 가게를 지나칠 때마다 도넛을 한 상자 사서 누군가에게 주곤 했죠. 음반 가게를 지나치다 첼로 소리가 흘러나오면 그 음반을 사서는 누군가에게 선물하곤 했어요.

　오랜만에 찾은 그리운 기억의 공간에서 그녀와 함께했던 시간들이 기억 속 여기저기서 용수철처럼 튀어올랐어요. 수많은 생각들 사이로 누군가 저를 향해 걸어오고 있었어요.

　평범한 외모에 얌전한 자태를 지닌, 처음 본 여자와 마주앉아 이런 얘기 저런 얘기를 하다 보니 좀 지루하다는 생각이 들더군요. 하지만 고등학교 물리 교사라는 그녀는 나무랄 데 없는 신붓감이 틀림없었어요. 그걸 알면서도 저는 첫눈에 보기에도 참한 그녀에게 별 호감이 생기질 않았어요. 형제가 몇이냐 아버지는 무슨 일을 하시느냐, 뭐 그런 빤한 질문과 대답이 오가다가, 어릴 적 음악가가 되는 게 꿈이었다는 그녀의 말에 갑자기 오래도록 만나왔던 사람처럼 친숙한 기분이 들었어요. 그것도 첼리스트가 되고 싶었다고 말하는 그 순간부터 갑자기 저는 그녀가 좋아졌어요. 실제로 일주일에 한 번은 취미로 첼로를 배우러 다닌다고 하더군요. 괴물이 되어버린 제 몸과 마음을 정화시켜줄 것 같은 선하고 따뜻한 이미지에 이끌려 두 달 뒤 저는 그녀와 결혼했어요. 실제로 아내는 참 좋은 사람이었죠.

*

참 이상하죠? 도넛을 한 상자씩 먹어치워서 매일 살이 조금씩 찌던 그녀와 반대로 아내는 뭘 잘 먹는 법이 없었어요. 결혼하기 전 짧은 데이트 기간 동안 저는 그저 안 먹어서 살이 안 찌는 체질인가 보다 생각한 정도였어요. 냉면 반 그릇을 겨우 먹거나 스파게티 반 접시, 스테이크라도 썰라치면 아주 조금 먹는 정도였으니까요. 어떤 날은 안 먹어도 나만 보면 배가 부르다며 1인분만 시키라고 하는 경우도 있었어요.

결혼을 한 날부터 그녀는 점점 더 삐쩍 말라갔어요. 뚱뚱한 여자와 삐쩍 마른 여자 중에 선택을 하라면 전 뚱뚱한 쪽이에요. 그 마른 몸으로 첼로를 드는 일은 늘 힘들어 보였지만 그녀는 첼로와 함께 있을 때 가장 행복해 보였어요. 부모를 잘 만났다면 유명한 첼리스트가 되었을 텐데, 하고 한숨을 쉬곤 했죠. 어쨌든 아내는 학교 일에도 가사 일에도, 모든 인간관계에 다 성실한 좋은 사람이었어요. 자신은 안 먹어도 언제나 성심성의껏 저를 위한 식탁을 차리곤 했으니까요.

어느 날 저녁 식탁 앞에 앉아 아내는 밥술을 뜨는 둥 마는 둥 하며 제게 물었어요.

"세상에 삼백 살이나 먹은 첼로가 있대요. 누가 그 첼로를 갖고 있다가 집안 형편이 어려워져 남에게 팔았대요. 그런데 팔려고 결심한 날부터 소리가 잘 나지 않더래요. 말을 안 듣는 첼로를 보기만 해도 눈물이 주르륵 흘렀대요. 아마도 악기도 기르던 개나 고양이처럼 정이 드는 생명체인가 봐요."

저는 아내의 말을 듣다가 갑자기 정신이 퍼뜩 드는 기분이었어요. 그 첼로 이야기를 어디서 들었냐고 물으니 같이 첼로를 배우는 동료 교사한테 들었다고 하더라고요. 저는 문득 잊고 살았던 뚱뚱한 그녀의 첼로가 떠올랐어요. 현실에선지 꿈에선지 우연히 맞닥뜨렸던 제 첫사랑 음악선생님이 들고 있던 낯이 익은 첼로도 떠올랐어요. 그게 같은 첼로인지 확신할 수는 없었지만 왠지 첼로의 흔적을 쫓아가다 보면 뚱뚱한 그녀를 찾을 수 있을 거라는 설렘이 제 온몸에 퍼져 가는 걸 느끼며, 그날 저녁 저는 누가 들고 온 와인을 한 병 따서 혼자 다 마셨어요. 아내는 술을 한 모금도 마시지 못했기 때문에 가끔 혼자 마시곤 했죠.

이상하게도 착한 아내와 같이 있어도 저는 늘 외로웠어요. 어느 날 밤 혼자 술을 마시고 있는 저를 향해 아내가 조용히 다가왔어요.

"여보, 당신은 도대체 왜 내 곁에 없는 거죠?"

저는 말도 안 되는 소리라고 일축했지만, 제 마음을 저도 알 수 없었어요.

괴물이 된 제 맘을 낫게 해줄 유일한 사람일 거라고 믿었던 착한 그녀에게 저는 나도 모르게 점점 거리를 두고 있었어요. 그럴수록 아내는 점점 말라갔고, 저는 아내를 안고 싶은 생각이 매일 조금씩 사라져 갔어요.

그러던 어느 날이었어요. 결혼 전에 가끔 만나던 여자를 길에서 우연히 만나 같이 술을 한잔 하다가 외박을 해버렸죠. 다음 날 곧장 출근했다가 저녁에 집에 돌아오니, 거실에 넋 놓고 앉아 있는 삐쩍 마른 아내가 문득 사람이 아닌 이상한 생물체처럼 낯설게 느껴졌어요. 왜 외박을 했느냐 한 마디 묻지도 않는 아내의 모습은 살이 하나도 남아 있지 않은, 누가 다 발라먹은 생선처럼 앙상했어요. 하긴 아내가 좋아하는 유일한 음식이 남들이 다 발라먹고 살이 조금 붙어 있는 생선 뼈였어요. 밤이면 조용히 흐느적거리는 아내의 실루엣을 바라보면서 저는 언젠가 출장 가서 본 슬로베니아의 '포스토이나 동굴'에 서식하는 신기한 생명체 프로테우스를 떠올렸어요. 일명 수족관 안의 인어, 혹은 '휴먼 피시'라고도 불리는 그 생명체는 길이가 삼십 센티미터 정도이고, 팔다리가 달려 있으며, 동굴 속의 어둠 속에서만 사는 아주 예민한 동물이지요. 눈이 퇴화되어 없는 휴먼 피시는 수명이 거의 사람과 같아서 팔십 년에서 1백 년을 살며, 먹이를 안 먹고도 7년을 버틸 수 있다고 하더라고요.

아내는 점점 출근하는 일을 힘겨워했어요. 저를 위한 아침 식사를 준비하는 일조차도 힘들어 했지요. 아내는 학교도 그만두고 점점 첼로하고만 같이 있고 싶어 했어요. 아이가 생기면 나아질 거라 생각했지만, 딸아이가 생기고도 사정은 나아지지 않았죠.

너무 가벼운 몸으로 세상에 태어나 겨우 목숨을 건진 사랑스러운 딸이 두 돌을 맞은 날, 퇴근해서 돌아오니 멍하니 첼로를 껴안고 있는 아내 곁에서 어린 딸아이가 배가 고파 울고 있더라고요. 갑자기 저는 슬픈 생각이 들었어요. 왜 여자들은 늘 내 곁에서 행복하지 않은가? 도넛을 한 상자씩 먹어치우며 점점 더 뚱뚱해지든가, 아예 먹지 않아 삐쩍 마르든가, 그러면서 어딘가에 맘을 뺏겨 이 세상에 없는 사람 같은 표정을 짓고 있던가. 아무 곳에도 없는 여자, 그녀가 바로 제 아내의 현주소였지요.

*

점점 삐쩍 말라가는 아내를 마지막으로 안아 본 건 바람이 스산하게 불기 시작한 11월 어느 날 밤이었어요. 참 이상하죠? 우리는 섹스가 사랑의 전부가 아니라는 걸 잘 알지만, 그래도 사랑의 기능을 원활하게 해주는 윤활유 역할을 한다는 사실을 부정할 수는 없지요.

아내와 결혼한 건 그녀를 안고 싶은 생각이 앞섰다기보다는 그녀 곁에서 편안히 쉴 수 있을 것 같은 절실함 때문이었어요. 결혼하고 나면 섹스는 어떻게든 기름을 친 톱니바퀴처럼 굴러갈 거라고 생각했죠. 그런데 결혼을 한 후 저는 점점 아내와의 섹스에 집중하기가 어려워졌어요. 맞아요. 섹스든 학문이든 스포츠든 예술이든 사업이든 결국 집중의 문제라는 걸 알기 시작한 저는 너무 늙어버린 기분이 들었어요. 하지만 저만 그랬을까요?

아내를 마지막으로 안아 본 그날 밤, 안간힘을 쓰는 저를 밀어내며 아내는 말했어요.

"여보 그만해요. 집중이 안 돼요. 당신하고 할 때마다 사람들이 기르다 버린 유기견들이 떠올라요. 오늘 오후 교보문고에 갔다가 나오는 길에 광화문 한복판에서 유기견 한 마리가 돌아다니는 걸 봤어요. 그 조그만 푸들은 길거리의 수많은 사람들 중 주인을 찾아 헤매느라 정신이 하나도 없는 것처럼 보였어요. 불쌍한 그놈은 지하도로 내려가는 계단 앞에서 망연자실한 표정으로 서 있었어요. 조금 전까지도 곁에 있었던 주인은 어디로 갔을까? 그 밑도 끝도 없는 지하도 계단은 그 조그만 강아지에게는 상상도 할 수 없는 끝없는 절벽처럼 보였어요. 근데 그 애처로운 강아지가 바로 나처럼 느껴졌어요. 아침에 눈을 뜨면 또다시 아침이라는 사실이 허무해요. 밤이 오면 또다시 밤이라는 사실에 불안해져요. 그 허무와 불안을 잠시나마 잠재워 주는 건 내겐 첼로밖에 아무것도 없어요. 여보, 우리 이쯤에서 헤어져요."

저는 아내의 넋두리인지 절규인지 모르는 주절거림을 들으며 곁에서 잠든 딸아이를 생각했어요. 그 애를 저 혼자 기르는 건 쉽지 않을 거라는 절망적인 생각이 들면서, 저 역시 아내를 안을 때마다 집중할 수 없었던 기억들이 떠올랐어요. 어느 날은 몇 년 전 텔레비전 뉴스에서 본, 까만 보자기를 덮어쓴 한국인 선교사 '김선일'에게 탈레반이 권총을 겨누고 있는 장면이 머릿속을 떠나지 않았어요. 불쌍한 그가 계속 살려 달라고 애원을 하고 있던 장면이 아내를 안고 있는 내내 머릿속에서 맴돌았어요. 또 어느 날은 죽어가는 아프리카의 병든 아이들이 떠오르곤 했죠. 왜 포르노 산업이 절대 망하지 않는지 이해가 되는 대목이었어요. 하지만 인간으로 태어난 우리가 굳이 셋이 하기도 하고 넷이 하기도 하고 집단으로도 하기도 하는 포르노 필름의 생애를 흉내 낼 필요가 있을지, 절망적인 기분이 드는 쓸쓸한 11월 밤, 아내는 소리를 죽이고 계속 울고 있었어요. 문득 저의 사랑 무기력증은 어쩌면 제 사랑을 훔쳐 간 음악 선생님 때문인지도 모른다는 생각이 들었어요. 아니 뚱뚱해질수록 풍요로운 소리를 내던 내 사랑 그녀의 첼로 소리 때문일지도 모른다는 생각도 들었어요.

다음 날 아침 아내는 말했어요.

"여보, 지구 동물의 80퍼센트는 곤충이래요. 내 첼로 속에 벌레가 살아요. 그 벌레가 내 마음속으로 이사를 온 것 같아요. 내 마음속에 사는 벌레 때문에 나는 점점 말라가는 것 같아요. 식욕이 점점 떨어지고 아무것도 먹고 싶지 않아요."

뼈쩍 마른 그녀 곁에서 방실방실 웃고 있는 딸아이를 보면서 아내의 모성애는 도대체 어디로 간 건지 저는 알 수가 없었어요. 기르던 개 한 마리도 절대 버리지 못하는 사람이 있는가 하면 제 자식도 제 부모도 갖다 버리는 사람이 있다는 걸, 도대체 그 차이는 무엇인지 정말 알 수가 없다는 제 두서없는 생각들 사이로 아내가 켜는 바흐의 무반주 첼로협주곡이 섞여 들었어요. 첼로 속에 사는 벌레가 도넛을 한 상자씩 먹어치운다며 점점 살이 쪄가던 옛사랑 뚱뚱한 그녀와 먹지 않아 뼈쩍 말라가는 아내의 마음속에 사는 벌레는 어쩌면 같은 벌레일지 모른다는 생각에 저는 점점 절망적인 기분에 빠져들었어요. 아내가 집을 나간 건 그로부터 딱 일주일 후, 늦가을비가 추적추적 내리는 어느 날 아침이었어요.

몇 날 며칠이 지나도 아내는 돌아오지 않았어요. 엄마를 찾으며 울어대는 딸아이를 부모님께 맡기고 저는 한동안 혼자 지냈어요. 왜 찾지 않았냐고요? 사실 그동안 아내는 수없는 이별의 신호를 제게 보냈었다는 생각이 들어서였어요. 어쩌면 아내는 이별을 미뤄왔던 거라는 생각이 드네요. 제가 딱히 눈에 보이는 잘못을 하지 않았기 때문이었

을 거예요. 어쩌면 그게 더 사람 잡는 일이라는 걸 아는 사람은 알죠. 이를테면 꿈속에서 실컷 매를 맞고, 깨어 보니 아픔은 여전한데 멍 하나 들지 않은 멀쩡한 상태 같은 거라고나 할까요? 아내 곁에서 내 마음속의 괴물은 치유되지 못한 채 그저 어슬렁거리고 있었던 거죠.

그 어떤 일도 아무리 우리에게 남은 시간이 많다고 해도, 미루고 또 미루면 영원히 미룬 채로 결국 하지 못하고 마는 법이죠. 그러나 마침내 아내는 매일 생각만 하던 이별을 그날 아침 실행에 옮긴 것뿐이었어요. 별로 잘못한 것도 없는데, 이별을 통보받는 게 억울하다는 생각은 들지 않았어요. 하루가 가고 이틀이 가고 혼자 있는 시간들이 외롭다는 생각이 들기 시작했죠. 누군가는 외로워서 술을 마시고, 누군가는 외로워서 아무하고나 닥치는 대로 섹스를 하고, 누군가는 외로워서 폭식을 하고, 누군가는 외로워서 이것저것 물건을 사죠. 모든 중독의 뿌리는 외로움이라는 생각이 들더군요. 내 사랑 뚱뚱한 그녀도 외로워서 도넛을 한 상자씩 먹어치웠던 거였고, 떠나간 아내도 외로워서 첼로를 껴안고 있었던 거라는 생각이 뒤늦게 들었어요. 그렇다면 외로운 나는 도대체 무엇을 해야 옳은 것일지, 한동안 저는 외로움을 잊기 위해 아무 생각 없이 하루 두세 시간씩 걸었어요.

혼자서도 둘이서도 영원히 해결 불가능한 우리들의 난제難題 고독, 그 고독을 관리하는 능력에 따라 사람은 행복해지기도 하고 불행해지기도 한다는 걸 조금씩 깨달아가고 있었죠. 그렇게 외로운 날들 속에 해외 출장의 기회가 주어졌어요. 행선지는 뉴욕이었죠. 뉴욕은 언제나 가보고 싶던 곳이었어요. 어쩌면 내 사랑 뚱뚱한 그녀를 만날 수 있을지도 모른다는 생각에 가슴이 설렜어요. 문득 뉴욕 맨해튼 길거리에서 그녀를 보았다는 대학 동창 놈의 말이 떠올랐어요. 계속 그녀를 따라가 아는 척했더니 그녀는 "저를 아세요?" 하더라며 동창생 녀석이 혀를 차던 생각이 났어요. 왜 모든 그녀들은 과거를 잊어버리는 걸까? 아니 모르는 척하는 걸까? 남자는 적어도 과거를 잊지 않는다고 생각해요. 여자들에게는 면면히 내려오는 유전자 속에 오래된 피해의식이 있어서 아프거나 싫은 기억은 잊어버리는 방어기제가 있는 건지도 모른다는 생각이 들더군요. 만날 때는 여자가 더 집착하는 경우가 많을지도 모르지만, 헤어진 뒤에는 집착한 만큼의 속도로 깨끗이 잊어버리는 쪽도 여자가 아닐런지… 그런 생각이 드네요. 하긴 제게 집착하는 여자는 아무도 없었어요. 아이를 낳고 산 아내마저도 그렇게 쉽게 제 곁을 떠났으니까요. 어쨌든 뉴욕을 향해 떠나는 비행기 속에서 저는 오랜만에 홀가분한 기분을 느꼈어요. 뉴욕 월드 트레이드 센터 근처의 호텔에 짐을 풀고, 자유의 여신상이 손을 잡을 수 있을 것처럼 가까이 보이는 공원에 가서 산책을 즐겼어요. 어둑한 황혼에 손에 횃불을 들고 서 있는 자유의 여신상은 아름다웠어요. 문득 뚱뚱한 내 사랑 그녀와 뚱뚱한 자유의 여신상이 제 눈에 겹쳐져 떠올랐어요. 그녀가 너무 보고 싶었어요.

"그대는 내일 죽는다. 지금 이 순간 무얼 하고 싶은가?"

이렇게 하느님이 묻는다면 서슴없이 도넛을 한 상자씩 먹어치우는 내 사랑 뚱뚱한 그녀를 만나보는 거라고 서슴없이 말하고 싶은 기분이었죠.

그런데 뉴욕에 도착한 며칠 뒤 저는 정말 꿈속에도 그리던 내 사랑 뚱뚱한 그녀를 거짓말처럼 우연히 만났어요. 57가 매디슨 애비뉴에 있는 약국에서였어요.

*

미국의 약국은 별의별 게 다 있는 참 편리한 곳이지만, 그 규모가 하도 커서 아는 사람을 만나도 서로 모르고 지나치기 일쑤죠. 감기 기운이 있어서 타이레놀이라도 사 먹을까 싶어 들어간 약국 저쪽 구석에서 낯익은 뒷모습을 한 여자가 허리를 굽히고 물건을 고르고 있는 게 제 눈에 들어왔어요. 저도 모르게 그쪽을 향해 다가가는데, 왠지 가슴이 마구 두근거렸어요. 바로 곁에 다가가 보니 그녀가 틀림없었어요. 그렇게 우린 아무 일도 없었던 것처럼 서로 반갑다고 호들갑을 떨며 약국을 나와 한참을 걸었어요. 겨울이지만 하늘은 파랗고 날씨는 정말 너무 좋았죠. 우리나라만 스타벅스니 커피빈이니 하는 커피집이 하도 많아 커피공화국이라 생각했었는데, 뉴욕도 그렇더군요. 아니, 이 세상의 도시들이 다 커피공화국이 되어가고 있다는 생각이 드네요.

'우리는 언제 맨 처음으로 커피를 먹었을까? 어른이 되는 징표인양 언젠가부터 먹기 시작한 커피, 도대체 우리는 왜 매일 커피를 마시는가? 밥 다음으로 자주 먹는 커피는 우리의 고독에 어떻게 얼마나 큰 위안이 되는 걸까? 커피에 중독된 우리는 아침에 눈 뜨자마자 한 잔의 커피를 마신다. 뜨거운 커피, 아이스커피, 식은 커피, 아메리카노, 에

스프레소, 카페라테, 카푸치노, 모카치노, 모카자바, 콜롬비아 수프레모, 헤이즐넛, 킬리만자로, 탄자니아 등등……'

그녀를 서울도 아닌 뉴욕에서 그렇게 쉽게 우연히 만났다는 충격을 누그러뜨리기라도 하듯 제 머릿속엔 갑자기 커피에 관한 모든 생각들이 떠올랐어요. 길 건너마다 하나씩 있는 커피집이 그날따라 한참을 걸어도 보이지 않았어요. 누가 먼저랄 것도 없이 "저기…" 손짓하며 우리가 들어간 곳은 '던킨 도너츠' 가게였어요. 갖가지 모양의 도넛을 내려다보며 저는 눈물이 쏟아질 것만 같았어요. 도넛 속에 제 가버린 사랑이 녹아들어 입에 들어가자마자 스르륵 녹아버리는 것 같았지만, 아무런 맛도 느낄 수가 없었어요. 제 눈물이 섞여 들어간 달고 짠맛이라고나 할까요? 그녀는 예전처럼 뚱뚱하지 않았어요. 오히려 마른 듯한 몸에 걸친 허름한 검은 스웨터에는 오래된 가난이 묻어 있었죠. 그 부잣집 딸내미의 행색이 그렇게 초라해 보이는 게 낯설고도 가슴 아팠어요.

우리는 아무 말 없이 도넛과 커피를 마셨어요. 무슨 설명이 필요하겠어요? 세월은 이미 그렇게 흘렀고, 제 앞에 앉은 그녀는 이미 기억 속의 '내 사랑 뚱뚱한 그녀'가 아니었어요. 예전처럼 그녀는 도넛을 게 눈감추듯 먹지 않았어요. 도넛 한 개를 포크로 4등분하더니 그중 두 개를 입에 넣어 아주 천천히 씹었어요. 저는 제가 그토록 오랜 세월 그리워하던 여자가 바로 앞에 앉은 그녀라는 사실이 믿기질 않았어요. 모든 사랑은 기적이지만 대부분의 재회는 그저 식은 커피의 맛을 닮았다는 걸 인정할 수밖에 없는 슬픈 시간이었죠. 제가 그리워했던 건 도넛을 눈 깜짝할 사이 한 상자씩 먹어치우는 그녀, 뚱뚱하지만 아름답던 그녀, 살이 찔수록 깊은 첼로의 음률을 연주하던 그녀, 이유를 알수 없는 괴로움에 고통스러워하지만 어떤 식으로든 늠름하기 짝이 없는 초라하지 않은 그녀였어요. 한없이 작아 보이는 그녀가 도넛을 천천히 씹으며 말했어요.

"그렇게 갑자기 사라져서 미안해. 나도 네 생각 정말 많이 했어. 병원에서 너를 마지막 본 날 이후 난 부모님의 결정대로 뉴욕 가는 비행기를 탔어. 존스 홉킨스 병원의 신경정신과 의사로 재직하고 있는 삼촌이 나를 그리로 부른 거야. 물론 삼백 살 먹은 비올롱첼로를 옆자리에 앉히고 말이지. 기내식 식사가 나오는데 난 아무것도 먹을 수가 없었어. 승무원에게 도넛 한 개만 가져다줄 수 없느냐고 물었지. 불행히도 그 비행기 안에는 도넛이 한 개도 없었어. 갑자기 배가 고파진 나는 기내식이라도 먹어 보려고 애썼지만 갑자기 구토가 나더라고. 그즈음 나는 도넛이 아닌 그 어떤 걸 먹어도 구토가 나서 토하곤 했어. 검사를 해도 의학적으로는 아무런 문제가 없었지. 금방 토할 것 같은 배를 움켜쥐고 기내 화장실에 가서 한참을 토했어. 아무것도 먹지 않았는데 이상하게도 내 뱃속에서는 알 수 없는 노란 물질이 계속 나왔어. 믿지 못하겠지만 자세히 보니 그건 금을 닮은 어떤 물질이었어. 남들이 놀랄까 봐 나는 얼른 변기를 비우고 제자리로 돌아갔어. 수면제를 먹고 겨우 잠이 든 나는 뉴욕에 도착할 때까지 계속 잤던가 봐. 드디어 케네디 공항에 도착한 나는 첼로를 들 기운이 하나도 없었어. 비틀거리는 나를 보고는 내 뒤에 앉아 있던 어느 미국인이 첼로를 들어준 거야. 그게 우리들 인연의 시작이었지."

저는 그녀의 지난 이야기를 들으며 그 세월 동안 그녀를 그리워하던 나 자신을 돌이켜 보았어요.

'삶이란 매순간 끊임없이 무너져가는 모래성이다.'

문득 언젠가 읽은 소설 속의 문구가 떠오르더군요.

*

그녀는 그동안 하고 싶은 말을 아무에게도 하지 못한 채 쌓아 두었던 사람처럼 말들을 쏟아냈어요.

"공항에 도착하자마자 나는 의사 삼촌이 공항에서 기다리는 걸 교묘하게 따돌렸어. 그리고는 첼로를 들어 준 그 남자가 사는 같은 건물 같은 층에 집을 빌렸어. 이민자들이 사는, 공동 샤워실과 화장실이 있는 아주 초라한 곳이었어. 그곳에는 각 나라 이민자들이 모두 모여 살고 있었어. 베트남 쿠바 멕시코 이란 이라크 필리핀 남아프리카 공화국 케냐 짐바부에 수단 콩고 등등… 말로만 듣던 그 많은 나라 사람들과 모여 사는 일은 그리 즐겁지 않았어.

하루 종일 싸우는 소리, 애 우는 소리가 끊이지 않았어. 나는 귀마개를 하고 첼로를 켜곤 했어. 그리고는 하루 종일 그 사람을 기다렸어. 건축가 지망생이었던 그는 우연히도 도넛 가게에서 아르바이트를 하고 있었어. 일을 마치고 돌아올 때마다 그는 도넛이 가득 든 상자를 들고 내 방문을 두드렸어. 덕분에 나는 아무것도 먹지 않고 도넛만 먹으며 몇 달을 살았어. 부모님이 사라진 나를 울며불며 찾으리라는 게 마음에 늘 걸렸지만 난 병원 냄새를 정말 맡기 싫었어. 또 병원에 가서 신경안정제를 맞고 눈이 게슴츠레 풀려 있을 걸 생각하면 소름이 끼쳤지. 난 첼로와 도넛만 있으면 살 수 있었으니까. 게다가 내 건축가 친구는 도넛만 먹는다는 게 뭐가 그렇게 이상한 일이냐며, 내가 지극히 정상이며 병원에 갈 필요가 없다고 말하곤 했지. 듣고 보니 살이 찌는 것 외에는 나는 극히 정상이었어. 알고 보니 그 친구도 도넛만 먹으며 끼니를 때우고 있었어. 문제는 그가 매일매일 말라간다는 거였어. 한국에 살고 있는 어머니를 만나고 오는 길이랬어. 얼굴은 미국인이지만 사실 그는 부모가 누군지 모르는 입양아였어. 어머니는 화가이고 아버지는 유태인 목사였다는데, 그들이 이혼을 하는 바람에 그는 또 혼자가 되었지. 그는 어머니를 참 좋아했어. 내가 어머니를 닮았다며 틈만 나면 내 곁을 떠나지 않으려고 했지. 그 사람도 너처럼 내가 켜는 첼로 소리를 사랑했어. 사실 나는 어릴 적에 음악보다는 그림을 그리고 싶었어. 어머니가 못 이룬 꿈을 내게 심은 거였지. 다섯 살 때부터 피아노를 치고 열 살 때부터 첼로를 연주했는데, 난 그리 성공도 못 한 채 비싼 첼로만 들고 다니는 사람이 되었지. 어쨌든 그렇게 1년을 살고 보니 가져온 돈이 다 떨어져 버렸어. 그때 첼로를 팔았어. 그 피 같은 돈도 다 떨어져 버리고, 그제야 할 수 없이 서울의 집에다 전화를 했는데 아무도 받지 않는 거야. 할 수 없이 의사 삼촌에게 전화를 했어. 참 철없는 내 인생을 어떻게 속죄해야 할지 정말 모르겠어."

그녀의 눈에 눈물이 어렸어요. 어떻게 나를 그리 쉽게 잊을 수 있었느냐는 말은 나오지 않았어요.

"사업이 기울어 가던 참에 아버지는 형제나 다름없는 친구 빚보증을 선 거야. 그 아저씨도 일부러 그런 건 아니었을 테고. 운이 나빴지. 하루아침에 쓰러진 아버지는 병원에 누워 계시고, 온 집 안에 빨간 딱지가 붙은 장면을 목격한 고생 하나 안 해본 늙은 울 엄마는 아무런 힘이 없었어. 삼촌 덕분에 부모님을 미국으로 모셔와 내가 모시고 있어."

문득 그녀가 철이 꽉 든 어른처럼 보였어요. 그녀의 초라함은 차라리 성숙함이었어요. 제가 그 건축가 친구는 어떻게 되었느냐고 묻기도 전에 그녀는 슬픈 얼굴로 말을 이었어요.

"도넛으로 끼니를 때우며 살아가던 그 사람은 점점 말라서 뼈만 남게 되었어. 내가 부모님을 모셔와 그 초라한 이민자 아파트에서 지내던 어느 추운 겨울날, 마침 크리스마스가 그 사람의 생일이었어. 조금씩 회복해 가는 아버지를 어머니에게 맡기고 우리는 디즈니랜드로 여행을 떠났어. 정말 처음 가는 밀월여행이었지. 그 옛날 너랑 같이 가고 싶던 디즈니랜드에 나는 그 사람과 함께 갔어. 우리는 수많은 놀이기구를 타며 정말 즐거웠어. 그런데 놀이 기구 중에 우주선을 타고 뺑뺑 도는 게 있었어. 우리나라의 놀이공원에 있는 롤러코스터 같은 건데 훨씬 더 무서웠어. 타자마자 안경이 막 날아가는 거야. 우주 밖으로 아주 멀리 날아가 버린 것 같던 내 안경은 내릴 때 보니 바로 코앞에 있었어. 무서운 것도 그냥 쇼였던 거지. 우주선에서 내린 뒤 그 사람은 잠시 너무 어지럽다며 화장실에 갔어. 그게 그 사람을 마지막 본 날이야."

그녀는 마치 손닿을 수 있는 거리에 사라진 그 사람이 서 있기라도 한 듯 허공의 한 점에 시선을 박고 말을 이었어요.

"그 사람은 그냥 거짓말처럼 수증기가 증발하듯 그렇게 사라졌어. 한두 시간 그렇게 기다리다가 나는 무슨 일이 났다는 생각이 들었지. 경찰을 불러 샅샅이 다 찾아 보았지만 그는 없었어. 한 달 두 달이 지나도 그는 돌아오지 않았어. 그래도 나는 어느 날 갑자기 그가 도넛을 한 상자 들고 돌아올 것만 같은 생각이 들었지. 하지만 아무리 시간이 지나도 그는 돌아오지 않았어. 어느 날 나는 퇴근을 한 뒤 일하던 사무실 근처를 서성이다가 어느 조용한 길모퉁이에 숨어 있는 신비한 가게에 들어섰어. 타로 카드와 신비로운 색깔을 띤 돌들을 파는 가게였어. 금박을 두른 오래된 책들에서 나는 책 냄새와 향 냄새가 뒤섞여 그 조그만 가게 안은 아주 묘한 분위기를 발하고 있었어. 나는 무언가에 홀린 듯 중세의 점성술에 관한 책을 뒤적이다가 어떤 페이지에 눈이 멈췄어. '떠나간 사람을 돌아오게 하는 법'이라는 구절에서 눈을 뗄 수가 없었던 거야. 그 페이지에는 '발가락 사이에 포도를 끼고 걸을 것'이라고 씌어 있었어. 그 후 나는 이상한 버릇이 생겼어. 발가락 사이에 포도를 끼워 넣고 걷는 버릇이. 포도를 발가락 사이에 끼고 걷는 일은 쉽지 않았어. 어쨌든 그러던 어느 날부터 나는 도넛을 먹지 않게 되었어. 먹지 않는 정도가 아니라 냄새만 맡아도 구역질이 났어. 그리고는 점점 체중이 줄었지. 하지만 포도를 끼워 넣고 아무리 걸어도 그 사람은 돌아오지 않았어. 그렇게 시간이 흘러 첼로와 도넛이 없으면 못 살 것 같던 나는 첼로를 켜지 않아도 아무렇지 않다는 사실을 깨달았어. 아니 첼로를 판 다음부터 내 마음은 굉장히 홀가분해졌어. 운이 좋아 규모는 크지 않아도 탄탄한 미국회사에 취직을 했고, 나는 그저 보통 사람으로 살아가는 게 행복했어. 그렇게 살면서 순간순간 네 생각이 났어. 결혼은 했을까? 행복하겠지? 뭐 그런 식으로 말이야. 이렇게 널 갑자기 만나게 되리라고는 생각도 못했지."

철이 꽉 들어버린 낯선 그녀를 바라보며 저는 할 말을 잃었어요. 무슨 말이 필요하겠어요. 그녀도 저도 그때 그 사람이 아니어서 우리 사이엔 공유할 게 아무것도 없었어요. 엉뚱하게도 저는 그녀의 오래된 첼로의 향방이 궁금해졌어요. 내가 그리워했던 건 그녀보다 그녀의 첼로가 아니었을까 하는 생각이 들더군요. 그럴 수 있는 일이죠.

사랑이 가도 사물의 기억은 남는 거니까요. 문득 그 옛날 음악 선생님의 첼로가 떠올랐어요. 그녀를 다시 볼 수 없었던 날부터 저는 특정 인물이 아니라 그녀가 연주하던 첼로를 그리워했던 거라는 생각이 들었어요. 세월이 흘러 거짓말처럼 우연히 부딪힌, 나이 든 그녀가 들고 있던 그 낯익은 첼로도 떠올랐어요. 그 첼로가 뚱뚱한 내 사랑 그녀의 첼로가 틀림없었다는 기억은 제 착각이었을지도 모르죠. 아내가 켜던 첼로 소리도 떠올랐어요. 그 외롭고 스산하던 아내의 첼로 소리는 늘 뚱뚱한 그녀를 생각나게 했어요. 하지만 무슨 소용이겠어요. 그 오래된 그리움의 끝에서 만난 그녀는 내 사랑 뚱뚱한 그녀가 아니었어요. 더 이상 그 아름다운 음률을 연주하던 나만의 그리운 사람도 아니었고요.

사랑이란 참 우스워요. 기억 속의 사람이 지금 내 앞에 있는 사람과 다른 사람일 때 우리는 허무해지지만, 동시에 참 홀가분해지죠. 그녀로부터 자유로워진 기분, 이제야 다른 사람을 사랑할 수 있을 것 같은 희망의 출발신호 같은 거랄까요. 그녀와 다시 만나자는 약속을 하고 전화번호를 주고받은 뒤 우리는 헤어졌어요. 하지만 저는 알고 있었죠. 이제 우리는 다시 만나지 못할 거라는 걸요.

*

서울로 돌아온 뒤 저는 떠나간 아내가 무척 그리웠어요. 사랑이 별거라고 생각한다면 그건 정말 착각이죠. 사랑은 내게 따뜻한 밥을 해주는 사람이에요. 적어도 제게는요. 하지만 인간이라는 종(種)이 그렇게 겸허하다면 무슨 문제가 있겠어요. 밥이 해결되는 순간 금세 다른 욕망이 차오르는 게 인간이죠. 어쨌든 저는 아내가 너무 보고 싶었어요. 아내가 끓여 주던 시금칫국이 너무 그리웠고요.

어느 날 동료들과 소주 한 잔 먹고 돌아오는 길에 문득 '떠나간 사람을 돌아오게 하는 법'이라는 문구가 떠오르더군요. 더 이상 뚱뚱하지 않은, 옛사랑 그녀가 들려준 말이라는 생각이 어슴푸레 들었어요. 우습지만 저는 포도를 발가락마다 끼워 넣고 출근을 했어요. 그래도 아내는 돌아오지 않더군요. 제일 듣고 싶은 건 그 누구도 아닌 아내의 쓸쓸한 첼로 소리였어요. 도대체 자신이 누구인지 안다면 무슨 문제가 있겠어요?

자기가 누군지 뭘 원하는지 모르는 채 우리는 온 삶을 낭비하죠. 제가 보고 싶은 딱 한 사람은 바로 내가 자신을 사랑하지 않는다며 떠난 아내였어요. 섹스보다 중요한 건 사랑이 묻어 있는 스킨십이에요. 따뜻한 체온을 나누며 서로 껴안고 누워 있는 시간, 어쩌면 섹스 후의 평화로운 스킨십이야말로 제가 꿈꾸는 사랑하는 사람들 간의 소통이지요.

어쨌든 저는 미국에서 돌아온 몇 달 뒤 캄보디아 출장의 기회를 얻었어요. 정말 가보고 싶은 곳이었어요. 장만옥과 양조위가 주연한 〈화양연화〉라는 영화는 제 청춘 시절에 본 가장 인상적인 영화 중 하나였어요. 뚱뚱한 내 사랑 그녀가 떠난 뒤 혼자 본 영화이기도 했죠.

그 영화의 마지막 장면은 캄보디아의 거대한 앙코르와트 유적지에 쓸쓸히 서 있는 양조위의 모습이었지요. 마치 제 모습 같았어요. 어슴푸레한 기억을 지니고 그 마지막 장면에 관해 컴퓨터에 클릭을 해보니 누군가 이렇게 썼더군요. 배우는 아무 말도 하지 않았고 자막에는 이렇게 씌어 있더래요.

"그는 지나간 날들을 기억한다. 먼지 낀 창틀을 통해 과거를 돌이켜 볼 수 있겠지만, 모든 것이 희미하게만 보였다."

씨엠립 공항에 도착하자마자 저는 수영장이 아름다운 호텔에 짐을 풀었어요. 크메르 왕국의 영화로움을 재현해 놓은 듯 아름다운 호텔이었죠. 제가 이 세상에서 제일 싫어하는 사람이 '히틀러'와 '폴 포트'예요. 그 아름다운 크메르 왕국을 킬링필드로 만든 폴 포트를 생각하면 이가 갈렸어요. 중학교 이상 학력을 지닌 사람은 닥치는 대로 데려다가 비닐봉지로 얼굴을 씌워 숨통을 막아 죽인 장본인이 바로 폴 포트예요. 전국에 남은 의사는 일곱 명뿐이어서 환자를 치료할 수도 없었다더군요. 어쩌면 제가 전생에 앙코르와트를 건설하는 데 필요한 벽돌을 나른 크메르인이었는지 모르죠. 아- 앙코르와트는 눈물이 날 정도로 아름다웠어요. 저는 대충 일을 마치고 해질 무렵 앙코르 톰에

올라 일몰을 바라보았어요. 정말 눈물이 나더라고요. 제가 마치 영화 속의 양조위가 된 기분이었어요. 아쉬운 기분을 뒤로하고 앙코르와트를 내려와 야시장에 갔어요. 왠지 제 발길을 끄는 골동품 가게 안으로 들어섰는데, 정말 놀랍게도 아내와 너무 닮은 여인이 오래된 첼로를 부드러운 수건으로 닦고 있었어요. 하지만 분명 아내는 아니었어요. 저는 이 세상에 이렇게 닮은 사람이 있다는 게 신기했어요. 꿈이었을까요?

저는 마치 전생의 기억처럼 아득하게 아내가 첼로를 켜는 모습이 떠올랐어요. 첼로를 부드러운 수건으로 닦고 있던 아내를 닮은 여인은 그 첼로가 소리가 나지 않는다고 서툰 영어로 말하더군요. 아무리 유명한 사람이 연주를 하려 해도 소리가 나지 않더래요. 어쩌다가 캄보디아까지 흘러왔는지 아무도 모른다 하더군요. 저는 직감으로 알았어요. 그 소리 나지 않는 첼로는 틀림없이 뚱뚱한 내 사랑 그녀의 첼로였어요. 아니 제 첫사랑 선생님이 커다란 트럭같이 생긴 택시에서 들고 내리던 바로 그 첼로였어요. 얼마냐고 물었더니 1천 불을 달라더군요. 원래는 무지하게 비싼 첼로인데 소리가 나지 않기 때문에 싸게 주는 거라고 하더라고요. 저는 두말하지 않고 그 첼로를 샀어요. 돌아와 거실에 두고 저는 아내가 돌아오기를 기다려요. 저 첼로를 소리 나게 할 수 있는 유일한 사람은 바로 제 아내일 것 같은 생각이 들었어요. 왜 우리는 늘 한 발자국 늦는 걸까요?

저는 지나간 날들을 생각했어요. 오래도록 닦지 않아 먼지 낀 창틀을 통해 과거를 돌이켜볼 수 있겠지만, 모든 것이 희미하게만 보였어요.

골동품점 메리 포핀스

　　참 알 수 없는 게 우리네 인생이지요. 제가 골동품 가게를 하리라고는 예전엔 상상도 할 수가 없었어요. 가톨릭 집안에서 태어난 저는 어릴 적부터 수녀가 되는 게 꿈이었답니다.

　우리 집안엔 고고한 순교자의 피가 흐른다고 말씀하시던 돌아가신 할아버지가 떠오르네요. 우리 가게에 와 보신 분은 아시겠지만 정말 없는 거 빼곤 다 있답니다. 오래되어 소리가 나지 않는 기타, 아무리 달래 보아도 침묵을 지키는 첼로, 옛날 옛적 어느 먼 나라의 황실에 있었을 법한 고색창연한 라디오, 물론 소리는 나지 않는답니다.

　이상한 건 우리 가게에 있는 물건은 고장 난 것일수록 기품이 있다는 겁니다. 소리 나지 않는 첼로만 해도 예전엔 엄청난 가격에 팔리던 몇 백 년 묵은 거라고 해요. 모습은 멀쩡한데 제 기능을 하지 못하는 물건들은 인테리어 소품으로 팔려 나가기도 하죠. 10년 전 여행을 왔다가 우연히 골동품 가게에 들른 프랑스인과 결혼해서 파리로 떠난 친구로부터 제 딴에는 꽤 큰 액수의 돈을 주고 이 가게를 맡았어요.

스틸라이프

'메리 포핀스'는 친구가 운영하기 훨씬 전 원래부터 이 골동품 가게의 이름이었어요. 신기하게도 짧은 시간이지만 수녀 생활을 잠시 했던 제 별명이 '메리 포핀스'였답니다. 그래서 이 가게를 맡는 걸 주저하지 않았는지도 모르죠. 지팡이를 휘두르기만 해도 발아래 신비로운 세상이 펼쳐지는 마술사, 하긴 제 꿈도 마술사였어요. 이 가문 세상에 비를 고루고루 내리게 해서 배고픈 사람도 아픈 사람도 없는 따뜻한 세상을 만드는 게 제 오랜 꿈이었죠. 수녀가 되어서 그런 세상을 만드는 데 조금이나마 보탬이 될까 했는데, 어림도 없는 일이었어요.

수녀복을 벗고 바람 불고 비 오는 세상으로 나오니 갈 곳이 없더군요. 피붙이라고는 딸랑 오빠 하나밖에 없는데 그 집에 가기가 망설여졌어요. 왜냐면 오빠는 제가 수녀가 되는 걸 누구보다도 말리던 사람이었거든요. 일단 바다를 보고 싶었던 저는 동해안으로 가는 기차를 탔어요. 그때 제 옆자리에 앉아 있던 그 사람이 바로 훗날 제 남편이 된 사람이랍니다. 그는 대기업에 근무하던 건실한 회사원이었어요. 제 옆자리에 앉은 그는 제가 내미는 캔 커피를 받아들며 머뭇거리는 목소리로 자신이 이 지구상에서 가장 외로운 사람이며 집 나간 아내를 찾으러 휴직계를 내고 전국을 돌아다니는 중이라고 말했어요. 별일 없다면 동행해 주면 정말 감사하겠다고 말한 건 그가 아니라 제 안의 목소리였어요. 그렇게 우린 한 달 남짓 전국을 여행하며 쏘다녔어요. 아무리 다녀도 그 사람의 아내는 찾을 수가 없었어요. 우리는 해가 뜨면 그 사람의 아내를 찾으러 다녔고 그 핑계로 이 땅의 풍광 좋다는 산과 강과 계곡과 바다들을 죄다 돌아다녔어요. 제 생애 가장 좋은 날들이었죠.

　밤이 되면 찜질방에 고단한 몸을 뉘었어요. 그 사람과 저는 누가 볼 새라 멀찌감치 떨어져 누워 있곤 했어요. 대한민국의 찜질방처럼 신기한 공간이 또 있을까요? 남녀 구분 없이 다 함께 따뜻하고 커다란 공간에 드러누워 휴식을 취하는 곳, 찜질방은 오갈 곳 없는 외로운 사람들의 값싼 은신처가 되어 주기도 하지요. 밤이 깊어갈수록 점점 커져가는 코 고는 소리들의 합창은 여름의 막바지에 귀가 떨어지도록 시끄럽게 울며 죽어가는 매미들의 합창 같아요. 가끔은 새벽에 새로운 사람이 손님처럼 들어오기도 하죠. 주위를 둘러보고는 불안한 몸짓으로 자기 자리를 찾아 몸을 뉘는 사람에게 너는 누구냐고 묻는 사람은 아무도 없지요. 발가벗고 있어도 당신은 누구냐고 묻지 않는 목욕탕이나 수영장처럼 정말 만인이 평등한 곳, 그곳 또한 찜질방이에요. 머리가 긴 여자들이 잠이 오지 않는지 가운을 입고 넓은 방안을 이리저리 서성이는 모습을 보면 마치 연옥煉獄을 닮았어요. 제대로 죽지도 살지도 못하는 귀신들이 어슬렁거리는 모습을 누워서 바라보는 일은 슬퍼요. 마치 나 자신도 그들 중의 하나라는 생각에 이르니까요. 황토방, 수정방, 산소방 등등 신기한 이름의 방들은 뜨끈뜨끈한 게 마치 저승세계의 '퓨전' 같아요.

　대청마루는 바닥은 뜨거운데 웃풍이 너무 세서 잠이 오지 않아 저도 귀신처럼 흐느적거리며 따뜻한 수정방으로 들어갔어요. 말똥말똥 눈을 뜨고 아줌마들의 코 고는 소리를 들으며 누워 있자니 쪄 죽을 것 같았어요. 이런 제 사정을 아는지 모르는지 그때 저와 동행한 지금의 남편은 웃풍이 센 대청마루 구석에 몸을 구부리고 누워 인기척도 없더라고요. 찜질방에서 지낸 그때 불면의 기억들은 제게 이런 결론을 내리게 해 주었죠.

"우리네 삶은 누구에게나 한대가 아니면 열대이다. 우리 맘에 딱 맞는 쾌적한 온도의 삶은 없다."

*

온 세상을 다 돌아다녀도 그 사람의 아내는 찾을 수가 없었어요. 우리는 기차를 타고 처음에 그렇게 만났듯이 캔 커피를 마시며 서울로 돌아와 기약도 없이 헤어졌어요. 그렇게 세월이 흘러 저는 뜻밖의 골동품 가게 메리 포핀스를 운영하게 되었답니다. 생각처럼 골동품 가게를 운영하는 건 쉽지 않았어요. 하루 종일 앉아 있어도 손님이 한 명도 안 오는 날도 있게 마련이거든요. 40평 남짓한 공간에 많을 때는 하루에 한 스무 명도 들어오곤 하지요.

들어와서는 이것저것 묻고는 그냥 가버리는 사람들이 대부분이고요. 실은 단골손님들 몇이 제 생계를 도와주는 셈이죠. 골동품가게에 하루 종일 앉아 있는 건 도를 닦는 거 하고 많이 비슷해요. 하긴 그렇지 않은 일이 어디 있겠어요? 하루 종일 오래된 물건들 사이에 앉아 있다 보면 나 자신이 그들 중 하나가 된 것 같은 묘한 기분이 들어요.

처음 이 가게를 시작했을 때, 별의별 물건들이 다 있는 가운데 저는 우선 이 물건들의 존재를 다 기억해야겠다는 생각이 들었어요. 마

치 별을 헤거나 양의 숫자를 세는 것처럼 물건은 많았지요. 그중에는 중국이나 네팔, 티베트 등지에서 들어온 부처상들도 많았어요. 예수나 마리아상만 훌륭한 줄 알았는데 부처상들도 들여다볼수록 아름답더라고요. 저는 종교 역시 인연의 문제라는 생각이 들었어요. 우리 집안이 가톨릭을 믿지 않았더라면 저는 스님이 되고 싶었을지도 모른다는 생각이 들더군요. 그렇듯 부부의 연도 이루지 못한 연인들의 인연도 그저 하룻밤을 스쳐지나간 손님과 몸 파는 여인과의 인연도 다 인연이지요. 어쩌면 이 세상 모든 인연들을 우리는 소중하게 가꿔야 하는 거라고 생각해요. 지금 이순간의 짧은 찰나라 할지라도 인연 닿은 상대방에게 최선을 다하기, 그게 바로 제 만남의 법칙이지요.

수녀복을 벗고 세상으로 나와 기차 안에서 처음 만난 그 사람과의 만남이 바로 그랬어요. 최선을 다해 그 사람의 아내를 찾아다녔고, 남녀를 떠나 같은 인간의 종으로서 우리는 거의 99퍼센트 소통이 가능했어요. 어쩌면 그게 사랑이었을지도 모른다는 생각이 한참 뒤에 들더군요. 하지만 그 사람의 전화번호조차 받지 않았다는 생각이 저를 슬프게 했어요.

정말 기적처럼 우리가 다시 만난 건 기차역에서 헤어진 뒤 3년 후였어요. 그날따라 가게에 손님이 많았던 어느 봄날, 그 사람이 커다란 첼로를 들고 우리 가게 안에 들어섰어요. 저는 그 순간 제 눈을 의심했어요. 다신 만나지 못할 줄 알았거든요. 그 사람은 수줍은 얼굴로 저를 바라보며 이렇게 만나게 될 줄은 정말 몰랐다, 한 번쯤 꼭 만나고 싶었다고 말했어요. 들고 온 첼로는 사연이 깊은 물건인데 이제는 악기가 아니라 소리가 나지 않는 그저 골동품이라 미련을 버리고 싶은 마음에 팔아버리려고 왔다고 하더라고요. 그렇게 그 첼로는 우리 가게에서 제일 좋은 자리에 놓이게 되었던 거죠. 첼로를 놓고 간 뒤 그 사람은 종종 가게에 들러 이런저런 물건들을 사곤 했어요. 오래된 중국산 램프, 이런저런 모양들의 골동 의자, 손바닥에 놓일 만큼 조그만 부처상들. 그에게는 누군가 세상 곳곳을 돌아다니며 모은 물건들 중 그리 비싸지 않고 아름다운 물건들을 고르는 심미안이 있었어요. 저는 그 사람의 그 심미안을 사랑했지요. 제 생애 가장 좋은 때, 그때가 제 인생의 '화양연화'였어요.

어느 비오는 날 그 사람은 가게 문을 열고 들어와 조그만 부처상을 하나 사더니 그걸 제게 선물로 주더라고요. 당신이 수녀였다는 걸 잘 알지만 이 세상에는 강물이 흐르는 방향으로 흘러가는 인연이 따로 있으니 그게 바로 당신과 나의 인연인 것 같다며, 아무리 찾아도 없는 아내는 이미 자신과 빗겨간 인연이라 말하더군요.

봄비가 보슬보슬 내리던 그날, 그 사람은 제게 장미꽃 한 송이도 없이 손바닥에도 놓이는 조그만 부처상을 제 손에 쥐어 주며 '결혼하자' 하고 말했어요.

*

소리가 나지 않는 첼로 곁에 놓인 골동 의자에 앉아 보아요. 문득 밥 딜런의 'One more cup of coffee'가 듣고 싶어져요. 수녀 시절 저는 혼자 그 노래를 즐겨 들었어요.

제 남편이 된 그 사람은 자신이 사랑했던 여자들이 다 우울증 환자였다고 말하더군요. 제가 좋았던 이유는 마음이 건강하기 때문이랬어요. 정말 저는 우울증이 뭔지 몰라요. 심심한 것조차 재밌는걸요. 움직이지 않는 골동품 사이를 걸어 다니며 저는 사물들에게 말을 걸어요.

소리가 나지 않는 첼로나 오래된 고장 난 라디오에게 다가가 마법이 풀리기를 기도하지요. 그럼 정말 안 들리던 라디오가 조그만 신음 소리를 내기도 해요.

어느 영화에선가 들었던 대사 한마디가 갑자기 누군가 망치로 머리를 때리듯 아프게 떠올라요. '시간을 낭비한 죄.' 그래요, 제가 수녀 생활을 했던 짧다면 짧고 길다면 길 그 세월이 시간 낭비는 아니었을까요? 결국 제게 어울리지도 않는 수녀 생활을 끝내고 그 사람과 함께했던 그 아득한 시간들이 시간 낭비였을까요? 아니 제 온 생애가 다 시간 낭비는 아닐는지요.

우리의 삶이 낭비가 아니라는 생각이 들 때는 언제쯤일지 궁금해져요.

저와 결혼을 한 뒤에도 남편의 아내 찾기는 끝나지 않았어요. 가끔 남편은 퇴근 후 집에 돌아오지 않았어요. 출장 가는 거라고 핑계를 대곤 했지만, 아내와 비슷한 사람을 보았다는 소식을 들으면 그곳이 어디든 달려가는 눈치였어요. 모르는 척하는 제 마음은 황량한 바람이 부는 사막 한가운데 홀로 서 있는 기분이었죠. 어쩌면 남편은 그녀들의 우울증을 사랑한 건 아닐까 하는 엉뚱한 생각을 해보네요. 그는 세상 사는 일이 너무 힘들다, 회사 다니기 싫다, 이렇게 매일 노래를 불렀어요. 그러던 어느 날 남편은 평생직장이라고 생각했던 회사에 사표를 내고 집에 돌아와 그냥 당신을 의지하며 같이 가게나 돌보면 안 되겠느냐 물었어요. 쉬고 싶다, 남편의 지친 얼굴은 그렇게 말하고 있었어요.

어쩌겠어요? 우리는 할 수 없이 24시간 붙어 있게 되었어요. 차라리 풀빵을 굽는 게 나았을 거예요. 한 사람은 반죽을 하고 한 사람은 틀에 넣어 풀빵을 굽고, 서로 다른 역할을 할 수 있으니까요. 우리는 하루 종일 골동품 속에 파묻혀 손님을 기다렸어요. 이상하게도 그와 같이 있는 날은 손님이 더 없었어요. 정말 한 사람도 오지 않는 날도 있었죠. 마치 대학 시절 보았던 연극 속의 '고도'를 기다리는 기분이었어요. 언제부터 무엇이 잘못된 걸까요?

상처는 전염된다는 생각이 드네요. 남편은 저를 사랑하고 의지했지만 제게 평화를 주지는 못했어요. 혼자 고도를 기다리는 일은 그리 나쁘지 않았어요. 그런데 왜 둘이 함께 고도를 기다리는 일은 그렇게 힘이 들까요? 남편의 한숨 소리가 가게의 적막을 뚫고 고장 난 라디오의 신음소리처럼 들리곤 했어요. 하나의 고독에서 하나의 고독을 빼면 우리 둘 중 하나라도 고독하지 않아야 되죠. 하지만 하나의 고독에 다른 하나의 고독을 곱하는 격이었어요.

심한 우울증을 앓았다는 제 남편의 아내가 잘 지내고 있는지 궁금해져요. 그녀가 행복해야 남편의 우울증도 나을 것 같아서요. 저는 수녀 생활과 결혼 생활이 비슷하다는 생각이 들기 시작했어요. 그렇고 말고요. 남편의 한숨소리는 점점 더 커졌어요. 어느 날부터 그는 가게에 나오지 않기 시작했어요. 밤새도록 인터넷을 뒤지며 잠 못 이루는 날들이 많아졌죠.

친구가 한다는 다단계 사업에 관심을 가지더니 아예 푹 빠져 버렸어요. 골동품도 많은데 그는 수많은 물건들을 사들였어요. 비누, 세제, 화장품, 치약, 각종 건강식품, 일단 본인이 쓰기 시작해야 남들도 쓰는 거라더군요. 하도 조르는지라 우리는 가게 문을 닫고 다단계 사업 설명회장에 가서 앉아 있곤 했어요. 저는 문득 이것이 일종의 종교라는 생각이 들더군요. 우선 믿어야만 다단계 사업을 시작할 수 있는 거거든요.

남편의 문제점은 처음엔 전혀 보이지 않았어요. 그저 외로운 남자처럼 보여서 그 외로움을 덜어 주는 일이 행복하기도 했죠. 하지만 남편의 문제점은 조금씩 조금씩 라디오의 채널을 돌릴 때처럼 천천히 아주 천천히 조금씩 커져가고 있었어요.

*

가게에 홀로 앉아 하루 종일 라디오를 들어요. 문득 이런 구절이 들려오네요.

'몸의 장애는 한눈에 보인다. 하지만 마음의 장애는 첫눈에 보이지 않는다. 한 번 두 번 자꾸 만날수록 마음의 장애는 천천히 드러난다. 상대의 마음의 장애를 발견했을 때 우리는 선택을 해야 한다. 그의 손

을 더욱 세게 꼭 잡을 것인지. 그냥 그 손을 놓을 것인지.'

　문득 이런 생각이 드네요. 끝까지 함께 가지 않을 거면 그냥 지금 손 놓아 버리는 게 낫지 않을까 하는 생각이요. 문제는 우리 모두 타인을 포용하는 자기 자신의 그릇의 크기를 모르는 데 있을지도 모르죠. 저 자신 남편을 포용하는 제 그릇이 너무 작은 것처럼 느껴졌어요. 그러니 제가 수녀 생활을 제대로 못한 건 당연한 일이었어요. 남편의 병은 알고 보니 가장 가까운 사람이 소중하다는 걸 모르는 병이었어요. 멀리 있는 사람이, 모르는 여자가 아름다운, 그런 병이랄까요. 남편이 돌아오지 않은 지 열흘째네요. 무슨 일이 난 거라는 생각은 들지 않아요. 가끔 하루나 이틀, 집에 돌아오지 않은 적은 있지만 이번엔 좀 기네요. 사라진 옛 아내를 찾아 어디론가 여행을 떠났을까요? 별로 걱정이 되지 않는 저는 이제 남편을 사랑하지 않는 걸까요?

　아무도 오지 않는 나른한 오후의 시간들을 지나 누군가 가게에 들어와서 고색창연하게 늙어가는 기타를 어루만지며 얼마냐고 묻네요. 저는 값을 매길 수 없는 기타를 바라보며 아무 생각 없이 비매품이라고 말했어요. 그랬더니 나이가 짐작이 가지 않는 그 손님은 그 기타가 언젠가 자신이 연주하던 기타라고 말하더군요. 언제부턴가 자신이 많이 불행하다고 느낀 그 순간부터 소리가 나지 않더래요. 기타를 치지 않으면 한순간도 살아낼 수 없을 것 같았는데, 기타를 치지 않아도 살아지더래요. 그래서 저도 말했죠. 수녀가 되지 않으면 못살 것 같아 수녀가 되었는데, 수녀가 되고 보니 수녀복만 벗으면 살 것 같아 세상으로 나왔다고요.

그런데 골동품 가게에 이렇게 앉아 골동품처럼 낡아가는 자신의 시간들이 수녀 시절의 고독했던 시간들과 다름없이 느껴진다고요. 고도는 아무리 기다려도 오지 않고, 늦게 만난 하나밖에 없는 남편도 열흘째 집에 돌아오지 않는다고요. 그는 선한 두 눈동자 사이의 미간을 약간 찌푸리며, 정말 선한 웃음을 지었어요. 수녀복을 벗고 처음 세상에 나와 동해안으로 가는 기차를 탔을 때, 제 옆에 앉았던 사람이 남편이 아니라 이 사람이었다 해도 좋았을 것 같다는 엉뚱한 생각이 순간 제 마음을 스치고 지나갔어요. 손님은 마치 피치 못할 사정으로 오래전에 헤어져 다시 만나지 못한 애인을 만난 듯 감개무량한 얼굴로 기타를 어루만졌어요. 제가 가끔 먼지를 털어 주는 탓에 기타는 고색창연하게 빛이 났어요. 정말 거짓말처럼 손님의 손가락이 닿자마자 기타는 소리를 내기 시작했어요. 손님의 선한 눈동자에 눈물이 어렸어요. 저는 주인이 돌아왔으니 기타를 그냥 가져가라고 했어요.

손님은 한사코 두 손을 내저으며 돈을 가지고 오겠다고 말하고는 돌아갔어요.

그 손님은 다음 날 적지 않은 돈을 들고 와 기타를 가져갔어요. 그리고는 하루가 멀다 하고 우리 가게에 들렀어요. 어떤 날은 기타를 들고 와 연주를 하면서 노래를 불러 주기도 했죠.

정말 놀랍게도 그는 제가 좋아하는 '밥 딜런'의 'One more cup of coffee'를 들려줬어요.

저는 한 번 두 번 세 번 자꾸만 그 노래를 들려 달라고 졸랐어요. 선한 웃음을 지으며 그는 몇 번이고 그 노래를 들려주네요.

One more cup of coffee for the road

One more cup of coffee 'fore I go

To the valley below (*)

일곱 번째 이야기

네 인생의 청문회

그는 정말 뛰어내렸다. 한없이 몸이 가볍
게 느껴졌다. 어디가 이승이고 저승인지
구분이 잘 되지 않았다. 그래도, 하지만,
그럼에도 불구하고, 이승이었으면 싶었다.

자, 청문회가 시작됩니다. 당신은 살아온 동안 자신이 잘못한 건 하나도 없다고 생각합니다. 다 남들 탓이거나 운이 나빴다고 말이지요. 누구나 그렇듯 정말 그럴지도 모릅니다.

학교 다닐 때 데모 한 번 한 적이 없으시네요. 평생 택시 기사를 하다가 사고로 돌아가신 아버지가 데모하는 놈들하고는 말도 섞지 말라고 유언을 남기셨다구요. 정말 당신은 하숙집에 숨겨 달라고 숨어들어온 친구를 냉정하게 내쫓았습니다.

나중 얘기지만, 민주화 정권이 들어선 뒤 국회의원이 된 그 친구를 찾아가 당신은 아쉬운 소리를 늘어놓습니다. 옛날 얘기로 돌아갈까요?

당신은 친구의 애인을 뺏은 적이 있습니다. 당신은 제일 친한 친구가 군에 입대한 날, 그의 애인과 둘이 기차역까지 배웅을 나갔다가 그날 하루 종일 술을 퍼마시고 모텔에 갔습니다. 그게 중요한 건 아니고요. 그 이후 그녀로부터 걸려오는 전화를 다시는 받지 않았군요. 정말 비겁하네요. 그래서 그녀는 어떻게 되었습니까? 1년쯤 뒤 약을 먹고 자살을 기도했군요. 다행히 죽지는 않았다고요. 죽었다 해도 물론 당신 탓은 아니었습니다. 우울증을 심하게 앓는 여자였다고 하는데, 그렇다고 당신이 무죄가 되지는 않는다는 거 아시지요?

어쨌든 당신은 대학 4년 동안 한 여자를 사귀었습니다. 그 여자는 당신을 정말 사랑했습니다. 당신도 마찬가지였고요. 미팅에서 만난 그녀에게 첫눈에 반했다고요? 졸업을 며칠 앞두고, 당신은 그녀가 임신한 사실을 알게 됩니다. 가난한 집안의 그 여자에게 당신은 아이를 떼라며 돈을 줍니다. 그 여자, 울고 또 울다가 당신 곁을 떠났습니다.

그 여자를 기억하세요? 그 뒤 당신은 과외 아르바이트를 하던 살 만한 집의 여식과 결혼을 합니다. 참, 그전에 이런 일이 있었군요. 당신은 살면서 도둑질을 한 적이 몇 번 있습니다. 어릴 적 문방구에서 딱지나 구슬을 슬쩍한 게 맨 처음 도둑질이었지요. 그까짓 건 일도 아니라 들키지 않았습니다.

대학교 2학년 겨울, 당신은 책방에서 책을 한 권 훔칩니다. 여자 친구를 주려고 했다고요? 때는 바야흐로 크리스마스 이브였습니다. 책 제목을 기억하시나요? 당신은 여자 친구가 좋아하는 취향의 책을 골랐습니다. 《변증법적 상상력》, 그게 당신이 훔친 책의 제목이었습니다. 저자가 누구인지도 모르고 그냥 제목이 여자 친구의 취향인 듯해서 당신은 그 책을 골랐습니다. 아마 마르쿠제, 아도르노, 뭐 이런 인물들의 글을 모은 비평 철학서였던 걸로 압니다. 책을 슬쩍 들고 책방을 나서는데 당신은 점원에게 들킵니다. 그래서 당신은 각서를 쓴 걸로 알고 있습니다. 아버지의 직업과 나이 전화번호 등을 적는데, 택시 기사였던 아버님 직업을 대기업 중역으로 바꿔치기하는군요. 아버지가 창피했나요? 다음 해 사고로 돌아가신 아버지를 생각하면 지금도 눈물이 난다고요. 성질이 지랄 맞은 나이 든 점원은 당신의 머리를 책으로 후려갈기며 말합니다.

"이 새끼야. 네 애비가 회사 중역이면 뭐해? 이렇게 어려운 책은 또 읽어서 뭐해? 아버지 모시고 오든지 경찰서로 가든지 양자택일 해."

아마도 그의 비위를 건드린 게 틀림없었나 봅니다.

'돈 있는 놈들, 좀 배운 놈들, 다 뒈져라.'

나이 든 점원의 얼굴에는 그렇게 씌어 있었으니까요. 겨우겨우 빌어서 당신은 책방을 무사히 걸어 나옵니다. 때는 크리스마스 이브인데, 주머니에 돈은 한 푼도 없고, 당신은 늘 그렇듯 여자 친구한테 선물 하나 못해주고, 그날도 밥을 얻어먹습니다. 정말 추운 겨울날이었습니다. 여자 친구는 아무 말 없이 당신에게 떡볶이와 오뎅, 소주 한 병을 사주었습니다. 정말 착한 여자였지요. 지금 당신은 그녀를 떠올립니다. 어쩌면 지금 그녀와 함께였다면 이렇게까지 되지는 않았을 거라는 생각을 합니다.

돌아가신 아버지의 얼굴을 떠올리며 당신은 정말 열심히 공부했습니다. 웬만한 대기업에다 들어갈 수 있었는데, 아버지가 생전에 은행이 최고라고 늘 말씀하시던 대로 당신은 아주 우수한 성적으로 우리나라에서 최고로 잘 나가는 은행에 취직을 합니다. 당신은 최선을 다해 일했고, 승승장구로 승진이 순조로웠습니다. 미국 지사에 지점장으로 나가 있던 시절만 해도 아무 걱정이 없었지요. 서울로 돌아와 웬만한 강남의 아파트도 사고, 쓸 만한 승용차도 굴리면서 남부럽지 않게

살았네요. 그때 그 일만 아니었으면 아무 문제가 없었을 텐데, 정말 알 수 없는 게 인생이군요. 꽤 규모가 크던 처남 회사에 왕창 대출을 해준 뒤로 당신의 인생은 꼬이기 시작합니다. 처남의 회사가 부도가 나고 당신은 대출의 책임을 지지 못해 명예퇴직 당합니다. 당신은 정말 최선을 다해서 일했는데, 조직은 당신을 하루아침에 일회용 폐품처럼 내다버리네요. 그 뒤 퇴직금으로 주식을 해서 반은 날리고, 남은 돈으로 친구들과 합작을 해서 회사를 만들었는데, 부도가 나는 바람에 그나마 남은 재산을 다 날려 버렸군요. 알뜰살뜰 모아 마련한 집도 빚으로 넘어가 버리고, 아내는 아이들을 데리고 미국으로 가버렸다고요.

자, 이제 희망이 전혀 보이지 않습니다. 당신은 지금 자신이 근무하던 은행 빌딩 옥상 난간 앞에 서 있습니다. 때는 어스름한 저녁이고, 당신은 뛰어내리려고 눈을 질끈 감습니다. 까짓 눈 질끈 감고 뛰어내려 버려요. 뭐가 무서운가요? 전前 대통령도 뛰어 내렸는데요. 뭐.

그는 정말 뛰어내렸다. 한없이 몸이 가볍게 느껴졌다. 어디가 이승이고 저승인지 구분이 잘 되지를 않았다. 그래도, 하지만, 그럼에도 불구하고, 이승이었으면 싶었다. (*)

여덟 번째 이야기

그대와 함께 춤을…

그는 내 발을 가슴에 품고 내 앞에 꿇어앉았다. 가슴으로 발을 꼭 끌어안고 있는 그는 마치 그리운 여자의 체온을 느끼려고 몸부림치는 고독한 영혼으로 보였다.

드문드문 좌석이 비어 있는 지하철에 사람들이 들어온다. 금세 가득 찬 지하철 안, 나의 눈은 또 배회하기 시작한다. 지하철에서 할 일은 책을 읽거나, 허공을 바라보거나, 맞은편에 앉은 사람들을 구경하거나, 조는 일밖에 없지 않은가? 오늘도 가방에 책을 넣어 오는 걸 잊어버렸다면, 사람들을 구경하는 일로 시간을 보낼 수밖에 없다. 가끔 이런 상상을 한다.

우리가 지하철이든 택시든 버스든 탈것을 타고 여기서 저기로 어딘가 다른 곳으로 이동을 할 때, 그동안의 시간이 흘러가지 않는다면, 아무리 차가 밀려도 차 안의 시간은 흐르지 않고 정지한다면… 가끔 다른 나라로 비행기를 타고 갈 때, 시차 때문에 그런 일이 일어나기도 한다. 돈처럼, 시간도 쓰지 않고 저금을 할 수 있다면 좋지 않을까, 그런 쓸데없는 생각을 하던 차에 맞은편에 앉은 대머리 아저씨가 열심히 책을 읽고 있는 모습이 눈에 들어온다. 수수한 차림의 예순은 넘어 보이는 그가 읽고 있는 책은 뜻밖에도 릴케의 《말테의 수기》였다. 그 나이에, 아니 지금 이 시대에 아직도 《말테의 수기》를 읽고 있는 사람이라면 그가 누구이든 무조건 존경하고 싶다는 생각이 들었다. 생각을 멈추고 앞을 보니, 등이 굽은 젊은 남자 하나가 책을 보며 서 있다. 아무 생각 없이 앉아 있는데, 그 옆에 선 술을 좀 마신 것 같은 중년 남자가 내게 시비를 건다.

"거 몸이 불편한 사람에게 자리 좀 양보합시다."

나는 얼떨결에 일어나 등이 굽은 젊은이에게 앉으라고 말한다. 책을 읽고 서 있던 그 등이 굽은 청년은 방해를 받은 듯 불쾌한 표정을 잠시 짓더니 퉁명스럽게 "괜찮아요" 한다. 나는 무색한 얼굴로 다시 앉았다. 아무래도 내 눈엔 그가 등이 굽었다 뿐이지, 그 칸에 탄 사람들 중 육체적으로나 정신적으로나 제일 건강한 사람처럼 보였다. 그가 읽고 있는 책은 공교롭게도 《술 취한 코끼리 길들이기》라는 책이었다. 그날따라 지하철 안은 움직이는 도서관 같았다. 술 취한 코끼리를 무슨 수로 길을 들이냐? 나는 문득 그 주제에 몰두하기 시작했다. 누구에게나 술 취한 코끼리가 숨어 있는 법이다. 코끼리가 화가 나서 술주정을 하는 순간이면, 자신을 주체하기 힘들어지는 거다.

문득 검은 안경을 쓴, 얼굴이 하얀 젊은 시각 장애인 한 사람이 돈 걷는 상자를 내밀며 내 앞에 선다. 나는 1천 원짜리 한 장을 상자에 넣었다.

"저는 음악을 하는 사람입니다. 보이지는 않지만 선생님은 예술을 하는 분으로 느껴집니다."

그는 도대체 그런 느낌을 어떻게 갖는 걸까? 그는 실은 자신이 사람의 발의 느낌으로 작곡을 하고 있다고 말했다.

"그래서 말인데, 이런 부탁을 하나 드려도 될까요? 어디서 내리시든

제가 따라 내려서 제게 선생님의 발의 느낌을 느끼도록 5분만 허락해 주십사 하는 겁니다."

갸우뚱하는 내 마음을 읽은 듯이 그는 전단지 비슷한 종이 한 장을 내밀었다. 거기에는 꽤 알 만한 음악인의 추천사도 씌어 있었고, 오래 전에 텔레비전 프로그램에서 피아노 연주를 하는 모습도 실려 있었다. 나만 모른다 뿐이지 옆에 앉아 있던 아주머니 하나는 그 얼굴을 알아보며 열심히 살라고 격려까지 해 주는 것이었다. 의심 많은 나는 그를 안다는 증인이 나타나자, 그제야 그의 부탁을 들어 주기로 한다. 아니 그 모습이 하도 가냘프고 처량해서 거절할 수가 없었다. 사실 나는 어릴 적부터 사람을 잘 믿는 탓에 이상한 일들에 휘말리기 일쑤였다.

알면서도 속아 주면 왜 안 되는가? 이것이 내 어리석은 행동들에 대한 자기 합리화였다.

이빨들이 다 조립식 의치義齒인 듯 말을 할 때마다 그의 입속 이빨들이 덜거덕거렸다. 그는 내 목소리가 자기에게 영감을 준다고 말했다. 그런데 왜 하필이면 나인가?

발의 느낌으로 작곡을 한다는 말이 무슨 뜻인지 석연치 않은 찜찜한 느낌을 머릿속에 남겨둔 채 나는 을지로 입구 역에서 내렸다. 그도 따라 내렸다. 그리고 그는 지하철 앞의 빈 의자에 잠시 앉으라는 주문을 했다. 그날 오후 따라 지하철 앞 의자에는 사람이 별로 없었다. 그는 내 발을 가슴에 품고 내 앞에 꿇어앉았다. 가슴으로 발을 꼭 끌어안고 있는 그는 마치 그리운 여자의 체온을 느끼려고 몸부림치는 고독한 영혼으로 보였다. 그리고 나의 발은 그의 가슴에서 점점 아래로 내

려가 꿇어앉은 그의 다리 가랑이 사이에 놓였다.

　그는 정말 내 발의 느낌으로 작곡의 영감을 스케치하고 있는 걸까? 나는 또 알면서도 속아 주고 있는 것일까? 이 난감한 상황은 또 무어란 말인가? 그냥 가만히 있어 주는 게 잘하는 일일까? 이 젊은 시각장애인과 이 짧은 순간 동안 춤 한 번 춘다 한들 또 뭐가 어떻겠는가? 애석하게도 그 정도로 득도한 경지는 못되는지라 나는 순간 뿌리치고 일어나 이제 그만하자고 말한다. 그는 상처받은 얼굴로 이빨을 덜거덕거리며 감사하다고 말하는 것이다.

　나는 그를 돌아보지도 않고 재빨리 걸어갔다. 행여 다시 지하철에서 그를 또 보게 될까 봐 걱정이 되었다. 어떤 일이든 알면서도 조금은 속아 주되 깊게 끌려들어 가서는 절대 안 된다. 끌려들어 가면 인생은 피곤해지는 거다. 나 같은 바보도 이 나이쯤엔 이런 결론에 도달하고 만다. 누군가 "너 잘났다" 하는 소리가 들리는 듯했다.

　지하철 밖은 기막히게 날씨 좋은 가을인데, 내 머릿속에는 이런 노래 구절이 계속 맴돌았다.

　"한 많은 이 세상 냉정한 세상, 동정심 없어서 못살겠네, 아무렴 그렇지 그렇고 말고……." (*)

아홉 번째 이야기

나하나의사랑

"어제는 잘 들어가셨어요?"
그리 예쁘지도 않고 정말 아무렇지
도 않은, 어릴 적에 그냥 그림을 잘
그렸었다는 기억으로 남는 그녀의
전화 한 통에 갑자기 그의 마음이
환해졌다.
며칠 동안 비가 온 뒤, 정말 오랜만
에 날씨가 너무 좋았다.

　　　　　그는 노래방에 갈 때마다 남들이 '총 맞은 것처럼'을 부르는 사이, 오래된 노래 '나 하나의 사랑'을 불렀다.
"나 혼자만이 당신을 알고 싶소. 나 혼자만이 당신을 갖고 싶소."
　이 노랫말이 너무 좋아 친구들의 빈축을 사면서도 그는 늘 이 노래를 빠짐없이 불렀다. 그러던 어느 날부터 그는 그 노래를 부르지 않았다. 언제부턴가 그 노래를 부를 때, 아무의 얼굴도 떠오르지 않아 감정이입이 전혀 되지 않았기 때문이다. 기껏 떠오른 얼굴이란 기르던 개의 얼굴이었다. 이후로 그는 어쩔 수 없이 오래된 노래 '향수'를 불렀다.
"아무렇지도 않고 예쁠 것도 없는 사철 발 벗은 아내가……"
　노래가 그 대목에 이를 때마다 그는 눈물이 날 것 같았다. 특히 '아무렇지도 않고' 라는 구절이 그를 눈물 나게 했다. 그렇다고 이미 남남처럼 지낸 지 오랜 아내가 새삼 생각나는 것은 절대 아니었다. 발기하지 않게 된 남자는 두 가지 종류의 인간이 된다는 말을 들은 생각이 났다. 연쇄 살인범이 되거나. 정말 여자를 인간으로 사랑하게 되는 따뜻한 휴머니스트가 되거나. 하긴 사람을 꼭 죽여야만 살인인가?
　단 한 번이라도 남의 마음을 아프게 하는 자, 그들 모두 살인자다.

그러므로 우리 모두 살인자가 될 수 있다. 요즘 그는 서서히 그런 식의 결벽증이 생겼다. 오십 해가 넘는 동안 몇 명이나 되는 여자를 사랑했을까? 그는 새삼스럽게 손가락으로 꼽아 보았다. 예전 같으면 베르테르에게는 롯데가, 심순애에게는 이수일이, 성춘향에게는 이도령이 단 하나의 사랑이었을 것이다. 하지만 몇 개의 이도령이 몇 개의 롯데가 우리 앞에 남아 있는지 알게 무언가?

문득 지나간 사랑은 몇이든 전부 하나였다는 생각이 들었다. 한 사람의 머리, 다리, 맹장. 심장, 팔, 손가락, 손톱 어느 것이 가장 진짜였냐고, 어느 부분이 제일 맛있더냐고 묻는다면, 그때 그 순간만큼은 다 똑같이 맛있고 새콤하고 달콤했었노라고, 그런 답변을 하기는 싫었다. 이사를 자주 다니던 집들이 다 똑같지 않듯이, 분명 추억의 농도와 여운은 다 다를 것이었다. 그저 그가 사랑했던 여자들은 어쩌면 뭉뚱그려 하나의 하느님이나 부처님처럼 커다란 정신, 결코 통과할 수 없는 좁은 문, 끝이 나지 않는 계단. 끝없이 올라가 문을 열면 절벽 아래 펼쳐지는 바다. 아니 시시한 군것질, 하지만 돈이 한 푼도 없을 때 빵가게 앞을 지나치는 배고픈 사람의 결코 잠재울 수 없는 허기, 결코 하나 될 수 없을 하나 됨을 향한 열망, 착각, 기쁨, 절망, 또 다시 움틈… 별 새로울 것 없는 나날의 삶, 기적 같은 평화, 그리고 죽음… 그 사이 틈새에 끼어드는 하느님이 내려 주신 달콤새콤한, 그러나 때로 이빨이 썩기도 하는 간식 같은 사랑…….

그런 끝없는 생각의 거미줄 사이로 누군가 물총을 쏘듯, 전화벨이 울렸다.

"너 어제 잘 들어갔어?"

어제 초등학교 동창회에서 만나 같이 노래방에 가서 노래를 불렀던 여자 동창생이었다. 맞다. 그녀가 백지영의 '총 맞은 것처럼'을 불렀었다. 요즘은 아무리 술에 취해 비틀대며 서로의 등을 보이고 헤어져도, 다음 날 아무도 안부 전화를 하지 않는다.

"어제는 잘 들어가셨어요?"

그 자신도 그런 전화를 해본 지 무척 오래되었다는 생각이 들었다. 그런 안부 전화쯤은 당연히 하기도 하고 받기도 해야 할 것 같은데, 연애하는 사이가 아니라면 다음 날 전날 밤의 안부를 묻는 게 한물간 세대의 사라져가는 풍습인 모양이라고 그는 생각했다. 이렇게 긴 사설이 중간 중간 끼어들면서, 그는 오랜만에 만난 여자 동창생의 전화를 받았다. 누구는 어떻고 누구는 저떻고, 밝은 목소리로 수다를 떨어대는 그녀 목소리가 오랫동안 들어왔던 목소리처럼 낯익었다. 그리 예쁘지도 않고 정말 아무렇지도 않은, 어릴 적에 그냥 그림을 잘 그렸었다는 기억으로 남는 그녀의 전화 한 통에 갑자기 그의 마음이 환해졌다. 다음 주에 같이 밥이라도 먹자고 인사말을 하면서 전화를 끊은 그는 갑자기 환해지는 기분이 날씨 탓이라고 자신에게 둘러댔다.

며칠 동안 비가 온 뒤, 정말 오랜만에 날씨가 너무 좋았다. (*)

(작품명 및 년도)

그대 안의 풍경, 2012

그대 안의 풍경, 2012

식물학, 2011

안경에 관한 명상, 2010

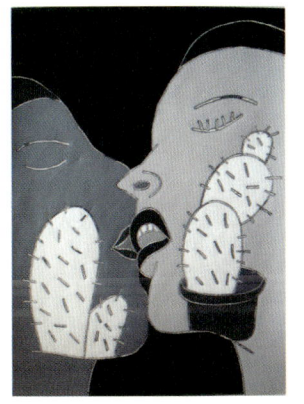
두 사람, 2012

그대 안의 풍경, 2009

그대 안의 풍경, 2008

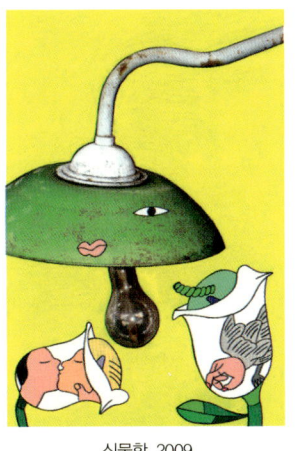
식물학, 2009

자화상, 2009

식물학, 2009

안경에 관한 명상, 2011

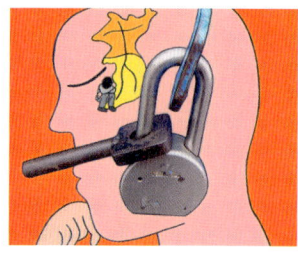
그대 안의 풍경, 2009

자화상, 2009

그대 안의 풍경, 2010

식물학, 2009

그대 안의 풍경, 2010

자화상, 2009

자화상, 2009

식물학, 2011

그대 안의 풍경, 2010

식물학, 2011

자화상, 2009

두 사람, 2011

식물학, 2009

그대 안의 풍경, 2009

식물학, 2011

그대 안의 풍경, 2009

두 사람, 2012

의자에 관한 명상, 2012

식물학, 2011

두 사람, 2012

그대 안의 풍경, 2009

식물학, 2010

사랑의 풍경, 2012

식물학, 2010

식물학, 2009

자화상, 2009

식물학, 2011

두 사람, 2012

사랑의 풍경, 2012

사랑의 풍경, 2012

그리고 사랑은

초판 1쇄 인쇄 2012년 6월 1일 초판 1쇄 발행 2012년 6월 7일

지은이 황주리 펴낸이 연준혁

편집2팀
책임편집 박경아 디자인 하은혜
제작 이재승

펴낸곳 (주)위즈덤하우스 출판등록 2000년 5월 23일 제13-1071호
주소 (410-380) 경기도 고양시 일산동구 장항동 846번지 센트럴프라자 6층
전화 031) 936-4000 팩스 031) 903-3891
전자우편 wisdom7@wisdomhouse.co.kr 홈페이지 www.wisdomhouse.co.kr
종이 월드페이퍼 인쇄·제본 현문 후가공 이지앤비

값 13,500원 ISBN 978-89-5913-687-2 03810

* 잘못된 책은 바꿔드립니다.
* 이 책의 전부 또는 일부 내용을 재사용하려면
  저작권자와 (주)위즈덤하우스의 동의를 받아야 합니다.